That is needed for
a villainous aristocrat
クリス・ホセ
(Chris Jose)
アーク一派の伯爵家の子息
JN250023
「何をしている?」
アブソリュート・アーク
Absolute Ark
ライナナ国の影の仕事を一任される侯爵家の子息

That is needed for
a villainou aristocra
This man ha arisma of absolut and
will trongest conqu
"Yes, I am a s . The best country."
Volume One

That is needed for
a villainous aristocrat
「お前らはアーク家に相応しくない」

That is needed for
a villainous aristocrat

This man has the charisma of absolute evil and
will be the strongest conqueror.
"Yes, I am a scoundrel. The best in this country."

a villainous aristocrat
will be the strongest conqueror.
"Yes, I am a scoundrel. The best in this country."

悪役貴族として必要なそれ

（著）まさこりん
Masakorin

（イラスト）村カルキ
Mura Karuki

1

That is needed for a villainous aristocrat

Contents

This man has the charisma of absolute evil and
will be the strongest conqueror.
"Yes, I am a scoundrel. The best in this country."

1

The Chronicles of

Rainana

ライナナ国物語

『ライナナ国物語』

大陸の中で最も栄えているライナナ国にて内戦が起こった。ライナナ国の貴族であるアーク公爵家から数々の犯罪の証拠が内側からリークされ王から討伐命令が出された。

討伐軍を率いるのは、ライナナ国が誇る勇者であり主人公・アルトと彼に心酔するヒロインたち。

そしてそれに対峙するのはアブソリュート・アーク公爵。ライナナ国にある闇組織を裏で操り、多くの国民を傷つけてきた黒幕だ。

アーク領に攻め込んだ軍に抵抗するのは当主であるアブソリュートただ一人。しかし彼は強大な力で軍を相手に奮闘していた。

アブソリュートとの闘いは五日間にも及んだ。

「ホーリーアウト！」

「ダーク・ホール！」

勇者とアブソリュートの魔法がぶつかり合い相殺される。

まだ余裕を見せる勇者に対してアブソリュート・アークは目に見えて弱っている。

「ここまでだ。大人しく投降しろ、アブソリュート・アーク」

いま勇者たちの目の前にいる男、諸悪の根源であるアブソリュートに呼びかける。

たった一人で勇者たち討伐軍に抵抗し続ける男。

彼一人に何万もの兵士が犠牲になるほど強力な相手だった。

だがそんなアブソリュートでも長く続く戦いに消耗している。

勝敗はもう見るに明らかだった。

「お前のせいでたくさんの罪なき人たちが悲しい思いをしてきた。この戦場でも何万もの兵士が死んだ。だけど……俺はたとえお前でも殺したくはない。大人しく投降して法の裁きを受けるんだ」

勇者は葛藤しながらアブソリュートに告げる。

だがそんな提案をアブソリュートは一蹴する。

「この私に投降しろだと？　我が領土を土足で踏みにじり、荒らしまわるお前らに屈しろと？　国王の傀儡(かいらい)風情が図に乗るなよ勇者！　私は命ある限り領地と誇りをかけてお前ら賊を殺し続ける。そんなに犠牲者を減らしたいならこの私を殺してみせろ！」

とても弱っているとは思えないほどの覇気を纏(まと)いながら言い放つ。

その風格は悪といえど、さすがは公爵と言えるだろう。

だが満身創痍(まんしんそうい)なのは違いない。

今の彼を支えているのは、決して膝をつくまいとする高いプライドとそのプライドを保つために培(つちか)ってきた高い戦闘力だ。

相手は決して折れない。

ならばこちらも最後までやるしかない。

「アルト、甘さは捨てて立ち向かいなさい。アブソリュート・アークを始末することが一番犠牲者が少なくなる方法のはずよ」

勇者のヒロインの一人マリアが助言する。

彼女には何度も助けられてきた。師であり姉貴分であり、そして恋人でもある。

彼女だけではない。

幼馴染のアリシアも聖女であるエリザも誰一人欠けてもここまで来ることはできなかった。

彼女たちのおかげで今の勇者アルトがある。彼女たちがいれば負ける気がしない。

勇者は頭を冷やし呼吸を整え敵を見据える。

「ありがとう、皆もう一度力を貸してくれ。いくぞ、アブソリュート・アーク。俺たちの絆の力でお前を倒す！」

そこからまた白熱した闘いが続いた。圧倒的な力で実力差を見せるアブソリュート・アークであったが、対する勇者たちは圧倒的な数の力でそれらをカバーし対抗した。やがて、多くの被害を出しながらも勇者の剣はアブソリュート・アークを貫き勇者たちは勝利した。

そして、闇組織の壊滅に貢献した勇者はその貢献が認められ、再建中であるアーク領を拝領しヒロインたちと仲良く過ごしたのだった。


―完―

第1章

悪 役 転 生

This man has the charisma of absolute evil and
will be the strongest conqueror.
"Yes, I am a scoundrel. The best in this country."

That is needed for
a villainous aristocrat

　重い瞼を開くと、視界には見覚えのない天井が映った。

　かなり広めの西洋感溢れた空間を見渡すと近くから声が聞こえてくる。

「お帰りなさいませ、旦那様。こちらがご子息様です」

　声の主は六十歳くらいの高齢の女性。そして……メイド服を着ていた。

　日本では着る者を選ぶと言われるメイド服を身に着けた老婦が、黒髪の強面の男に声をかける。

（あの男の人どこかで見覚えがあるような……誰だっけなぁ。それにしてもなんだ？　あのバアさんは……）

　日本でも高齢化が進むと、あんな老婦でもメイドとして需要が出るのかもしれない。と変なことを考えてしまう。一応言っておくが、決してあの老婦の悪口を言っているわけではない。むしろメイド服を着こなしている彼女に感服したくらいだ。

　あの年でメイド服を着ている老婦のせいで頭の中が余計こんがらがるが、私の体が縮んでいるのは分かった。

「そうか、ようやく会えたな。それにしても赤子にしてこの魔力……恐ろしいな。それにスキルは【カリスマ】に【王の覇道】、そして【絶対悪】か。上に立つ者としては申し分ないスキルだな。それにアーク家の魔法との相性もいい。だが、【絶対悪】か。力を得る代償に嫌われるスキル……これからお前の人生は茨の道となるだろう。名をアブソリュートと名付ける。アブソリュートよ、己の矜持とあり方を大切に生きろ」

（アブソリュート？　今、アブソリュートって言ったか？　それにアーク家とも……アブソリュート・アークって確か前に読んだことのあるファンタジー小説の『ライナナ国物語』に出てくる悪役だよな。国の裏側で悪行を働くのがアーク家で、それを見かねた主人公によって滅ぼされるって設定だったはず……ってことは俺、小説のキャラに転生しちゃったのか。ということは、さっきの男はアブソリュートの父親か！　原作では見たことないけどアブソリュートとそっくりだな）

アブソリュート・アークは傲慢でプライドは高いが、それに見合った実力は持っており、多種多様の魔法が使えるのに加えて剣や頭の良さを持ち合わせていた。ちなみに黒髪に、大陸では珍しい赤い瞳が特徴のイケメンでもある。

だが、そんなアブソリュート・アークにも弱点はあった。それは彼には味方がいなかったのだ。組織としては王国の闇組織をほぼ掌握していたが、一部の傘下の貴族が主人公側に裏切り、他の者たちも状況が悪くなるにつれて一人、また一人と離れていった。

その結果、主人公たちと戦う時にはアブソリュート一人となり圧倒的な勢力を持つ主人公側に殺されてしまうのが彼の運命である。

（……マジかぁ。ある意味孤独死じゃないか。小説読んでいた時はある意味同情しちゃったよなぁ。だって味方に裏切られてリンチで殺されるんだぜ？　主人公側結構えげつねぇなぁ…。

さてどうするか、このままストーリーが進むと勇者に殺される。選択肢は二つ

1. 改心して主人公と仲良くする

いや、小説は好きだったけど主人公は嫌いだったからそれは絶対生理的に無理。

2. 悪役として主人公をぶちのめす

ストーリーが始まる前に不安要素を消して万全の準備をして打ちのめす。

絶対2だな、私勇者嫌いだし。

この世界での方針は決まった。悪役として生まれたからには原作通り悪役になってやろう。

だが、負けてなんかやらない。絶対悪として主人公を打ちのめす。）

悪役として主人公に打ち勝つ、そう心に誓い重くなってきた瞼をゆっくりと閉じたのだった。

Absolute Ark

Status Table

アブソリュート・アーク（0歳）

01

（スキル Skill）

カリスマ	v1	_ 魅力に補正がかかる
王の覇道	v1	_ 自身のステータス上昇 _ 敵のステータスを下げる
絶対悪	v1	_ ステータスが伸びやすくなる _ 相手への印象が悪くなる _ 聖の者に対して特別補正

（ステータス Status）

レベル	1	魔力	100
身体能力	1	頭脳	50

Name: Absolute Ark　Age: 0

That's needed for a villainous aristocrat

アブソリュート・アークとして生まれてから十年が経った。

生まれてからはひたすら自身を鍛え、勉学に関しては前世の蓄えもあったため、教師から教えてもらえることをすべて学び終えた頃には天才だと絶賛された。

また、戦闘面ではアーク家の騎士団に混じり、訓練や遠征に参加して家臣たちと交流しながらレベルを上げた。

初めは、スキルである【絶対悪】により何もしていないのに印象が最悪だったが、共に剣を交えていくうちに騎士団たちの見る目も変わっていった。仲良しというわけではないが今では普通に尊敬されている気はする。

自分の好きな作品に転生するという状況に当初は困惑もしたし、めっちゃ嫌われるしで驚くことも多かったが慣れていくとそこまで苦労は感じなくなっていた。

何よりも素晴らしいと感じるのは、アブソリュート・アークが才能に恵まれていることだ。まだ十歳にもかかわらず火、風、水、土のすべての四属性に回復魔法と闇魔法を使いこなし、剣術においても一度学べば勝手に強くなっていく異端児。

原作のアブソリュート・アークは自己完結型のチートキャラだった。高い魔力にものをいわせて、上級魔法を連発するゴリ押しに剣を使った接近戦。傷を負えば自分で治す回復魔法、まさに万能といえる。今はまだレベルが低いので原作のように強い魔法を連発できないがアブソリュートである自分には【絶対悪】という成長促進スキルがある。

ストーリーが始まるまで、ひたすら自分を鍛えて仲間を増やしていく方針はかなり順調に進んでいった。


いつも通り訓練をしていた時に父から呼び出される。

父は王国の闇組織の元締めだが、父との関係は良好だった。初めはどんな怖い人かと思ったが、アブソリュートに対しては思ったよりはまともな父親であった。

(敵には容赦なかったけどね。前に帝国の闇組織がライナナ国に入ったとき拷問している所を見せてもらったけど、エグすぎて固まっちゃったもんね。ＤＶされなくてホントよかった)

そうこう考えている間に父の書斎に着きドアをノックする。

トントン
「アブソリュートです。入室してもよろしいでしょうか？」

「入りなさい」

書斎に入り父と向かい合う。アブソリュートに似た顔つきに黒髪、黒目の怖い顔をした男である。年は三十路(みそじ)を超えているが若々しく衰えを見せない覇気を纏(まと)っている。睨(にら)むように私を見ているが、いつものことなので気にしてはいない。真っ直(まっす)ぐ目を見て見つめ返す。

部屋には父と執事に私の三人だけだ。父に促されて向かいの椅子に座る。

「勉学や訓練に関しては報告で聞いている。さすがはアーク家の次期当主だ。これからも研鑽(けんさん)

を忘れるな」

（久しぶりに褒められた気がする。ちょっと嬉しい）

「ありがとうございます。精進致します」

「ふむ。では前置きはこれぐらいにして本題に入ろう。来月ミカエル王子の十歳の記念パーティーがある。王族主催のパーティーで今回はお前の同年代が多く集まる。アブソリュートお前も出席しろ」

（ミカエル王子か。確か原作では主人公側に付いていたよな。主人公は侯爵家の後ろ盾を得て学園に入学するので現時点では関わりはないが、はてさてどういった人物であったか）

「承知しました」

「ふむ。あまり言いたくはないがお前はスキルのせいで誤解を受けやすい。パーティーでは大人しくしておけ」

（まぁたしかにスキルのせいで印象最悪な私は、傘下の貴族の子供でさえあまり怖がって近づかない。こんな私がパーティーに行ったら阿鼻叫喚じゃね？　憂鬱だがパーティーでは最低でも傘下の貴族の子供との溝は埋めなければならない。原作ではどういった理由で裏切ったかは知らないが、より関係を強固にしてこちら側に引き込まなければならない）

「分かりました。用件は以上でしょうか？　なら私は訓練に戻りますので失礼いたします」

　退室し、パーティーに関しての対策を考えながら私は訓練に戻った。

＊

「まさか私の威圧をものともせず睨めつけてくるとはな」

　愉快そうに笑う現アーク家当主ヴィラン・アーク。

「確か現段階ではレベルは40を超えていると報告を受けておりましたが、少し怪しく感じましたな。まだ上をいっているかもしれません」

　執事兼諜報官のスハイが答える。

　彼はヴィランの側近であり、領地を持つ貴族でもある。

「流石だな。幼いながらにして騎士団の訓練に耐えるだけでなく、この前私の拷問を目にしても顔色ひとつ変えずにずっと見ていたんだよ。精神面に関しても文句はない」

「十歳の子供に見せるものではないでしょう。それとアーク家の使用人や傘下の騎士団に関してはアブソリュート様の印象は徐々に改善しつつありますが、その他に関してあまり芳しくありません」

「闇組織の勢力を今後率いるにはかなり時間がかかるか。まぁ、アブソリュートが継ぐ頃には恐らく王国上位の強さになるだろうから、最悪力で捻じ伏せて従わせれば問題ない。私の時もそうだったからな」

「おかげで従ってはいますが人望は全くありませんがね」

「アーク家とはそういうものだ。一番大切なのは誰から見ても明確に分かる力、すなわち暴力だ。人望は二の次で構わない」

「まあとにかく今後傘下の貴族たちへの求心力を得るためにはアブソリュート様の印象を改善しなければなりません。でないと今後内側から崩壊する可能性があります」

アブソリュートの悪印象により求心力が得られない、これこそが原作での敗北の原因であり、これを改善できるかで今後大きく変わる。

このパーティーはターニングポイントとなるのであった。

Absolute Ark

Status Table

アブソリュート・アーク（10歳）

02

（スキル Skill）

カリスマ	v5	_ 魅力に補正がかかる
王の覇道	v5	_ 自身のステータス上昇 _ 敵のステータスを下げる
絶対悪	v5	_ ステータスが伸びやすくなる _ 相手への印象が悪くなる _ 聖の者に対して特別補正

（ステータス Status）

レベル	47	魔力	750
身体能力	300	頭脳	100

（習得魔法 Mastered magic）

火、水、土、風、回復、闇

（技術 Technology）

剣術、拷問、グロ耐性

Name: Absolute Ark Age: 10

That's needed for a villainous aristocrat

ミカエル王子の記念パーティーはアーク領を離れ、ライナナ国中心部の王都にある王城にて行われた。

私こと、アブソリュートは父ヴィランと共に王とミカエル王子に賛辞を述べ、挨拶にくる貴族たちを捌いていた。黒い噂はあるがアーク公爵は上位貴族であるため嫌々ながらも下位の貴族たちは来なければならないのだ。

中には傘下の貴族が子息を連れて挨拶に来るが想定通り私はスキル【絶対悪】のせいで、貴族の子息たちは私を怖がっているようだ。仕方なく近づいてきた者にはこちらから話しかけるが、虫取り草に捕まったかのように硬直するものがほとんどだった。それでも地道に声をかける。それが破滅を回避する方法だと思ったからだ。

そして大体の挨拶回りが済んだころ、父から後は大人の席だからと大人たちとは分けられて子息たちが集まるフロアに通される。

中には既に多くの貴族の子息や令嬢が集められており、遅れてきた私に視線が集まった。忌避の視線や侮蔑の視線が集まるが、いい心地がしなかったので逆に睨み返すと皆一斉に目を逸らした。

「ふん」

たわいないと少し鼻で笑う。少し辺りを見渡すと何人かの子息や令嬢が絡まれているのが分かる。よく見るとそれはアーク公爵家傘下の者たちだ。

「お前らの家、闇組織と繋がっているんだろ！　よく祝いの席に顔を出せたものだな。今すぐ立ち去れ！」

「そうだ！　そうだ！」

アーク家傘下の者たちを囲んで罵声を浴びせる。

囲まれている傘下の者たちは下位の貴族の者が多く、歯を食いしばって耐える者もいれば泣き出す者もいた。

中には抵抗したがボコボコにされている者もいる。

アブソリュートは冷たい目でその光景を見つめる。

（不愉快だな。数の暴力に酔っているだけの雑魚が調子に乗りやがって）

アブソリュートは原作での己の最後と、今の光景を無意識に重ねてしまう。圧倒的な数の差で負けたアブソリュートの姿と、今の傘下の者たちの姿を。

考えるまでもなく、すぐさまアブソリュートは止めに入っていた。

「……何をしている？」

スキル【王の覇道】の威圧を発動し、囲んでいた貴族たちの中に入り傘下の者たちを庇うように間に入った。

「もう一度言う。彼らはアーク家傘下の者たちだが、お前らは彼らに何をした？　返答次第では許さんぞ」

怒気を交えながら言うが、囲んでいた貴族たちは王の覇道の威圧に加えて【絶対悪】の印象補正により恐ろしさに拍車がかかったのか、中には失禁や気を失う者もいた。

誰も返答をしないので一番爵位の高い候爵家の子息に顔を向けて言い放つ。

「アーク家の傘下の者たちに手を出したということは、アーク家に喧嘩(けんか)を売ったということだな？　お前らの顔は覚えたからな。首を洗って待っていろよ？」

「う、うわぁぁぁぁぁっ!!」

恐怖が限界に達した貴族たちは一斉に逃げ出していった。

アブソリュートは傘下の者たちに向き直る。傘下の者たちに顔を向けると、途端に彼らは顔色を変え、恐怖のあまり立ちすくみ後ずさるものもいた。

当の本人はその様子を見て威圧を解くのを忘れていたことに気が付いた。

（あっ、威圧解くの忘れていた。解除！）

「ア……アブソリュート様助けていただき……ありがとうございました。そしてアーク派閥の名に泥を塗ってしまい……申し訳ございませんでした」

代表して暴力を受けた伯爵家の子息が膝を折り陳謝した。その姿を見て周りの者たちも慌てて膝を折ろうとしたが、俺は手でそれを制止する。

膝を折った伯爵家の子息の肩に手を置き回復魔法を使う。伯爵家の子息や周りの者たちはアブソリュートが回復魔法をかけたことに驚き、どよめいた。

アブソリュートは、膝を折る目の前の伯爵家の子息に声をかけた。

「お前はホセ伯爵家のクリスだったな。酷い姿だったではないか？」

遠回しに心配する。

「はっ！　お見苦しいところをお見せしてしまい申し訳ございませんでした。相手は上位貴族が多くいたので反抗するわけにもいかず、結果エスカレートしてしまいました。すべての責任は私にあります。どうか他の者への罰はご容赦を……」

それを聴き一人の傘下の令嬢が割って入る。

「間から失礼します。クルエル子爵家のレディ・クルエルと申します。クリス様は私たちを庇って怪我をされました。責任は私たちにあります。どうかクリス様への罰はご容赦を！」

他の者たちも一斉に頭を垂れて許しを乞うた。その光景に若干複雑な気分になる。

（クリス私より人望あるじゃん。べっ、別にうらやましくなんかないのだからね！）

だが今回、なぜこのようなことが起こったのか。そこを改善しない限り一人を罰しても解決しない。アブソリュートはこの問題を次期当主として解決を試みる。

「話は分かった。だが、今回の件はクリスだけでも他の者たちだけでない。お前ら全員の過失である。なぜだか分かるか？　代表してクリス答えよ」

「そ、それは私たちが相手に下位貴族だからと舐められたからでしょうか？」

「それもあるが、私たちの評判が悪いのはあらかじめ分かっていたはずだ。それにもかかわらずなぜお前らはせっせとこの場に集まった？　上位貴族のいないお前たちだけでは標的にされるのは分かっていただろう」

「……それならば、一体どうしろとおっしゃるのですか！」

　アブソリュートの言葉にクリスが悔しさを滲ませて言いはなった。

その顔は悲痛な感情をあらわにしており、こちらを見つめている。

　アブソリュートはそんなクリスに告げる。

「なぜ私を待たなかった？」

「え……？」

「今回の一件は先ほどクリスが言ったように、お前らが下位で相手が上位故に起こったことだ。ならもし、その場に私がいたらどうだ？　先ほどのようにアイツらの好きにはさせなかったはずだ」


（全員が私の話を聞いている。今回は相手が圧倒的に悪いが、俺がまだ他の貴族からの挨拶も終わっていないのに怖いからってさっさと行っちゃったコイツらも少し責任がある。故に罰を与える）

「さて、今回の一件貴様らにも責任があるのは話した通りだ。よって罰を与える」

　全員が肩を震わせた。中には覚悟を決めた者、泣き出しそうな者もいた。

「今後、こういった催しや学園へ入った時はなるべく私の目の届く所にいるようにしろ。それをもって今回の罰とする」

意外な結末に全員が驚愕の表情を浮かべる。

（まぁ、俺みたいな奴と一緒にいるのは嫌だろうが仕方ないから我慢しろ。もしかしたら守れなかった奴から裏切っていく可能性もあるからな）

「勘違いするな。これはアーク家のためだ。決してお前らを守るためではないからな。……迎えが来たようだ。お前らももう親の元へ戻れ。次回からは勝手に離れるなよ」

それだけを言い残してアブソリュートはこの場を去り、波乱のパーティーは幕を閉じた。

Absolute Ark

Status Table

アブソリュート・アーク（10歳）

03

（スキル Skill）

カリスマ	v6	_ 魅力に補正がかかる
王の覇道	v6	_ 自身のステータス上昇 _ 敵のステータスを下げる
絶対悪	v6	_ ステータスが伸びやすくなる _ 相手への印象が悪くなる _ 聖の者に対して特別補正

（ステータス Status）

レベル	49	魔力	800
身体能力	350	頭脳	100

（習得魔法 Mastered magic）

火、水、土、風、回復、闇

（技術 Technology）

剣術、拷問、グロ耐性

Name: Absolute Ark Age: 10

That's needed for a villainous aristocrat

私はホセ伯爵家の子息のクリス。

我が家はライナナ国にて奴隷業を生業(なりわい)としている家系だ。かなりグレーな仕事だがライナナ国では合法だし、何より少なからずこの国になくてはならない仕事だと自負している。

だが、将来的に不安な事があり日々頭を抱えていた。それはアーク家の長男アブソリュート様のことだった。

我が家はアーク家傘下の貴族であり何度かアーク家に赴き、顔を合わせたがどうも嫌悪感が拭えないのだ。

我が家は職業柄多くの領に赴き、商売をしてきた。中には同じくアーク家傘下の家で、同年代の子供がいる家には積極的に声をかけて仲良くしてきた。そうして培ったコミュニケーション能力では自信があるつもりだったが、アブソリュート様だけは仲良くできそうになかった。

父にも相談し、アーク家に行くときは欠席できないかを相談したこともあったが——

「クリス。奴隷商において最も大事な事はわかるな？」

「人を見る目を養うことですよね。何度もお聞きしました」

「お前がアブソリュート様についてどう思っているかは分かったが、もっと大局を見ろ。あの年にして、あの威圧感。将来はきっと大物になるだろう」

そう言って取り合ってもらえなかった。

理性では分かっているのだが、本能がどうしてもアブソリュート様を嫌がるのだ。私だけなのか、こっそり他の傘下の子息たちにも聞いてみたら皆同じ気持ちで安心したほどだ。

よかった。私の人を見る目は間違っていなかった。間違っていたのは父の方だ。

そう思っていた矢先、事件は起こった。

ミカエル王子の十歳の記念パーティーにて父と上位貴族に挨拶を終えた後、大人たちと分かれて子息や令嬢たちだけのフロアに向かった。

私は顔が広いので、同じアーク家傘下の子息や令嬢たちとの仲がよく、彼らの中心になって楽しく過ごしていた。

「おい、めでたい席の場に、なぜ貴様らのような汚らわしい家の者たちがいる？」

上位貴族の子息たちが声をかけ、私たちを囲むようにアーク家傘下の者たちは中央に孤立した。

ヤバイ囲まれてしまった。一番爵位の高い私が率先して声をあげる。

「私たちもライナナ国の貴族だ。パーティーへの参加にはなんの問題もないのでは？」

「確かにそうだ。だが、お前らのような汚らわしい職業を生業とする貴族がいればこのパーティーの品位が下がるのだよ。なぁ諸君？」

囲んでいた者たちから笑いが溢れ出す。

プライドを刺激されてしまった私は、気づけば上位貴族の子息へ向かおうとしたがそれは叶わなかった。いつの間に何人かに私は取り押さえられた。

「おい。お前らコイツに身の程を教えてやれ」

両腕を抑えられた私は囲んでいた者たちからリンチを受けた。

「クリス⁈」

「動くなっ！」

クルエル子爵の令嬢や何人かが止めに入ろうとしたが私は彼らを制止した。相手は上位貴族であり格下である私たちが何かすればどうなるか想像がつく。私が耐えれば他の者も手を出さないはずだ。そう考えその場は耐えようとした。だが何度も殴られ、蹴られもう感覚もなくなってきた。

（クソッ！　どうしてこんな目に……）

意識を失いそうになるが、急に暴行が止み意識がはっきりした。すると凄い圧がこちらに向けられていたのに気づく。

「……何をしている？」

声のする方を見ると、この圧の正体はアブソリュート様であった。

（凄い。まだ十歳でここまでの圧力を出すなんて）

人垣が自然とアブソリュート様を避け、私たちを守るように上位貴族との間に立った。私たちを庇う背中を見て、とてもアブソリュート様が大きく見えた。

「もう一度言う。彼らはアーク家傘下の者たちだが、お前らは彼らに何をした。返答次第では許さんぞ」

静かだが怒気の含まれた声に加えてさらに放たれる圧が増した。

囲んでいた上位貴族たちは圧力に耐えられず逃げ出していく。逃げ出す貴族たちの姿を見てアブソリュート様が私たちに向き直った。今度は私たちに圧が放たれてアブソリュート様の怒りが向けられたのが分かった。私はすぐさま膝を折った。

「ア……アブソリュート様助けていただきありがとうございました。そしてアーク家に泥を塗ってしまい……申し訳ございませんでした」

　アブソリュート様が動いた。

（ヤバイ殺される）

　私はその時を待つようにギュッと目を閉じたが、アブソリュート様の手が肩に置かれた瞬間私の傷が治っていくのが分かった。

（これは回復魔法?!　魔法や剣はかなりの才能があると聞いてはいたが回復魔法まで使えるとは……）

「お前はホセ伯爵家のクリスだったな。酷い姿だったではないか」

　声をかけられたがこれは怒っているのだろう。未だに圧が放たれている。

「はっ！　お見苦しいところをお見せしてしまい申し訳ございませんでした。相手は上位貴族が多くいたので反抗するわけにもいかず、結果エスカレートしてしまいました。全ての責任は私にあります。どうか他の者への罰はご容赦を！」

　私の謝罪と嘆願の後、クルエル子爵令嬢たちが私をフォローしてくれた。そしてアブソリュート様から声が放たれる。

「話は分かった。だが、今回の件はクリスだけでも他の者たちだけでないお前ら全員の過失である。なぜだか分かるか？　代表してクリス、答えよ」

　嘆願が届かなかったようだ。震える声で質問に答える。

「そ、それは私たちが相手に下位貴族だからと舐められたからでしょうか？」

「それもあるが、私たちの評判が悪いのはあらかじめ分かっていたはずだ。それなのになぜお前らはせっせとこの場に集まった？　上位貴族のいないお前たちだけでは標的にされるのは分かっていただろう」

　確かにその通りだ。だが、ここまで自分たちが目の敵にされていたなんて思わなかったのだ。

私は泣き出しそうになりながら言った。

「それならば一体どうしろとおっしゃるのですか！」

　爵位の低い私たちでは上位の者に逆らえないのだ。だが、そんな考えを吹き飛ばすようにアブソリュート様は言った。

「なぜ私を待たなかった？」

「え……？」

「今回の一件は先ほどクリスが言ったようにお前らが下位で相手が上位故に起こったことだ。ならもしその場に私がいたらどうだ？　先ほどのようにアイツらの好きにはさせなかったはずだ」

　その通りだ。だが私たちは皆アブソリュート様を嫌悪していた。アブソリュート様を避けるように行動したせいで騒ぎを起こしてしまったのだ。

「さて、今回の一件貴様らにも責任があるのは話した通りだ。よって罰を与える」

一瞬死を覚悟したが、それは意外なものとなった。

「今後、こういった催しや学園へ入った時はなるべく私の目の届く所にいるようにしろ。それをもって今回の罰とする」

驚愕した。実質お咎めなしだったのだ。それだけでなく今後私たちを守ると遠回しに言ってくださったのだ。私たちはアブソリュート様を誤解していた。こんなにも懐の大きな方だったなんて。私はこれまでアブソリュート様に対して無礼な考えをもっていたことを恥じた。おもわず涙が溢れだす。

迎えが来てアブソリュート様は戻っていったが、彼が去った後も私は涙が止まらなかった。

パーティーが終わり屋敷に戻った後、父に今日起こった事を話した。

父は何も言わずに最後まで私の話を聞き終えると私に告げた。

「お前がアブソリュート様を嫌っていたのは知っている。だが、思い返してみろ。アブソリュート様はお前に何かしたか？」

私は、首を横に振る。確かにアブソリュート様から暴力や中傷を受けた覚えもない。会話も淡泊なものだったが今思い返してみれば普通のものだった。

父は重ねて言う。

「この話は内密なものだ、他言するなよ。実はアブソリュート様は自らのスキルによって他人への印象が悪くなってしまうのだ。だから私はお前に何度も人を見る目を養えと言ってきた。

スキルに惑わされず、アブソリュート様の人柄を見て判断して欲しかったのだ」

「そのようなスキルがあるなんて……どうして言ってくれなかったのですか！」

スキルについて事前に知っていればアブソリュート様への対応も変わっていたかもしれない。

そう思うと言わずにはいられなかった。

「頭を冷やせ、クリスよ。個人のスキルの詳細はプライバシーに関わるものだ。上位貴族なら尚更な」

「分かってはいます。ですが、それだとアブソリュート様の周りはっ！」

「友人はおろか、味方をつくるのも難しいだろうな。だから、私たち当主にはスキルについてあらかじめ聞かされ、お前たち、子供には人柄でアブソリュート様を見るように伝えたのだ。特にお前には口酸っぱく言ってきた。お前は同年代の傘下の中で最も慕われていたからな。お前を通じて少しでもアブソリュート様への見方が変わればと思っていたのだ」

私はその言葉を聞き絶望した。私はアブソリュート様に嫌悪感を持ち同年代の友人たちにその考えを同調させてしまった。

「あぁ……私はなんてことを」

私がアブソリュート様を独りにさせてしまったのだ。

涙が止まらなかった。あの強くてどこか優しさを感じさせた彼には味方が誰もいない。

どれほど辛い道を彼に歩ませてしまったのだろう。

父は私の背中をさすりながら言った。

「お前たちはアブソリュート様を見放したが、アブソリュート様はそんなお前たちを見放さなかった。クリスは今後彼にどう報いる？」

私の覚悟は決まっていた。あの上位貴族らしく傲慢そうだが、どこか優しさを感じさせる彼をもう独りになんかさせない。

「私はもうアブソリュート様を絶対に見放しません。アブソリュート様の周りを味方で埋め尽くします。それがアブソリュート様への私の責任です」

それを聞き父は嬉しそうに頷いた。

（まずは、同じ考えを持ってくれる味方を探そう。頭のよいクルエル子爵令嬢は同じ考えを持ってくれるかもしれない）

そうしてクリスは動きだしたのだった。

Chris Jose

Status Table

クリス・ホセ（10歳）

04

（スキル Skill）

奴隷契約	v4	_ 相互契約の済んだ相手を、奴隷にする

（ステータス Status）

レベル	10	魔力	20
身体能力	15	頭脳	30

（習得魔法 Mastered magic）

火

（技術 Technology）

コミュニケーション能力（強）

Name: Chris Jose　Age: 10

That's needed for a villainous aristocrat

ミカエル王子の誕生日パーティーの後、ホセ伯爵家のクリスやクルエル子爵令嬢のレディが頻繁に屋敷に来てくれるようになった。

クリスたちはこれまで遠巻きにしていたことを謝罪し、傘下の貴族たちと距離が縮まるようにお茶会などを開催してくれるようになった。その甲斐もあり、少しは距離が縮まったかなと思う。

別にスキルのせいだし気にしてはいなかったけど裏切られないくらいには親密にはなりたかったので素直に甘えさせてもらった。

今はクリスとレディの三人で魔法の訓練を終えてお茶を飲んでいる。

「さすがでしたわ、アブソリュート様！　火、水、土、風の四属性に加えて回復魔法と闇魔法も使えるなんて、わたくし感激しました！　尊敬しております、しゅき‼」

この、たくさん褒めてくれる女の子はレディ・クルエル子爵令嬢。この娘は歓楽街を営んでいるクルエル子爵家の娘だ。クルクルとしたツインテールが特徴的でアブソリュートをヨイショしてくれるよい娘である。おまけに男の庇護欲をくすぐるタイプの美少女故に、あまり褒められると勘違いしてしまいそうになる。

「いや、使える魔法が多いだけで大したことはない。貴族が戦うなら大事になるのは固有魔法だ。早く継承したいものだな」

固有魔法は決められた血統の者しか使えない貴族に代々伝わる魔法である。

条件は十五歳になり継承が認められている者。それまではどんなに才能があっても使えない。

アーク家の固有魔法は『精霊召喚（アーク・サモン）』精霊界から精霊を召喚する魔法だ。

しかもただの精霊ではなく『精霊王の系譜』と言われる上位精霊十二体の中から呼べるのだ。

原作ではこの魔法は討伐軍の四割を壊滅させるほど強力である。何より裏切らないのがよい。

今から待ち遠しく感じる。

（このままいけば、原作のアブソリュートを超えることができる。原作のアブソリュートに負けそうになるくらいの勇者なら今の私なら絶対に負けない。）

俺、アブソリュートは自然と頬が緩み獰猛（どうもう）な笑みを浮かべた。

圧が漏れ出しクリスがゴクリと喉を鳴らす。

レディは
「はうっ！　素敵……」

頭がピンクになっていた。

落ち着いた俺は表情をいつもの仏頂面に戻した。

（あっ、そうだ……）

「クリスよ。学園に入学する時のために侍女を用意したい。そのために、奴隷から選び教育を施したいのだが、お前からホセ伯爵に話を通してもらえるか？」

「ええ。分かりました。ですが、アーク家から見繕えば早いのではないでしょうか？」

「この家の者は好かん」

「「っ！」」

二人は悲しそうな顔をした。

(いや、変に勘繰らないでよ。原作では皆いなくなるから絶対裏切らない人が欲しんだよね。奴隷なら主人を裏切らないし……うん完璧。主人公に隙を与えたくないしね！)

ちなみに生まれた時にいたメイド服を着た老婦は三年前に亡くなった。今はその時の老婦の娘（四十八歳）が俺の面倒を見ている。高齢化の進んだ職場に若い子をいれなければアーク家の屋敷は熟女メイド喫茶状態だ。

いやらしい！

「分かりました。最上級の奴隷を用意いたします。何かご要望はありますか？」

「種族は問わない。だが、自衛能力を持っている者が好ましい」

「なるほど!!　わたくしなんてどうですか」

「いらん」

私は一蹴した。

レディが、はぅ～と崩れ落ちる。

クリスは華麗にスルーし

「分かりました。そのようにいたします。ご用意できたらご連絡します」

その後は適当に会話をして解散した。

「確かにアーク家の侍女もアブソリュート様を怖がっていましたし、これでは学園でも気分はよくないでしょうね」

クリスはアブソリュートへの配慮が足りなかったと猛省した。

少し考えたら分かったはずなのに。

「はう〜。お可哀想なアブソリュート様わたくしが癒やして差し上げたい」

白々しいとレディを見る。

「さっきから、それはなんですか？　貴女そんなキャラじゃなかったでしょう？」

レディ・クルエルという女は厳格でかなり計算高い少女だったはずだ。

少なくともこの前見たときは、こんなに軽そうな女ではなかった。

「あら？　だってアブソリュート様はあの通りお堅いじゃない。距離を詰めるならこういったキャラの方がいいかと思って。それに面倒そうにはしていましたけど拒絶はしてなかったじゃない？」

ハァとため息を吐く。女性とはこんなにもキャラを作れるのかと、女性不審になりそうだった。

「というと、さっきの惚れている感じを出していたのはフリだったということですか？」

アブソリュート様の心をもてあそんでいるのかと思い、軽くレディを睨むが、肩をすくめてレディは言い返した。

「いいえ。純愛ですのよ。わたくしも貴方と同じようにアブソリュート様を誤解して、独りにさせてしまった。そしてあのパーティーで助けられた。スキルのこともあの後聞かされて胸が張り裂けそうになりましたわ。もし、今後アブソリュート様がまた独りになりそうになった時、今度は絶対お側にいたい……そう思ったの。それにコミカルに接した方がアブソリュート様の周りに、遠慮なんていらない、器の大きな方なんだぞって伝わるかと思ってね」

前言撤回だ……レディがそこまで考えて道化を演じていたなんて素直に尊敬した。

やはり最初に彼女に声をかけたのは正解だった。

「それにイケメン高位貴族なんてよく考えれば将来有望じゃない？　他の女が手を出さないように牽制しておかないと！　これから外堀を埋めるのに忙しくなるわね！」

（後者の理由の方が本音の気がしてきた……。まぁアブソリュート様の味方が多いに越したことはない。とりあえず、奴隷に関しては父と相談しよう）

クリスはそう考えアーク家を後にした。

Absolute Ark

Status Table

アブソリュート・アーク（10歳）

05

（スキル Skill）

カリスマ	v6	_ 魅力に補正がかかる
王の覇道	v6	_ 自身のステータス上昇 _ 敵のステータスを下げる
絶対悪	v6	_ ステータスが伸びやすくなる _ 相手への印象が悪くなる _ 聖の者に対して特別補正

（ステータス Status）

レベル	49	魔力	800
身体能力	350	頭脳	100

（習得魔法 Mastered magic）

火、水、土、風、回復、闇

（技術 Technology）

剣術、拷問、グロ耐性

Name: Absolute Ark　Age: 10

That's needed for a villainous aristocrat

Ready Cruel

Status Table

レディ・クルエル（10歳）

06

(スキル Skill)

氷魔術	v4	_風と水の魔力を使い氷魔術を使用できる

(ステータス Status)

レベル	12	魔力	78
身体能力	10	頭脳	68

(習得魔法 Mastered magic)

水、風

(技術 Technology)

恋愛強者

Name: Ready Cruel　Age: 10

That's needed for a villainous aristocrat

ホセ伯爵家にアポイントをとり、今日は待ちに待った奴隷商にやってきた。

奴隷商の館の前でホセ伯爵と息子のクリスが迎えてくれる。

「ようこそおいでくださいました。アブソリュート様、本日はよろしくお願い申し上げます。ご要望の通りに自衛能力のある奴隷を多く選びました。案内にはクリスをつかせますので何かございましたらクリスにお伝えください。護衛は……失礼しました、必要ありませんね。一応念のために奴隷の行動を制限しております。ご自愛ください」

「分かった。それと念のために言っておくが値下げはしなくてもいい。借りを作るのは面倒だ」

私はホセ伯爵に謝意を告げ、クリスに案内され奴隷商の館の中に入り、一番広い客間に通された。

「今からここに一人ずつ奴隷を連れてきます。契約のスキルで行動を縛っておりますので暴れる心配はありません。気に入った奴隷がいましたら私にお申し付けください。」

（なるほど……個別面接システムね。一生モンの買い物になるわけだから慎重に選ばなきゃならない。家と一緒だ）

「お待たせしました。準備ができたので一人ずつお見せします。まずは一人目、入りなさい」

薄い奴隷服を纏った小柄な獣人の女が入ってきた。私の顔を見て引き攣っている。

「おっ、狼族のウルです。年は八歳です。えっえと、ウルを買ってくださぃ……」

（うわぁ今にも泣きそうな顔してるよ。そんなに嫌がられると毎回傷つくよなぁ。うわっ、クリス今にもキレそうな顔している。話題変えるためになんか話振ってみるか）

「クリス。ウルはまだ幼いがちゃんと戦えるのか？」

「はい。狼族は戦闘民族ですから、この年でも下手な貴族より強いです。現在のレベルは18でスキルは【索敵】と【獣化】です。伸び代も含めたらウルが一番オススメですね」

（ほう。索敵か。奇襲を防ぐには持ってこいだな。それにまだ幼いのもいい。今は怖がっているが優しく接していけば慣れていくだろう）

「そうか……ありだな」

「っ?!　う、うわぁ…ひっぐぅ、ぐわあぁ！」

アブソリュートが購入に前向きなことに絶望してウルは号泣した。

泣きだしやがった。やっぱりやめようかなぁ。うわっ、またクリスがキレそうだ。

何もしていないが少し申し訳なく思ってしまう。

「とりあえず分かった。次を呼んでくれ」

強引にウルを下げさせ次を呼ばせた。

次に呼ばれたのは四十歳くらいのムキムキの女だった。……あっないわ。

「エリザベスだ。年は四十三だ。買ってくれたら可愛がってやるね。お坊ちゃん♡」

ウインクをしながら積極的にアピールをしてくる四十三歳。

全身に鳥肌が立ち今すぐコイツを下がらせろと本能が訴えてくる。

（うわぁ……ないわぁ。にしても一般人にしては結構強いんじゃね？　買ったら絶対襲われるじゃん。）

「エリザベスは元傭兵でしたが、戦争にて捕まりそのまま売られて奴隷になりました。レベルは40で平民にしてはかなりの水準ですね。スキルは【怪力】です。戦闘力でいえばエリザベスが一番になります」

（マジか。ていうかあいつめっちゃ私のこと熱い目で見てるんだけど……スキル利いてないのか？　なんかめっちゃ息荒げて興奮しているし。分かった、あいつショタコンか！　ショタコンに力を与えちゃダメだろう。ショタたちが駆逐されるぞ。駄目だ……あの女を自由にしてはいけない。エリザベスは一生この館にいるべきだ）

「分かった。次を呼んでくれ」

エリザベスは手ごたえを感じたのか、期待のこもった目で最後までこちらを見ていた。

次の奴隷が入ってくる。女騎士って感じの凛とした雰囲気の女だ。切れ長の目が特徴的で、いかにも気が強そうだ。

「マリア・ステラ。年は十五」

マリアはそれだけ言って黙った。嫌われてはいるだろうが表情には出してない。大人の対応だと思った。

（んっ？　マリア・ステラ……どこかで聞いた気がする）

「マリアは元貴族でしたが、多額の借金を返済できず奴隷になりました。騎士としての技能を持っています。固有魔法は十五になる前に売られたため、継承していません」

……クリスの話を聞いて思い出した。

マリア・ステラは『ライナナ国物語』の年上お姉さん系ヒロインだ。初めはツンツンしているが主人公に買われて接しているウチに亡くなった弟と面影を重ねて段々と甘やかしてくれるヒロインだ。

『おい！　もうへばったのか!!　……仕方ないな。ほら膝を貸してやろう。起きたら、修行の続きだからな。ふふっ♪　可愛い寝顔だ♡』

『ほらっタオルをどけろ！　しっかり洗えないではないか!!　なっ、何を大きくしている?!　全く、男の人っていつもそうだな。ほらちゃんと洗ってやるから恥ずかしがるな』

（全くけしからん奴だな、主人公は。だが、今のウチにマリアをこちらの陣営に置いておけば主人公側の戦力を奪うことができる。それに、今後行われるマリアのイベントを終えればマリアは固有魔法を使えるようになり伸び代もある。決まりだな）

「クリス。決まった」

「エリザベスですか？」

おい、エリザベスを売りつけようとするな。

「ウルとマリアを買う。契約を頼む」

クリスはどこか残念そうにしながら準備を始めた。

（残念だったな、クリスよ……エリザベスを頼んだぜ！）

決まったのでホセ伯爵を呼び、ウルとマリアとの契約が完了した。

奴隷の二人に向き合う。

「これから、お前たちの主人になるアブソリュート・アークだ。お前たちには今後私の侍女として仕えてもらう」

私の名前を聞き、二人は顔色を変えた。

「あ、アーク家ってこの国で一番悪いって言われてるあの？　イヤァァァァ！」

（ウル……否定はしないけどウチは法律の中で暴れているだけだから……否定はしないけど）

「くっ！　アーク家の者だったか……道理で嫌悪感が凄いわけね。私たちに何をするつもりだ。辱めを受けるくらいなら死んでやる！」

（アーク家ってだけでこれかよ。酷い言われようだ……）

「殺すつもりはない。お前らには侍女として働いてもらう。……だが、口の利き方がなっていないようだ。お前たちは今後私の奴隷だ」

スキル【王の覇道】を発動し、二人を威圧する。

まるで強風に吹かれたような圧が二人を襲う。

空気が薄くなったように感じ呼吸が上手くできなくなる。

二人は顔を青白くし、ガタガタ震えていた。

（もう……いいか）

威圧を解除した。

「これからは、口の利き方に気をつけろ……分かったな？」

「……はい」

「……失礼した」

二人が頷いた姿を見て心の中で一息つく。

女を二人わからせてやったぜ。

私はマリア・ステラ。元は貴族の生まれだった。

優秀な騎士である父と厳格ながらも愛に溢れていた母、そして目、耳、鼻どこに入れても痛くないほど可愛い弟と幸せに暮らしていた。

昔は家族仲もよく平和に暮らしていたが、父と弟が病に倒れてしまったことによりその平穏が崩れ去ってしまった。

回復魔法でも治療が難しい難病で治療法は確立されていなかった。

なんとか病を治そうとあらゆる所からお金を借り、高位の神官やポーションで治療を試みるも結果最愛の家族を二人も失ってしまった。

その後、絶望した母は自殺して、残された私には借金だけが残った。

父たちの後を追う選択肢は私にはなかった。父や弟を救うためにお金を貸してくれた者たちへの恩を仇で返したくはなかったし、まだ自分にはやるべきことがあるのではないかと漠然とそう思っていたからだ。

私が父から受け継ぐはずだった家宝。固有魔法を宿した『宝剣ステラ』も手放し、家財を全部売っても返済しきれず領地は国に返還され、奴隷として身売りすることになった。

騎士として約束された将来、優しい両親や可愛い弟のいる日常は壊された。

奴隷として売りに出されていた私は、アーク家の子息アブソリュート・アークに買われ奴隷兼侍女として働くことになった。

初めて見た時は、死んだ弟と同じくらいの年なのに非常に嫌な感じのする子供だと思った。それがまさかあのアーク家の人間だったとは……アーク家はライナナ国のグレーな商売を担っている貴族たちのトップであり、裏ではかなりヤバイことをしているとの話だ。

正直、初めはどんな汚いことをさせられるのかと思ったが、仕事内容は至って普通の侍女のそれであった。先輩メイドのミトさん（四十八歳）もアーク家の者とは思えないくらいに優しくとてもよくしてもらっている。

だが、私はアブソリュート、もといご主人様の奴隷なので必然的に彼と過ごすことが多くなる。その時間だけが苦痛だった。嫌悪している相手の世話を焼くなどしたくなかったが奴隷なので逆らうこともできず、仕方なく従っている。

しかし、しばらくしてご主人様の生活を見ると、あのアーク家の子息とは思えないくらい大人しいものだった。言葉の端々には傲慢さが窺え、表情も基本的に無表情でたまに見せる獰猛な顔が印象的だが、使用人や傘下の貴族に手をあげたことはない。

花瓶を割ってしまった同じ奴隷のウルを叱りつけるのではなく、真っ先に回復魔法を使ったのも意外だった。

（あんなに嫌な奴みたいな雰囲気を出しているのになんか調子が狂うわね……）

私にはアブソリュートが理解できなかった。

アーク家に来てしばらく経った頃、先輩メイドのミトさんに呼び出され、ミトの辞職と今後のアブソリュートの担当を任せることが伝えられた。

慣れてきたらそのまま私をミトさんの後釜に据えられることはあらかじめ聞いていたが、こんなにも早いとは思わなかった。

「マリアは仕事を覚えるのも早かったし、ウルも掃除は一通りできるようになったから私の役目は終わったわ。アブソリュート様のことをお願いね」

最後にずっと気になっていた事を聞いてみた。

「あの、ご主人様のこと怖くはないのですか？」

それなりに鍛えた私ですら背筋が凍る相手なのだ。にもかかわらず、ミトさんはそんな様子は見せず接していたのが気になったのだ。

　ミトさんは悲しそうに語り出した。

「……怖くないって言うと嘘になるわね。でもね、私の母が亡くなった時にアブソリュート様は静かに泣いてくれたの。そして、屋敷に勤めて暫くしてアブソリュート様のスキルの事を聞いたわ。そうしたら恐怖より同情の気持ちが強くなっちゃって。きっとアーク家の使用人は皆同じ気持ちよ」

「スキルですか？　初耳ですね」

　聞いていないぞ、と少し遠回しに攻めてみる。

「正式にアブソリュート様の侍女になるのだからこれから伝えるわ。でも、貴女はアブソリュート様のお世話をしていても決して嫌な感じを顔や態度には出さなかったから伝えるかどうかを迷ったのもあるわ……アーク家の使用人は皆アブソリュート様に同情しているから、どうしても腫れ物を扱うようになってしまうの。それが原因で幼いアブソリュート様は、屋敷の空気に敏感になってあまり笑わなくなってしまった。私たち大人の責任よ……まだ若い貴女に頼むのも酷だと分かっているわ。でも、貴女は変わらずアブソリュート様と接してあげて」

　そしてマリアは、アブソリュートについて、ミトからすべてを伝えられた。

（まさか……スキルで印象が最悪になるなんて）

マリアは自らの主人のことを余すことなく伝えられた。

アブソリュートのスキルのこと。スキルのせいで友人がこれまでいなかったこと。最近、ようやく理解してくれる友人ができたこと。

（たくさん傷ついてきたのね……まだ幼いのに）

マリアはかつての弟と同じ年くらいのアブソリュートの現状を嘆いていた。

そしてマリアはアブソリュートの部屋に行き、ミトから仕事を引き継いだことを伝える。

「ミト様に代わり、これからは私がご主人様のお世話をさせていただきます。それで……あの、引き継ぎにあたりご主人様のスキルのことを教えていただきました」

ご主人様の表情は変わらず無表情のままだった。

「そうか……」

それだけ言い、本に視線を戻した。

あまり関心はないようだった。

「……辛くはないのですか？」

聞かなくてもいいことを聞いてしまった。マリアは少し後悔するが時はもう戻らない、ご主人様がそれに答える。

「さあな、別に他人の目などどうでもいい。すべての人に嫌われようと私はアブソリュート・アークだ。それだけは変わらん。他人の目で私が変わることなどない、決してな」

（凄い覚悟だ。そして悲しくもある、まだ幼いご主人様にここまで覚悟させたことが。きっとこれからもご主人様は傷つきながら生きていくのね……そんなのあんまりじゃない！）

　気づけばもう初めて会った時の嫌悪感はない。今は傷つきながらも、その傷を見ないように強がるご主人様が悲しくも愛おしく感じた。

　かつて生意気盛りだった弟と姿が重なる。

　気がつくと私はご主人様を後ろから抱きしめていた。

「おい、貴様何をしている……早く離れろ」

　私は腕を緩めない。上手い具合にホールドできたので、相手の力が上でも決して抜け出せない。ご主人様もそのことがわかったのか抵抗が弱まった。

「ご主人様、これからは私が奴隷として、侍女として姉として家族として貴方の側にいます。決して一人になんかさせませんから！」

「もう分かったから……いいから離せ」

　これからはこの不器用で傷ついた少年の心を癒やしていこう、そう誓ったのだった。

「はぁ……お前の相手は疲れた。もう風呂に入って休む。風呂の準備をしろ……」

「……一緒に入りますか？」

「入らん！」

　この後風呂に乱入し、めちゃくちゃ一緒に入った。

Maria Stella

Status Table

マリア・ステラ（15歳）

07

（スキル Skill）

ナイト		_物理攻撃に対して強くなる _自身の身体能力が上がる

（ステータス Status）

レベル	35	魔力	35
身体能力	70	頭脳	47

（習得魔法 Mastered magic）

土

（技術 Technology）

剣術、理想の姉

Name: Maria Stella　Age: 15

That's needed for a villainous aristocrat

マリア・ステラとウルを購入してからしばらく経った。かなり関係は良好だとは思う。

（マリアに至っては主人公と起きるはずだった『お風呂イベント』まで起こったしなぁ。勿論、手は出してないよ？　まだ、十歳だから性欲がそんなにないからね。そこだけが悔やまれる）

『ご主人様、お背中お流ししますね。ふふっ、ほら前も洗いますからこっちを向いてください……もう、分かりましたから威圧するのは止めてください。ご主人様なら少しはオイタをしてもいいのですけど……なら一緒に湯船に入りましょう？　これからは毎日お背中お流ししますね♪　ご主人様』

（何かのはずみで精通しそうで心配だ……にしても、小説だと主人公には結構厳しくしてからご褒美に甘えさせてくれる感じだったのに、俺には甘々だよなぁ。なぜだろう？）

原作ではへこたれた根性の主人公を奮起させるために、アメとムチを使い分けていたマリアだった。だが主人であるアブソリュートの家庭環境はムチしか与えられず、必要なのはアメだとマリアは判断したのでアブソリュートには甘々なのである。

ウルに関しても花瓶を割ってケガしたところを、回復魔法で直してあげたことがあった。それからかなり関係は改善した。たまにお菓子もこっそりあげたりもして、侍女の仕事のない時はアブソリュートの後をちょこちょこ付いてくるようになった。

そんな日々を過ごしていると、久しぶりに父から呼び出された。

父が呼び出す時はろくな事がないのは分かっている。行きたくはないが行かない選択肢はない。私は父の部屋に赴く。

父は相変わらずの強面で私を待ち構えていた。

「よく来たな、アブソリュートよ。また強くなったようだな。アーク家の当主として誇りに思うぞ」

毎回部屋に来るたびに同じことを言われているような気がする。他に言うことはないのか！

ＡＩかお前は！

「ええ、毎日鍛えていますから。それで用件を伺っても？」

父はサクサク話を進める。

「何度もいっているが、アーク家はライナナ国にとっての必要悪だ。国の悪を管理し裏で王家にとっての不穏分子の始末に加え他国からきた闇組織の対処を行っている」

（そうだ……原作ではアーク家はただの悪として描かれているが本来は裏で国防を担っている陰の功労者なのだ。最終的には勇者によって滅ぼされたのを考えると今後、国から切り捨てられる可能性がある。そう考えるとこのまま王家に尽くすのは危険だ。対処を考えなくては……）

「ええ、分かっています。私も何度も仕事をこなしてきましたから……それで今回の任務はなんでしょうか？」

「……あぁ、王都でアーク家に属していないカラーギャングが、帝国の闇組織から武器を密輸しているらしい。殺してこい。一人残らず」

アブソリュートは無言で頷く。その後、詳細を詳しく聞いた。

敵の数はおよそ三百。

主犯である帝国の人間は帝国貴族ノワール公爵家の手の者とのこと。

ノワール家とは帝国の裏を掌握している闇組織で、最近ではその手を他国にまで伸ばそうとしているため当然ライナナ国も狙われている。

ノワール家とアーク家、国は違うが水面下での攻防が長年続いているいわゆる敵対組織というやつだ。

聞いた話では前に一度大きな抗争があり、アーク家は戦闘に参加していた大勢の若者を失い、ノワール家は当主や跡取りといった主要人物を失い痛み分けに終わったらしい。

「分かりました。では、さっそく行ってまいります」

そう言って父の部屋を後にする。

「これから、お仕事にいかれるのですか？」

出かける前にマリアに伝えておく。

(探しにこられたら面倒臭いしね)

「私も行きましょうか？」

心配そうな顔で見つめるマリア
「いらん。それと今日は帰れんかもしれん。待たずに寝てていいぞ」

「……承知しました。気をつけて行ってらっしゃいませ」

深々とお辞儀をするマリアを背に私は屋敷を後にした。

ライナナ国と帝国の国境に位置するアクアマリン領の廃村にて取引は行われていた。

アーク家に属さないカラーギャングのグリーンアント総勢三百八名が揃い、取引を見守る。

「帝国から持ち出せたのは魔銃十丁に中級魔法の杖が五十、他は剣や鎧装備一式になります」

「それだけか……少ないな。もう少しどうにかならないか？」

「ハハッ、勘弁してください。これを持ち出すだけでも何回戦闘になったことか」

「まぁいい。ほら約束した金だ」

グリーンアントの下端たちが商品の入った積み荷を受け取り、納品数を数えていく。

取引をしていたギャングのリーダーは、まるで新しいおもちゃを買ってもらった子供のようにどこかウキウキしながら商品を確認する。

「これからどうなさるつもりですか？」

ノワール家の人間が尋ねる。

「まずはこいつらを使って、アーク家に属していないゴロツキを掌握して兵隊にする。そして闇組織のトップをぶっつぶしてこの国を掌握する」

トップに立ちたい。男なら誰もが夢見るものだ。

仲間も増え、夢を可能にする魔道具も手に入れた。あとは駆け上がるだけだった。

「お前らっ!! もうアーク家の時代じゃねぇ。俺らの時代だ! この国ひっくり返そうぜぇ!」

「「「うおぉぉぉぉぉぉぉぉぉおお!」」」

約三百の人間による雄たけび。

この瞬間、ライナナ国に一つの闇組織が誕生した。

ズンッ!!

その直後、謎の圧がカラーギャングたちを襲う。

場が一斉に静まり返り冷や汗が流れる。

「誰の家の時代がもう終わったって?」

声の主の方をみる。背が低く幼い顔立ち、まだ子供だった。

だが、その見た目とは裏腹に圧倒的な圧力を感じた。

「ダーク・ホール」

謎の子供が詠唱し、地面に闇が広がり闇から黒い手が大量に生えてギャングたちを引きずり込んでいく。

「な、なんだこれはー!」

「落ち着け! 闇魔法だ、魔法を逃れた者はあのガキを攻撃しろ!」

運よく魔法を逃れた者たちが魔道具を手に取り反撃を試みる。

「「「ファイヤーランス」」」

魔道具から出された炎の槍が少年に襲い掛かる。

「くたばりやがれ！」

迫る魔法に動じず少年は手を前にだし、魔法を行使する。

「ダーク・ホール」

少年の前に魔法陣が現れ、地面に広がっている闇と同じものが現れ魔法を呑み込んでいく。

「ばっ、馬鹿な！」

「この魔法は魔力を持つすべてを呑み込む。私に魔法は通じない」

「くそ、もう一度だ！」

もう一度攻撃を命令する……があの子供はもうどこにもいなかった。

「くそっ！　どこ行きやがった!!　探……」

ぼとっ。

死角からの魔力の腕による手刀で、指示を出していたリーダー格の男の首が落ちた。

「ひっ?!　リーダー！　一体何が起きてるんだ」

ぼと、……ぼと、ぼと……ぼとぼとぼとぼとぼとぼとぼとぼとぼとぼと。

気づいたら立っていたカラーギャングたちの首がすべて落ちていく。

「これで、全員か……くだらない。何が陰の功労者だ。都合のいい便利屋じゃないか。やはり王家の下にいては駄目だ。力だ……力がいる。数の暴力に抗える力が！」

　ガタっ！

　アブソリュートは音の方を見る。まだ生き残りがいたようだ。

「ひっ！　わ、私はあのノワール家の傘下の人間だぞ！　私に手を出せばノワール家が黙っていないぞ」

　ギャングたちと取引していた男だった。うまく隠れてアブソリュートの魔法から逃れていたらしい。

「ノワール家？　望むところだ。向こうからくるようなら相手になってやるよ。まぁその前にお前は死ぬがな」

「お前、一体何者だ！　なんで……」

　男はまるで怪物を見るような目でアブソリュートを見る。アブソリュートは自嘲して男に答えた。

「私は悪だよ……お前らと一緒だ」

　そう言って生き残りに止めを差した。

　その後現場を処理するために再び魔法を使う。

「ダーク・ホール」

　残った死体の後片付けをし、この場を後にした。

夜遅く皆が寝静まった頃、アブソリュートは屋敷に戻った。

「お帰りなさいませ。ご主人様」

いないと思っていた声にわずかに驚く。

「マリアか……寝ておけといったはずだがな」

呆れてため息をつくが、

「ご主人様がこの国のためにお役目を果たしているのですもの。一番に迎えたかったんです」

マリアは笑顔を見せるが、アブソリュートはマリアの言葉に驚く。

「貴様、それをどこで知った」

アブソリュートはマリアを睨む。

あれはアーク家でも一部の者しか知らないはずだ。

「ウルです。あの子ご主人様を心配して私に話したんです。本当はウルも待っていたのですが眠気に負けてしまいました。それにしても驚きました。アーク家にそんな役目があったなんて
……」

マリアは悲しい顔でアブソリュートを見る。

「ウルのスキルの【索敵】か……あいつめ。後で余計な告げ口をしないよう叱っ……おい、なんだ？」

マリアはアブソリュートをそっと抱きしめた。

「ご主人様はずっとこの国のために戦ってこられたのですね……まだこんなに小さいのに……っ」

マリアの抱きしめる力が強まる。そのまま体に埋まりそうだ。

「私憎いです。国が……まだ子供のご主人様に戦わせる大人たちが！　こんなのって！」

マリアの感情が爆発する。普段感情を表さないアブソリュートの分まで彼女は怒っているのだ。

「マリア……私は大丈夫だ。見ての通りなんともない」

「いいえ。傷ついてます！　貴方(あなた)の心が!!　それに気づかないくらい貴方はボロボロなんですよ」

アブソリュートは苦笑いした。

初めはアブソリュートも悪人とはいえ命を奪ってしまったことに心を痛めた。だがそれも徐々に薄まっている。慣れというものかと思ったが、それがボロボロすぎて痛みに鈍くなっているというのなら、おかしいのはアブソリュートの方なのだろう。

「否定はしない、だが今日はもう遅い早く寝よう」

「……まだ言いたいことはありますが、ご主人様に言うのは筋違いです。分かりました……それでは今日は一緒に寝ましょう」

「いらん……一人で寝る。入ってくるな」

そう言って部屋に戻りアブソリュートは就寝した。

次の日、起きたら柔らかい感触がした。

今まで触ったことのない感触だ。柔らかく癖になる。なんだこれはと手を触れると、

「んっ、ご主人様♡　一体どこでそんなこと覚えたんですか♪　いいですよ……お姉さんが受け止めてあげます！」

マリアがベッドの中にいた。

出ていけ！

Absolute Ark

Status Table

アブソリュート・アーク（10歳）

08

Name: Absolute Ark　Age: 10

（スキル Skill）

カリスマ	v7	_ 魅力にかなり補正がかかる
王の覇道	v7	_ 自身のステータス上昇 _ 敵のステータスを下げる
絶対悪	v9	_ ステータスが伸びやすくなる _ 相手への印象が悪くなる _ 聖の者への特別補正

（ステータス Status）

レベル	55	魔力	840
身体能力	420	頭脳	100

（習得魔法 Mastered magic）

火、水、土、風、回復、闇

（技術 Technology）

剣術、拷問、グロ耐性

That's needed for a villainous aristocrat

アブソリュートとマリアは剣術だけの模擬戦をしていた。

剣と剣が何度も交差して鎬（しのぎ）を削る。

マリアは体格差を活かして、あの手この手とアブソリュートから一本取ろうと試みてはいるがすべて失敗に終わってしまった。

（騎士として将来を期待されていた私がこんなにも攻めあぐねるなんて……ご主人様はなんて姉泣かせなのかしら）

体格や剣術はマリアが上手だが、アブソリュートのセンスは何枚も上手（うわて）だった。

何度か剣が合わさり最後にはアブソリュートによりマリアの剣が飛ばされて決着がつく。

「……これで十連敗ですね。剣術だけ見てもご主人様に勝てる者はいないのではないでしょうか？」

事実、この国の兵士の平均レベルは20。現在レベル55のアブソリュートに比べるとかなり低い。マリアもレベルは30を超え充分強者と言えるが、やはりその差は大きかった。

「さあな……だが、父なら容易（たやす）く凌（しの）ぐだろう。あれは化け物だ」

一度、アブソリュートと父ヴィランが対戦した時はヴィランが勝利した。アブソリュートは戦慄（せんりつ）したのを覚えている。この世界に転生して初めての敗北だったのだ。

（……原作では、父は出てこなかった。学園を卒業する頃にはアブソリュートが当主になっていたし……父が大人しく王家に従っているのを見る限り、完全に味方とは言えない。原作でアーク家が断罪された時、父が何をしていたのかは知らないが敵対する可能性も踏まえて準備

するべきだ)

考え込むアブソリュートをマリアは心配そうに見つめていた。それに気づきアブソリュートは考えるのを後にした。

「すまんな、少し考え込んでいた……続きをやろう」

構えるアブソリュートに対しマリアは剣を置いた。

「いえ、ご主人様はお疲れのようです。あそこのベンチで休憩しませんか？　私軽食作ってきたので」

マリアの作った軽食を見て空腹を感じたので了承し、軽食を頂いた。満腹感で眠気がアブソリュートを襲う。

「ご主人様はお疲れのようですね。私の膝でよければお使いください」

首を思い切り鷲掴みにされ、無理やり頭を太ももまで置かれる。

柔らかくどこか温いというのが感想だ。アブソリュートの意識が眠気に負けそうになる。

(あっ、これ原作の修行イベントで見たことある！)

そう思いながら、アブソリュートの意識はゆっくり沈んでいく。

マリアは子供を見守る親のように膝に載せたアブソリュートの頭を撫でる。

いつもは大人びて見えるアブソリュートがその時だけは年相応の少年に見えた。

柔らかな日差しの昼の出来事だった。

　　　　❧

「ご無沙汰しています。アブソリュート様」

　クリスとレディがアーク家にやってきた。

　二人にはアーク家傘下の貴族たちとの仲を取り持ってもらっている。おかげで仲はだいぶ改善されてきた。

「ああ、それで今日はどうした？」

　相変わらず無愛想だが、二人は気にしない。これが素だと分かっているからだ。

「王都で武闘大会があるんです。アブソリュート様出場してみませんか！　アブソリュート様なら優勝間違いないですわ!!」

　レディが熱弁する。

（顔が近い近い。そんな綺麗な顔近づけないで……ドキマギしちゃう）

「十五歳未満の部の参加になりますが、同年代の実力を知るいい機会だと思うのです。それに、今年はあの勇者もでるらしいんです」

　クリスが補足する。

（何？　勇者か……確かに現時点の勇者の実力を見るのも悪くない。原作と違ってマリアはアーク家についている。それがどう影響しているか確認するのも悪くない）

「話は分かった。出ようではないか」

「本当ですか！　アブソリュート様なら優勝間違いないですわ♡」

「いや、私は出ない」

　レディは肩を落とす。

（ごめんね、勇者にあまり手の内を見せたくないんだ）

「代わりにウルを出場させる」

　後ろで待機している、狼族の侍女奴隷を指名する。ウル自身も唐突な指名に面食らっていた。

「え？　あ、あのご主人様、う、ウルがでるんですの？　ウルはご主人様より弱いし……ご主人様の顔に泥を塗ってしまいますの……」

（大丈夫だ。お前は自分が思っているより遥かに強い。何せ私直々に指導したのだから。ストーリーが始まる前の主人公なら結構いい線行く気がするんだよね）

「不要な心配だ。私と手合わせしているのだぞ？　そこいらの有象無象に負けるものか。もし、その勇者の末裔とやらに勝てたなら帰りに王都で人気のスイーツをご馳走してやる」

「っ！」

　ウルは目を見開いた。……ウルはアーク家に来てから初めて甘いものを食べ、その美味しさに涙した。ウルはそれ以来甘い物に目がない。

欲に忠実なのが獣人の長所であり、短所でもある。

そこにつけ込んだからこそ、アブソリュートはウルを手なずけることができたのだ。つまり餌付けである。

「優勝したら、加えて欲しいものをなんでも買ってやる。どうだ？」

「出ます！　ウルは新しい武器と可愛いお洋服が欲しいの！」

もう勝った気でいるようだ。だが、これでウルを使って勇者を見定めることができる。

「分かった。ウルよ、勇者に勝利し欲しい物を勝ち取れ」

「はい！　ウル、絶対勝ちますの！」

勇者のスキルを持ち、原作で圧倒的数の有利はあったものの、格上のアブソリュートを倒した男だ。

アブソリュートは決して油断しない。闘いはもう始まっているのだから。

【勇者】のスキルは過去に初代勇者が神から授かったスキルといわれている。

自身が敵と判断したものにだけ攻撃できる広範囲攻撃。

戦闘時のステータスを大幅補正
追加ダメージ付与
スキルが『覚醒』すると聖剣を召喚できるなどが挙げられる。

【勇者】のスキルを持って生まれた者に勇者の称号が与えられる。それは勇者のスキルが強力であるが故に、将来国防を担う者として期待してのものである。

最強のスキル【勇者】を授かりライナナ国の勇者に任命されたアルトは、現在ミライ侯爵家が後見人となり彼の面倒を見ていた。

そんな勇者は今、授業をサボって木の上で休憩していた。

「見つけたわよ、もうっ！　アルト君また授業をサボって！　アルト君が真面目に受けないからいつも私が怒られるのよ！」

彼女はミライ侯爵家の長女であり、勇者アルトの婚約者兼幼馴染（おさななじみ）。そして原作ヒロインの一人、アリシア・ミライである。

「だってなんかやる気でないし……それに俺は勇者だ。闘うのが役目であって、勉強とかはアリシアたちに任せるよ」

勇者には原作とは違いマリアとは別人の者が指導についている。マリアはアメとムチをうまく使い分け勇者アルトの手綱を握っていたが、現在の指導者では勇者アルトにされるがままであった。

「いくら勇者のスキルが強くたってバカが使い手では宝の持ち腐れよ！　まぁいいわ、お父さんから伝言。『王都で行われる武闘大会で優勝して箔をつけてこい』だって」

「へぇ、いいね。強い奴はいるかな？　アリシア何か知ってる？」

「どうかしら？　あぁ、そういえばあのアーク公爵家の人間が出場するらしいわ」

「アーク家って確か闇組織と繋がっていて裏で好き勝手にやってる家だよね？　いいね、燃えてきた。勇者の俺が成敗してやる。悪い奴らは皆殺しだ」

勇者の発言とは思えないが、やる気を出してくれるならなんだっていい。

アリシアはやれやれと苦労を滲ませていた。

アブソリュートたちは武闘大会に出場するために王都を訪れた。この武闘大会では十五歳以上と十五歳未満の二部に分かれて開催される。参加者は貴族の者たちがほとんどだが貴族の者からの推薦があった者に関して例外的に参加が認められる。
今回ウルはアーク公爵家の推薦で出場した形になる。ルールは魔法なしのスキルと、自前の武器を使って行われる。

ウルが出るまでの時間、アブソリュートは客席で時間を持て余していた。

クリスは用を足しに、アブソリュートとレディは会話をしながら試合開始を待つ。

「アブソリュート様ほら御覧くださいまし！　もうすぐウルちゃんの番ですわ。楽しみですね！　あっ、お水飲みます？　私が出したレディ水ですけど」

聞きなれない単語に興味が出る。

（えっ？　私が出した？　……レディ水？　それっておしっ……いや、卑猥なものじゃないよね？　上位貴族にそんなものださないよね？　レディは歓楽街を治めるクルエル家の令嬢でその母はこの国一番の娼婦だと聞く。そういう知識も持ち合わせているはずだ。もしかしてそういうプレイが好きだと思われているのか？　不穏だ……でも一応もらっとくか）

決してやましい気持ちはなく純粋な好奇心からレディ水とやらを頼む。さて鬼がでるか蛇が出るか。

「冷たいのと温かいのがありますがどうします？」

「……常温」

するとレディはカップに自身の水魔法で水を注ぎだす。

「はいどうぞ！　出したてほやほやのレディ水です♪」

（うん、そうだよね。知ってた……だって初めに水って言ってたし。ごっくん。あっ、これ美味しい）

「美味いな」

感想を言うとレディは満面の笑みを浮かべた。

「ありがとうございます！　私の出した水って他の人よりなぜか美味しいんです。あっ、おかえりなさい。クリスも私が出したレディ水お飲みになる？」

先ほどまでトイレでいなかったクリスが戻ってきた。

クリスはいぶかし気な顔をする。

「えっ？　私が出した？　……レディ水？　それっておしっ「いわせないぞ？」」

クリスは先ほどまでトイレにいたから、きっとその手のワードに敏感になっていたのだろう。

危うく失言しかけたクリスの誤解を解き、三人でレディ水を飲みながら会話に花を咲かせる。

「それでアブソリュート様、本当に大丈夫でしょうか……確かにウルはあれから成長していますがまだ子供です。スピードはあっても決め手に欠けるのでは？　今回獣化のスキルはアブソリュート様が禁止されましたし……」

そう、今回ウルは獣人特有の【獣化】スキルの使用を禁止している。理由として今回は勇者の実力を測るのが目的なので奥の手は温存した形になる。

「まぁ、見ていろ。お前の所にいた時より遥かに成長している。なにせ、私が鍛えたのだからな」

ウルが入場した。相手は今年で十五歳になる男爵家の子息でオーソドックスなスタイルだ。対してウルは、

「なんですの？　あの鉤爪（かぎづめ）に似た武器は。爪がないようですが、あれでは素手と変わらないの

では？」

　そう、ウルの装備はいわゆるメリケンサックである。

「ウルの強みは圧倒的なスピードだ。だが、まだ体の小さいウルは長物と相性が悪い。だから、拳を放つだけで確実にダメージを与えられる装備を与えた」

　試合が始まると同時に相手が斬りかかってくる。

　だがウルは体を少しずらして避ける。

　その後、相手から距離を取り競技場の石舞台を、目にも止まらぬ速さで円の縁をなぞるように駆け巡る。

「は、早い！　……相手目が追い付いてないんじゃないですか」

　興奮して早口になるクリスにアブソリュートは同意する。

「ああ、まるで狩りのタイミングを窺う獣のようだ。人でありながら本能に身を任せ、獣のように駆け回る。獣人とは美しいものだな」

　相手の出方を窺い自分のタイミングでウルが懐に潜り込み腹に一発放つ。

　相手は立ち上がれず、ウルの勝利が決まった。

「勝っちゃいましたね……」

　クリスは驚いた。かつて自らの家で管理していた奴隷があそこまで成長しているとは思わなかったからだ。

「なるほど……確かにあの武器は理にかなっていましたね。お見それしました」

「あそこまで考えていらしたなんて♡」

（まぁ、戦ったのはウルだけどな……。次の試合は勇者か……さてお手並み拝見だな）

　勇者の試合は時折危ない場面はありつつも勇者有利で試合が運び勇者が勝利を決めた。

　勇者の対戦を見終えたアブソリュートは天井を見上げて一息ついた。

（………弱くはない。だが、せっかくの勇者のスキルを活かせてない。ただ剣を振り回して力で捻じ伏せるだけ。闘いのセンスもウルに劣る）

「クリス、あれは本当に勇者か？　苦戦していたぞ」

「はぁ、まぁ実践を積んでこなかったのでは？　アブソリュート様のように経験豊富な子供もそういませんから」

（確かにそれなら頷ける。だが、それならアーク家が行っている裏の汚れ仕事も勇者にやらせるべきだろう。経験も積めるし、レベルも上がる、メンタルだって鍛えられる。何を考えているんだ国は！）


　そうこうしている間に、ウルと勇者は順調に勝ち進んでいた。そして決勝戦が始まる。

　勇者アルトとウルが向かい合い勇者が声をかける。

「なぁ、君はアーク家の人？」

　ウルは黙って頷く。勇者を倒して優勝すればスイーツに欲しい物、なんでも買ってもらえる。

考えるとお腹が空いてきた。ウルはスイーツのことを考えると笑みが溢れ、舌舐めずりをした。

見る人によっては可愛くみえるが勇者アルトにはそうは映らなかった。

(……まだ、こんな幼い子がこんなに好戦的な顔をするなんて、アーク家はなんて酷い教育をしているんだ!!)

勇者アルトは義憤する。

「武闘大会にでるように言ったのも、アーク家の人かい?」

怒りを抑えてウルに問う。

「……勝ったら美味しいごはん(スイーツ)がもらえるの」

(……普段からろくなものを食べてないってことか。アーク家め! 絶対に許さん!!)

試合開始の合図が鳴る。

ウルがさっそく勇者の元へ駆け出し、拳を繰り出すが勇者は剣で受け止める。だがウルの連打は止まらない。

キィン、キィンキィンキィンキィン
(は、速い!)

ジャブ、ジャブ、フック、ストレートと繰り出させる連打のコンビネーション。

軽快に拳を繰り出すその姿はまるで歴戦のボクサーのようだった。

勇者アルトは受けるのがやっとのところをウルはフェイントを交え始め、勇者は手に負えなくなる。

（くっ！　勇者の俺が、こんな小さな女の子に）

「舐めるな！」

　女の子を振り払おうと剣を横に振るが目の前から女の子が消えた。

（どこにいった⁈）

「下よ！」

　観客席からのアリシアの声が届く頃には遅く、懐に潜り込んでいたウルから強烈なアッパーを喰らい勇者は意識を失い倒れ勝負が決まった。

　会場が一瞬静まり返るが、数秒後歓声の嵐に包まれる。

「「「「す、すげぇぇぇぇー‼」」」」

　あまりの大番狂わせに会場が湧く。鳴り止まない歓声が会場を包むがウルの頭にはスイーツしかなかった。

「スイーツ楽しみなの♪」


　クリスは驚きを隠せなかった。

「本当に勝っちゃいましたね……」

　正直ウルでは勇者相手は厳しいと踏んでいたのだが圧勝とは……。

　アブソリュートが口を開く。

「勇者のスキルは厄介だった。だが、持ち主が雑魚だったせいで活かしきれなかった。勇者の攻撃が一撃でもウルに浴びせられていれば負けていたがな。ウルはそれが分かっていたから勇者に攻撃の機会を作らせなかった。まぁ、現段階ではウルが強かった。それだけだな」

アブソリュートは上機嫌だった。敵である勇者アルトの底が見えたのだから。

（原作で勇者がアブソリュートより弱かったのは闘う者としてのセンスがなかったからか。まぁ、今後どうなるかは分からない。センスはなくともレベルが近ければ負ける可能性もある。今後とも勇者には注意しておこう）

「ご主人様！　ただいま戻りました！　早くスイーツを食べましょうなの！　あと買い物も！」

尻尾を振りながらウルは戻ってきた。

アブソリュートはウルの頭に手を載せ軽く撫でてやる。表情は相変わらず仏頂面だが、かけられた声はどこか優しかった。

「ウル、よくやったな。褒美を与えよう、行くぞ。遠慮はいらん」

アブソリュートたちはウルのご褒美タイムに付き合いながらも王都を満喫した。

試合に敗れた勇者アルトは医務室に運び込まれ、中には観戦にきていた婚約者のアリシア・ミライ侯爵令嬢の姿があった。

「まさか、仮にも勇者のアルトが負けるなんて……あの獣人の子強かったわね。アルトは力だけで勝てると思っている節があるから、この敗戦で少しは学んでくれればいいのだけど」

アリシアは実戦を知らず、ただ身内の中で井の中の蛙になっていたアルトのことを悔やんでいた。

それで今回は父の名前を使い、アルトを無理やり出場させたのだ。

（お父様もアルト君のことを私ばかりにまかせるのではなく、ちょっとは対策を考えてくれてもよいのではなくて?!　私ばかりに任せるくせにアルト君が授業をサボると私が怒られるなんて理不尽だわ……。そもそも勇者の彼を引き取ると決めたのもお父様なのに……）

アリシアは苦労人だった。上からは無茶な注文をされ、下のものが言うことを聞かずやらかすたびに上から叱責を受ける。

そんな理不尽な貴族がミライ侯爵家である。

そんな考えをしているうちに勇者アルトは目を覚ました。

「んっ?　アリシアか……そっか、俺負けたんだな」

「ええ、残念だけど。どう?　何か収穫はあった」

（なにせ、初めての敗北だもの。少しは心境に変化があるとありがたいのだけど）

「アリシア。俺決めたよ……」

（あぁやっと分かってくれたのね！　私信じていたわ！　いつか必ず勇者としての自覚を持ってくれるって）

「アーク家をぶっつぶす！」

　勇者アルトの答えはアリシアの望んだ答えの斜め下だった。暴投である。

「え、なんて？」

「アーク家をぶっつぶすんだ！　決勝で戦ったあの子をみて思ったんだ。あんな小さな女の子を奴隷にして戦わせるような家が貴族なんてあってはならない。やっぱり噂通りアーク家は屑だった」

「え、えぇぇ?!　いや、でもさすがにそれは無理なんじゃない？　貴族でしかも高位貴族だし、それに無理やりなんてアルト君の想像じゃないの？　勇者といっても平民のアルト君に高位貴族をつぶすなんてできるはずがないわ。それにアルト君がアーク家に手を出したら被害を受けるのはミライ家なんですけど！」

「分かっている！　だけど、あんな小さな女の子を食いものにしている貴族なんてあってはならない……僕は勇者だ」

（あぁもう、聞いてないし！　話が嚙み合わない。ホントバカな働き者は厄介だわ。はぁ、落ち着きなさいアリシア。ミライ家の将来は私の肩にかかっているわ）

「まさか、いきなり殴り込むとか言わないでしょうね？　そんなことするなら即、縁切るからね。ミライ家はあんたとなんの関係もないから」

「……悔しいけど、俺一人ではアーク家には勝てない。だから一緒に戦ってくれる仲間を探そうと思う」

　ちょっとは冷静なようで安心したが、まだ災難は続きそうだ。

「だから、アリシア！　俺の仲間になって一緒にアーク家を「嫌っ！」」

　アリシアは言葉を被せ断った。

「あんたのその言い掛かりのような理論で味方になんかならないわよ！　私を味方にしたかったら、王族と高位貴族に対し兵を万単位にちゃんとした理由を用意してからにしなさい。そしたらもう、何も言わないから……。だからそれまでアーク家に手を出すのはやめて！　あんたのせいでミライ家をつぶすなんて私嫌よ！」

　アリシアの剣幕に押され、勇者アルトはしばらく考え込んだ末に了承した。

「分かった。王族と高位貴族から兵を集めて完膚なきまでに叩きのめせっていうんだな。さすがアリシアだ。考えることが違うぜ。俺やるよ、アリシア！」

（いや違うけど……まぁどうせ無理だしいいか）

　アリシアはとりあえず最悪な事態は避けられたと安堵するがまだまだ彼女の災難は続く。

武闘大会から数日が経った頃、ミカエル王子からウルを連れて王城に来いと書簡が届いた。

ミカエル王子とはパーティーなどで何回か話したが年相応のクソガキな印象だ。

原作で、主人公の勇者サイドについておりアブソリュートをつぶせるだけの兵力を出したのも恐らくミカエルだろう。

(どうせろくな用じゃないだろうが、今はまだ敵対するわけにはいかないな……。しようがない……行くか)

「ウル、これから私と王城に行くぞ。ミカエル王子から用があるとのことだ」

「え、え〜っ?! ウル何かしましたの? 殺されるの? ガクガク、ウルウル」

分かりやすく狼狽えるウル。いきなり王城に呼び出されたのだから仕方ないだろう。

「お前に心当たりがないなら殺されることはないだろう。恐らく、この前の武闘大会でお前を気に入ったからよこせ、そんな感じだろう」

ウルは泣きそうになりながら上目遣いでアブソリュートをみる。

「ウル、捨てられるの? ご主人様はウル嫌いなの?」

（……なかなかグッとくるな。やはり女の涙は最強だ）

ウルを落ち着かせるように頭を撫でる。

「安心しろ。私からお前を手放すことはしない。もし、ミカエル王子から来いと言われたらお前が嫌なら断れ。そうしたら私が全力で守ろう。お前は私の物なのだから」

「ウルは……ご主人様のものなの」

ウルは安心したのか顔をうずめるようにアブソリュートに抱きつく。

（まだ幼いし、これくらい許してやろう）

しばらくウルの好きにさせてやったアブソリュートだった。

ライナナ国王城。

「よく来たな。アブソリュート・アーク、そして奴隷のウル。歓迎しよう、まぁ座れ」

王城についた私たちは客間に通され着席する。だが、その歓待は決して気の良いものではなかった。

「この大勢の近衛兵はどういうことですミカエル王子？　護衛にしては多すぎるのでは？」

客間に座る私たちを囲むように大勢の近衛兵が待機していた。

（……脅しにしてはあからさますぎる。ミカエル王子はかなり危険だな）

アブソリュートは心の中でミカエルに対する警戒レベルを一つあげる。

「そうか？　私は次期国王になる身だ。私の身に何かあっては大変だと護衛がうるさくてな。まぁむさ苦しいだろうが我慢してくれ？」

　白々しく肩を竦めるミカエル王子。

　ウルは警戒して尻尾を立てている。私はウルを落ち着けるために軽く背中を撫でる。

「承知しました。それで？　本日のご用件を伺っても？」

　さっさと帰りたいのでサクサク話を進めよう。

「何、すぐ終わるさ。お前がさっさと応じればな？　お前の奴隷を俺に寄越せ。そうすればお前は用済みだ」

（……言うとは思ったが、ここまで高圧的な行動を起こすとは。コイツ頭大丈夫か？　私はライナナ国を裏で国防を担っているアーク家の次期当主だぞ？　私にそっぽ向かれたらお前の代でこの国は終わるぞ！　まっ、これではっきりしたな。こんな奴のために誹謗中傷を受けながら裏で働くなんて御免だ。私が当主になってからは付き合いを考えさせてもらおう）

「お断りします。用件はそれだけですか？　では私たちはこれで失礼します」

　席を立とうとするが、そこで私の喉元に剣先が当てられる。

　待機していた近衛兵が一斉に抜剣する。

「……なんのつもりですかな？　近衛兵たちはなぜ抜剣している？　警告だ。二度目はないぞ？　剣をしまえ」

　警告するが、近衛兵たちは剣をしまう気配はない。

「くくっ！　あの悪名高いアーク家の者がここまでバカだとはな！　お前のようなガキが、この人数の近衛兵に何ができる？　お前みたいなバカは痛い目を見ないとだめなようだな！　どうだ奴隷、俺の元へくればお前だけは助けてやってもいいぞ？」

ミカエルがウルに問うが、もうウルの答えは決まっていた。ウルはアブソリュートの腕に抱きつく。

「ウルはご主人様の物なの！　ご主人様はお前らみたいな奴らに絶対負けないの!!　ベーっだ。おととい来やがれなの、死ね」

ミカエルは額に青筋を浮かべる。

「ふん、そうか……どうやら主従揃って死にたいらしいな。お前らは俺に向かって剣を抜いたところを近衛兵にやられて死亡。こういう筋書きだ。お前らコイツらを殺せ！」

「「「はっ！」」」

合図とともに近衛兵たちが剣を振りおろした……。かのように思ったが彼らはアブソリュートに時間を与えすぎた。

「な、なんだこれは?!　体に黒い腕が巻きついて動けない！」

「ダーク・ホール」

アブソリュートの魔法だ。自身の足元から闇の魔力を伸ばしこの部屋中に広げておいたのだ。

今はこの部屋の中ならどこからでも魔力の腕を生やすことができる。

「な、なんだ?!　これは一体何が起こっている」

ミカエルは状況が理解できずに狼狽えるだけだった。

　全員動けないことを確認し、アブソリュートはウルに指示をする。

「ウルよ……この部屋からでて人を呼んでこい。ミカエル王子がご乱心になって近衛兵にアーク家の子息の殺害を命じたとな」

「はいなの!!」

　早速ウルが出ていった。

（後は時間の問題だな……）

　アブソリュートは近衛兵から剣を奪い取り近衛兵の腕を切り落としていく。

「んーんー!」

　ダーク・ホールの腕で近衛兵の口をふさぎ悲鳴を上げられないようにしたので唸り声だけが部屋に響く。

「……お前ら、なんでこんなことをするって顔しているな、言ったよな?　二度目はないと」

　近衛兵たちの腕を切り落とし終えたら、ダーク・ホールで落ちた腕と血液を回収して近衛兵たちへの罰は終了だ。

　アブソリュートはミカエルに向き直る。

「お前……結局何がしたかったんだ?　奴隷一人のために高位貴族の後継を殺そうとするなんてしないだろう?　普通は」

　ボソッ

「……気に入らないんだよ」

ミカエルが何かを言うが聞き取れない。

「なんだ？　聞こえない」

「気に入らないんだよ！　お前のその目が!!　態度が!!　存在が!!　目障りなんだよぉぉお!!」

（……すげぇ嫌われようだな。これも【絶対悪】のスキルのせいか？）

「……そうか。だがお前は私を殺そうとした。これからどうなるか分かるな？」

アブソリュートは【王の覇道】のスキルを発動。この部屋全員を威圧した。

あまりの圧力に近衛兵とミカエルは顔を青くし、ただ怯えることしかできない。これではどちらが王族か分からないほどの姿だ。

そこで勢いよく扉が開き中に人が入ってきた。

「そこまでだ!!　双方剣を捨てろ」

入ってきたのは意外にも国王だった。

まさか国王直々に来られるとは思わなかった。

「これはこれは、陛下ご機嫌いかがですか？」

不機嫌だったアブソリュートは皮肉を交えて言う。

「……最悪だ！」

国王は腕を失った近衛兵たちの惨状とミカエルの姿を見て、恨みがましげにアブソリュートを見る。

国王が来たと同時にスキルが解かれ、安堵感に近衛兵とミカエルはそのまま気絶した。

その後アブソリュートとウルは国王に連れ出され、先ほどと違う部屋に通された。

「アブソリュート・アークよ……そちのメイドから概ね聞いているがお前からも聞かせてくれるか？　ことの経緯を……」

（国王は聞きたくはないだろうがね）

「ならこちらの映像をご覧ください。念のために記録に残しておりますので」

国王はすべて諦めたかのように天井を見上げる。

あの場では目撃者はおらず、当事者だけの空間だったのでミカエル王子最悪権力を使って揉み消せると考えていた。だが、アブソリュートはそれを見越して証拠として魔道具で映像を残し、逃げ場をなくした。

（逃げられてたまるか！　ミカエル王子は将来勇者サイドについて権力を使って兵力を集めてアブソリュートである私を殺す。今のうちにミカエルを引き摺り下さなければ！）

国王は映像を見終えてアブソリュートに声をかける。

「アブソリュート・アーク……今回はすまなかった。この通りだ……」

国王は頭を下げた。もし、これがアーク家でなくただの上位貴族なら頭までは下げなかった。だがアーク家は裏で国防を担い、国のために汚名を受けている功労者だ。決して剣を振りかざしてよい相手ではない。

「私たちアーク家は王家が健全な国の運営ができるように手を汚しながら支えてきたつもりで

す。ですが、あんな形で恩を仇で返されるとは思いませんでした」

　国王が頭を下げても決して引いてはいけない、アブソリュートはたたみかける。

「あれは王家としての判断でしょうか？　それなら私たちアーク家も考えがありますよ？」

　アブソリュートはスキル【王の覇道】を使い威圧するが国王は表情に出さずに圧力に耐える。

（…………さすが国王だな、長年国を治めてきただけはある）

　アブソリュートは国王の評価を改めた。

「いや、ミカエルの暴走だ。信じては貰えんだろうがな……まさかここまでの事を起こすとは思わなんだ。だが、アブソリュートよ。衛兵隊の腕を斬り落とすのはやり過ぎじゃないか？　お前ならもっと穏便に済ませられたのではないか？」

　国王から反撃されるが私は動じない。

「子息とはいえ高位貴族に斬りかかったのですよ？　正当防衛です。それに警告を聞かなかったのも近衛兵です。近衛兵なら命をかけてでもミカエル王子の間違いを正すべきでした。私を責めるのはお門違いです。それで、今回王家としてどう責任を取るつもりですか？」

（最低でもミカエルから権力を奪い取りたいが廃嫡は難しいかな？　被害者は無傷だし）

「アブソリュートと侍女に慰謝料を払おう……それに加えてミカエルには謹慎させる。どうだ？」

（………甘すぎるな）

「高位貴族の者を呼び出して、権力と暴力で私の奴隷を奪おうとし最後には殺人未遂ですよ？

甘すぎるのではないでしょうか。罪として裁くなら永遠に地下牢レベルですよ。最低でもミカエル王子は王太子の座から外してください」

「それだけはなんとかならんか？　私には息子はミカエルしかおらん。後継がいなければ王家は終わりだ」

　国王は懇願するがアブソリュートは続ける
「ハニエル王女がいらっしゃるのではないですか？　ハニエル王女に婿をとっていただけば解決するのではないでしょうか。今のミカエル王子を王太子にするよりいいのでは？」

　国王は悩む……確かにハニエルはミカエルより優秀だが問題があった。

「ハニエルは目が見えん。あれでは公務を行うのは厳しかろう……」

「ええ、そうでしょうな。だがそれは国王陛下やその周りが考えることです。私の要求は私と侍女のウルに慰謝料と、ミカエル王子が王太子から降りることです。国王陛下ご決断を」

　国王は少しの間考える。国王だって我が子が、かわいい。国王の腹が、決まる。

「分かった。ミカエルは王太子から外そう。だが、もしミカエルが反省し、自らの行いを悔い改めた時は王太子に戻るのを許してやってくれんか？」

　まだ、甘いことを言うがアブソリュートは突き放す。

「その時は、この映像をすべての貴族の前で公開し、その後全員の前で私に謝罪した時でしょう」

「そうだな……悪かった。お前の要求は全て呑もう。今日は悪かったな……慰謝料は帰る時に支払おう」

これで王家との示談が終了し、アブソリュートとウルは慰謝料で豪遊しながら帰宅した。


私がアブソリュート・アークに初めて会ったのは、彼が五歳の時。アーク家と息子のミカエルの顔合わせをした時だった。

初対面で見た時のアブソリュートは幼い頃のヴィランによく似た顔立ちの、あの醜悪な一族の象徴である赤い瞳を宿した嫌悪感が拭えない子供だった。【絶対悪】というスキルの効果だとは聞いているが、無知のままであっていればそのまま追い返した可能性もある。

嫌悪感は拭えず血筋的にも危険な存在ではあるが、それ以上に彼の身に余る才気に興味がひかれた。彼の父であるヴィランが自慢していたことを親の欲目だと思っていたがそれは間違いだったらしい。

もし彼が息子と良い関係を築くことができれば、ライナナ国はより発展を望めるだろうと将来を期待していたものだ。

だがそれももうかなわないだろう。なぜなら、息子であるミカエルがアブソリュートの奴隷を奪おうと剣を抜いたのだ。

アブソリュートが帰った後、ミカエルに罰を下すために謁見室に呼び出す。

父としてではなく王としての裁定だからだ。

ひざまずいたミカエルに語りかける。

「ミカエル……お前は自分が何をしたか分かっているか？」

「悪いのはアブソリュートです。あいつがいきなり攻撃してきたのでやむなく交戦しました」

ミカエルはシラを切る。あの場には第三者がおらず隠蔽（いんぺい）できると踏んだからだ。

「……そうか。この映像を見ても同じことが言えるか？」

「な、なぜ⁈ なぜそんなものがある⁉」

「アブソリュートからだ。お前は取り返しのつかないことをしたのだ」

「あいつか‼ 卑怯（ひきょう）なマネをっ！ アブソリュートが悪いんだ、俺の十歳の記念パーティーをぶち壊した、だから痛い目を見せようとしたんだ！」

国王は呆れた目でミカエルをみる。

ミカエルはこのようなことをしてしまったが馬鹿ではない。だが、まだ精神的に幼いのだ。嫌いな人間に取り繕うことができず、演技でも友好的にできない。

まだ子供故、長い目で見ていたがまさかこのような短慮を起こすとは思わなかった。

「あれはアーク家でなくカコ公爵家の派閥が起こしたものだと言っただろう……アーク家は被害者だ。まぁとにかくお前は罪を犯した。ミカエル、お前には王太子を降りてもらう。本来なら投獄してもおかしくないが感謝しろよ？」

「俺が王太子を降りる⁉　そんな馬鹿な！」

「ちなみに、この映像を貴族全員に見せたうえでアブソリュートに謝罪するなら王太子の復帰を認めるそうだ……まぁそんなことしたら王家は終わりだがな。しっかり反省して次に活かせ。それだけだ、下がれ」

　ミカエルを下がらせ国王は一人で頭を抱える。

「ミカエルもまだ子供だ。これから学んでくれればいい。問題はハニエルを王太女にすることだ。頭は悪くない、だがあいつの場合盲目の身で公務をこなすのは厳しいだろう」

　国の事、娘の事。悩みだしたらきりがなかった。

　そこでふと妙案が思いつく。

「ハニエルとアブソリュートを婚約させるか……」

　悪くはない考えだ。

　ミカエルを押していたゼン公爵は敵に回すがアーク公爵家、そしてアブソリュートを敵に回す方が国にとっては危険だ。裏で国を守るために暗躍しているのもあるがそれ以上にアブソリュートの血筋を危険視していた。

　もしアブソリュートが望めば世界を敵に回せる力があるからだ。

「王家の血を入れることでアーク家に報いることもできる。この方向で打診してみるか」

　そして国王は動き出した。

ウルは狼族のとある家庭の二十二番目の子供として生まれた。

人族と比べると大家族に思われるが獣人族にとっては特に珍しくもないことだ。

獣人族は強さを誇りとしているため、なるべく強く戦闘に適したスキルを持つ子供が多く望まれることを知っていた。

だが、その望みに反して貧弱なスキルを持って生まれたウルは両親には必要とされず七歳の時に奴隷商に売られてしまう。

「ウル、売られちゃった……買われるなら優しい人がいいなぁ」

ウルは現状を嘆く。

奴隷商ではいつ買われるのかと怯えながらも、今日も選ばれなかったと自分を卑下する毎日が続いていた。

そしてアブソリュートとウルは出会った。初対面のウルのアブソリュートへの印象は最悪だった。なぜならアブソリュートには明らかに血の臭いが染みついていたからだ。どれだけの人間を殺めればあんなに凝縮された臭いになるのだろう。獣人で鼻の利くウルにはそれが分かってしまった。

なっ、なんなのあの怖い人。それにアーク家ってウル殺されちゃうの⁉

アーク家と聞きすべてに納得してしまう。どうして血の臭いを纏っていたのか。これから自分はどうなるのか。奴隷として抵抗できないウルは諦めるしかなかった。

ウルはアブソリュートに購入され、ウルは恐怖しながらドナドナされていった。

これから待ち受けるは地獄の日々、そう思うと死にたくなった。

だが、ウルが思ったよりアーク家の環境はよかった。

（最初は怖かったけどアーク家は案外いい所だったの！　ご飯は美味しいし、仕事を教えてくれるミトさん（四十八）や同じ奴隷のマリアも優しいし、怖いご主人様もたまにお菓子をくれる！　私お菓子なんて生まれて初めて食べたの）

高齢者しかいないアーク家ではウルの存在はアイドル化しつつあった。だが、いいことばかり起こるわけもなかった。

パリンッ‼

「どっどうしよう‼　高そうな花瓶を割っちゃった！」

ウルは平和な環境のアーク家に気を緩めてしまいミスをしてしまった。そして割れた花瓶を集めようとガラスの破片を手で集める。

「痛っ！」

気づけばウルの手はガラスで切れ、血が止まらなかった。

ウルはパニックになり、どうしたらよいのか分からなくなり泣き出してしまう。

「うぅ、痛いよぉ、どうすればいいのぉ」

「おい、何を泣いている」

　声の主の方を向く。アブソリュートであった。

（まずい、怒られる！）

「お前!!　何をしている!?」

　アブソリュートが怒鳴り、ウルは反射的に謝ってしまう。

「ご、ごめんなさ「血だらけではないか！　早く手を見せろ！」」

　アブソリュートは傷だらけのウルの手をとり回復魔法を使った。

　ウルは初めて見る回復魔法と、あの怖いご主人様が治療してくれたことに驚いていた。

「ガラスの破片は手でさわるな……箒(ほうき)ではけ。分かったな？」

「は、はいなの！」

「ダーク・ホール」

　ガラスの破片がアブソリュートの魔法により影の中に消える。片付け終わるとアブソリュートはそのまま部屋に戻っていった。

　その夜ウルは、アブソリュートのことばかり考えていた。初対面の時から恐怖の対象でありあのアーク家の子息である。だが、ウルに回復魔法を使ったり、たまにお菓子をくれたりと優しい面もある。どれが本当のアブソリュートか分からなくなった。

「ウルはご主人様が分からないの……」

ウルは悩み続ける。そんなある日、ミトさんとマリアが話しているのを獣人の聴覚で盗み聞きし、アブソリュートのスキルのことを知った。

「スキルのせいで皆に嫌われるなんて……ご主人様はウルと似ている」

ウルはスキルが弱いせいで家族に売られた自分とスキルのせいで嫌われるアブソリュートをどこか同一視していた。

そしてアブソリュートが父ヴィランに仕事の内容を聞かされている時にアーク家の真実について知った。

だが、この真実を知るにはウルは幼すぎた。

ウルはマリアに聞いた内容を話し、どういうことか分かりやすく教えてもらう。マリアもその内容に驚愕していたが、掻い摘んでウルに説明した。

あまりの内容にウルは涙した。アブソリュートに救いがなかったからだ。

「みんなのために頑張っているのに、ご主人様は報われないなんて酷すぎる！」

スキルのせいで皆に嫌われて、国のために働くが賞賛はおろか罵倒される。ウルにはアブソリュートがボロボロに見えた。

周りから嘲笑されようと毅然とした態度を崩さなかった彼も本当はつらいのではないか。もしくはそれが自分でも分からないくらいに彼は壊れ切ってしまっているのか。

「そうね。私も知る前は同じことを思ったわ。でも真実は違った。私たちのご主人様は凄い人ね。これからもご主人様は傷ついていくでしょう。敵も増えるわ、だから私たちはどんな時もご主人様の側にいましょう。ピンチの時も傷ついた時も、周りに誰もいなくなっても。あの小さな背中についていきましょう！」

ウルも黙って頷く。

「まずは任務から帰ってきたらお出迎えから始めましょう！」

そうしてウルとマリアは任務から帰ってくるアブソリュートを待ったが、ウルは寝落ちした。

アーク家の真実を知ってからウルとマリアは訓練に身を入れるようになった。たまにアブソリュートが指導したりしてウルは着実に強くなった。

そこでアブソリュートから武闘大会に出場するように言われ出場した。勇者以外は弱かったが、優勝することができた。

「よくやったな、ウル」

アブソリュートがウルを撫でる。これまで褒められたことがなかったウルにとってむず痒(がゆ)いが、とても嬉しいものだった。

だが、また不幸が訪れる。

なんとミカエル王子から呼び出しを受けたのだ。なんの心当たりもないウルは殺されるのではないかと不安で仕方がなかった。

「お前に心当たりがないなら殺されることはないだろう。恐らく、この前の武闘大会でお前を気に入ったから寄越せ、そんな感じだろう」

ウルは絶望した。相手は王族だ、また両親の時のように捨てられると思ったからだ。

「安心しろ、私からお前を手放すことはしない。もし、ミカエル王子から来いと言われてもお前が嫌なら断れ。そうしたら私が全力で守ろう。お前は私のものだからな」

アブソリュートの答えがウルは嬉しかった。自分を必要としてくれていると思ったからだ。

弱者は必要ないと家族から捨てられた自分を彼は必要としてくれた。

また捨てられると思ったウルの絶望をアブソリュートは吹き飛ばしてくれた。決して見捨てられない安心感があった。

実際にアブソリュートはミカエルからウルを守った。

(ご主人様は優しい……強くて、カッコよくて……ご主人様のことを考えると胸が熱くなる)

王城からの帰り道、どうして自分のためにそこまでしてくれたのか主人に問いかけた。

「ねぇ、どうしてご主人様はウルを守ってくれたの？　王子敵に回したら大変なことにならないなの？」

子供でも分かる簡単なことだ。いくら王家側に非があろうと彼はライナナ国のトップである王家を敵に回してしまったのである。

今後必ず尾を引くことになるだろう。

「確かに貴族とは王家へ忠誠を誓い、その引き換えに国からの庇護(ひご)を得ている。王家を敵に回すことはライナナ国を敵に回すことといっても変わらないだろう」

　スケールの大きな話になってきた。

　幼いウルの頭では国を敵に回すことがどういうことなのか、理解できていないがとりあえず大変だということは分かる。

「だが、王家は忠誠を誓っているアーク公爵家から、あろうことか脅しをかけてお前を奪い取ろうとした。ふざけるな！　アーク領はライナナ国の建国前から私たちアーク家が治めてきたのだぞ。いくら忠誠を誓おうが領地のすべてはアーク家に所有権がある。いくら奴隷一人といえど他人に渡す道理などありはしない」

　ご主人様の声に熱がこもる。

　こんなに言葉に感情を乗せる主人は見たことがなかった。

　今回の騒動でもっとも腹を立てたのは間違いなく彼であろう。自らの所有物を奪われそうになったのだから。

　興奮を抑えるように一息つき、いつもより優さし気な声でウルに語り掛ける。

「まぁ、いろいろ話したが、お前は私の奴隷でありアーク家に仕えるものだ。お前を守るのもすべて上の人間である私の役目だ。だからお前が気にする必要はない。そもそもアーク家は何もしていなくとも敵だらけだ。今更だろう」

　諭すように語るその内容に目頭が熱くなる。

　弱いからと売られたウルに、使用人としても未だ役に立たないウルにそこまでしてもらえる価値はないのに。

　彼は王族を敵に回しても自分を守ってくれた。

　そこまでしてくれるなら、と彼女の気持ちは決まった。

「ねぇ、ご主人様。ウルはご主人様のためなら死んでも構わないの」

　ウルに居場所をくれ、寝床と食事、闘う力を与え、権力からも守りそしてこの温かい気持ちをくれた。ウルの人生でここまで自分に与えてくれた人はいなかった。だから自分のすべてをアブソリュートに渡しても構わないと思った。

「ふん。お前を犠牲にしなくてはならないほど私は弱くなどない！　帰るぞ、ウル」

「はいなの！」

　そして二人は帰路についた。

閑話

原作完結から
二年後

This man has the charisma of absolute evil and
will be the strongest conqueror.
"Yes, I am a scoundrel. The best in this country."

That is needed for
a villainous aristocrat

ライナナ国王城

悪党であるアブソリュートを倒して民衆と貴族から支持を得たミカエル王は重大な問題を抱えていた。

「なんで、他国の闇組織がライナナ国で動いているのだ⁉　衛兵隊は何をしている！　これでは国がボロボロになってしまうぞ！」

裏で国のために動いていたアーク家がつぶされたことにより、他国の闇組織が一部の貴族と癒着し、国を蝕んでいた。民衆には強力な麻薬や誘拐などが横行し手がつけられなくなっている。取り締まろうにも闇組織の情報もツテもない。そうならないようアーク家が動いていたのだがもうつぶされてしまったのだ。ミカエル自身の判断で。

「くそっ、こういう時のための勇者だろう⁈　早く勇者にこの混乱を止めさせろ！」

ミカエルがこの場にいない勇者に丸投げするが……

「伝令です。至急陛下に！」

（また緊急の伝令か。最近は闇組織関連で多くなった気がするな。全く次はなんだ？）

「何だ？　闇組織が動いたのか？」

だが、伝令の内容は悲惨なものだった。

「勇者様が治めているミライ家の領土にて虐殺がおき、勇者様と、その奥さま方も謎の化け物に殺害されてしまいました。その化け物が王都に向かってきています！」

聞かされたのは、あの悪党アブソリュート・アークを打ち破った英雄たちの悲報だった。

時はさかのぼり、勇者たちが殺される前レディ・クルエルはウルの見送りにきていた。

「本当に行かれるのですか？　貴女にはアブソリュート様との子供がおりますのに……」

レディの腕にはまだ小さな獣人の子供が抱かれていた。レディはアブソリュートの奥方であるウルを心配するが、ウルの姿は復讐の鬼と化していた。

あの可愛らしかった顔もこけた頰が気になるがすっかり大人びた感じになり、髪もボブカットからロングヘアにかわり、それが時の流れを感じさせる。

「私はご主人様の帰りを待ちました……ご主人様は必ず帰ってくると……信じていましたの。でも、帰ってこなかった！　ウルは……ご主人様のいない世界では生きていけない！」

悲痛な叫びだった。アブソリュートが亡くなって数年、ウルは彼のいない世界では生きる価値を見つけることができなかったのだ。レディも止められないと分かっているがなんとか引き止めようとする。

「アブソリュート様は最後に私たちに生きろとおっしゃいましたわ。なかには裏切って情報を売った者もいたのに最後まで私たちの身を案じてくれた！　貴女にはアブソリュート様の分まで生きる義務がありますわ！」

アブソリュートは勇者と国王軍との戦いに傘下の貴族を自軍にせず、最後に生きろとだけ言い一人で死地に赴いた。裏切り者がなかにいる以上被害が大きくなるのを嫌ったのもあるが、負ければ嫌われ者である自分が死ぬことですべて収まると考えたからだ。

原作では傘下の貴族がアブソリュートを見放したかに思えたが、真相はアブソリュートが望んだことでもあった。

どうにかして思いとどまらせようとするレディをウルは空虚な瞳で見つめる。

「ご主人様が殺されたのに……自分の命のために復讐を諦めろと?」

「そうですわ！　それがあの方の望みなのですから」

彼女はこれから主人を死に追いやった国を相手取り、同じように自らも死のうとしている。

レディはアブソリュートの犠牲を無為にしたくはなかった。

「ご主人様が死んでも守ろうとしたアーク家の誇りや領地を、死してなお踏みにじられていく様を黙って見ていろと?」

「………………そうです」

自分たちがそうしてきたように、彼女にも生きるために国に屈しろとそういう意味を込めた答えだった。

だが彼女はそれをあざ笑うように言った。

「そんなの……死んでいるのと何が変わらないの?」

今度こそレディは何も言えなかった。

レディ・クルエルも貴族だ。ウルの主人の誇りを取り戻したい気持ちは理解できる。だが自分たちはアブソリュートを見捨ててしまった。彼女に何かを言う資格などないのだ。

しばらく沈黙が続くがウルが口を開く。

「ウルはもうご主人様の奴隷ではないのです……だからウルの好きにさせてもらう。レディ様、ウリアを……私たちの子供をお願いします」

ウルは深くレディに頭を下げる。

（もう、止められない……）

昔から知っている人がこれから死地に行くのを止めることができない。レディ・クルエルは、アブソリュートを一人で行かせてしまった時と同じ無力感を味わった。

「……分かりましたわ。私たちがもっと早くアブソリュート様の優しさに気づけていれば……こんなことにならなかった。責任を持ってお預かりしますわ。最後に……もう一度ウリア様を抱いてあげてくれませんか？」

ウルは優しく慈しむようにウリアを抱く。

アブソリュートを亡くしたと知った時以降、出なかった涙が溢れ出した。

「ごめんなさい……駄目な母親でごめんなさい」

泣いている母親に感化されたのか幼いウリアも泣き出した。泣きながら抱きしめ合う二人。

これが母子の最後の時間となった。

ミライ領

ミライ領にある大聖堂には日々大勢の人が集まる。そこには勇者の仲間としてアブソリュートを討ち取った英雄、聖女エリザがいた。

聖女という肩書に悩める者に一人一人寄り添う姿勢、彼女に人々は心の救いを求めていた。

大聖堂の扉が開き、今日も聖女エリザは参拝者を歓迎した。

訪れたのは顔の半分まですっぽり覆ったローブの女性だった。

「あらあら、こんにちは。素敵なローブの方。本日はどのようなご用件で？」

聖女は優しい声音で語りかける。

「亡くなった旦那様に祈りを捧げにきたの……」

「まぁ、旦那様を若くしてなくされたのですね。大丈夫！　貴女（あなた）の声はきっと届きますわ」

さぁ、こちらへと誘導され祈りの列へと並ぶ。

自分の番が来たウルは、天にいるアブソリュートに言葉を届ける。

（……ご主人様、ウルもすぐそちらにいきますの）

祈り終えたウルに聖女エリザは声をかける。

「きっと貴女の想いは旦那様に届いたことでしょう。それで貴女はこれからどうされるのですか？」

「旦那様のためにやらなくちゃいけないことがあるの」

「そうですか。きっと貴女の旦那様も喜ぶ事でしょう。ちなみに何をされるのですか？」

聖女の問いかけに対してウルは彼女の目を見つめて言った。

「……皆殺しなの」

言い終わると同時にウルは聖女の首を手刀で刎ねた。

ゴトリッ
不意打ちに対応できず聖女の首が床に転げ落ちる。

頭部を失った聖女の首から血が噴水のようにふきだし大聖堂を血で染めた。

「一人目なの」

なんの感情もなく、ただ一仕事終えたようにウルは呟いた。

「あ……あ……いやあああああぁ聖女様あああああああぁ！」

「ひ、人殺しだあぁぁぁ！」

一人の悲鳴を皮切りに他の参列者たちから悲鳴が上がるが、誰一人として大聖堂をでることができないままウルによって殺された。

これからウルによる虐殺が始まる。

聖女エリザ　死亡

大聖堂で聖女を殺害した後、ウルは勇者の屋敷へ向かった。

門を潜(くぐ)ろうとすると門番が止めに来るが、門番を殺害し、ウルは屋敷の敷地に入る。

目に入った者を手当たり次第に殺していく。すると騒ぎが大きくなり屋敷の警備兵が大勢現れウルを取り囲む。

警備兵を率いている女騎士がウルの前に立った。

「動くな！　我が名はマリア・ステラ。ライナナ国勇者アルト・ミライの騎士だ。貴様ここが誰の屋敷か分かって暴れているのか?」

「誰の家でもいいの。どうせ皆殺すんだから」

「狂人の類いか……いや待て、貴様確かアーク家の奴隷だな?　なるほど目的は復讐か。

アルトはお前のことを気にしていたが仕方ない。騒ぎを起こした以上見逃すわけにはいかない。参る!!」

ウルの元まで距離を詰め、マリア・ステラが宝剣を振り下ろす。

全身全霊で打ち込んだ渾身(こんしん)の一撃だった。

だが、ウルは【索敵】のスキルで強化した動体視力で剣を見切り、指で剣を挟みそのまま指圧で宝剣を砕いた。

「ばっ、バカな⁉」

マリアは目の前で起きたことを受け入れられなかった。

自分の攻撃をあんな簡単に防がれるとは思わなかった。

そして同時に覚悟した。私は死ぬのだと。

容赦のない手刀がマリアを襲う。

「復讐？　勘違いしないで……ウルは死にきたの」

マリア・ステラはなす術なくウルによって首を刎ねられた。

「二人目なの」

「そんな……ま、マリア様が……」

英雄の一人でもあるマリアの死を見て囲んでいた警備兵が混乱する。

「次はお前らなの」

理不尽な力が警備兵を襲う。

「「「うわぁぁぁぁぁぁぁ」」」

ぐちゃぐちゃぐちゃぐちゃ
どしゅぐちゃ
ぶしゃぁぁぁぁぁぁぁぁ
混乱して動けない警備兵を殲滅しウルは先を急いだ。

マリア・ステラ死亡

マリアと警備兵を皆殺しにした後、ウルは屋敷に入り勇者を探した。

とある部屋が【索敵】に引っかかり部屋のドアを開ける。そこはアリシア・ミライの執務室であり、アリシアもそこにいた。

アリシアは最後の書類を片付けるとウルの方を見る。

「騒がしいと思ったら、貴女だったのね。アーク家の奴隷の子。目的は復讐よね？　今更だけど貴女のご主人様のこと謝らせてちょうだい。悪かったわ……私が勇者をちゃんと止めていればば……」

「……」

「アーク領は今私が管理しているの。驚いたわ、だってアブソリュート・アークが残したアーク領は国民が圧政で苦しみ、貴族は横領し放題と聞いていたのに書類を見ればむしろどれだけ善政を敷いていたのかがわかったもの。書類はキッチリと整理され、領民からの税収に関しても数字一つ間違いはなかった。彼がどれだけ領地を思っていたか分かったわ」

アリシアは後悔を滲ませるが、それでもウルには関係なかった。

彼が領地をどれだけ大切にしていたかなんてウルには分かっている。

彼の一番近くで、書類と睨み合う姿をずっと見てきたのだから。

「謝ってもご主人様は帰ってこない。お前ら全員皆殺しなの」

アリシアはすべてを諦めウルにその身を差し出した。

「最後のお願い……痛みのないように殺してくれないかしら？」

恐怖を押し殺し最後の慈悲を乞う。

ウルは考える間もなく答えた。

「無理なの」

その後、アリシアは悲鳴が上がらないように喉をつぶされる。

「…………！」

その後、四肢を切り落とされ、時間をかけて嬲（なぶ）り殺された。

「三人目」

アリシア・ミライ死亡

屋敷の一番奥の部屋に勇者はいた。屋敷の騒ぎに気づかず正妻のハニエルと交わっていた。

ウルは扉を蹴破り、扉を部屋の奥へと吹き飛ばす。

「な、なんだ⁉」

勇者は突然の事態に困惑するが、目の前に現れたのがずっと探していた女性であることが分かると喜んだ。

「君はウルじゃないか！　よかった。アブソリュートの屋敷を攻めた時に連れ出そうと思ったけどいなかったから何かあったんじゃないかと思ったよ！　って血まみれじゃないか！　何があった？」

「見つけたぁ……勇者ぁ」

　勇者はこれから自分の身に起こることを知らず呑気に話しかける。

「あぁ、俺を探していたんだね！　そうか、アブソリュートから逃げ出したけど俺の居場所がわからなかったのか」

　ウルは待ち望んだ相手を睨みつける。

　大事な主人の誇りを踏みにじった男。そして自分から奪った男でもある。

　次第にアブソリュートを亡くした頃に感じた怒りが再燃し、ウルの心中で燃え上がる。

　もう頭には勇者を殺すことしか考えられなくなった。

「……お前のせいでぇぇぇええご主人様はぁぁぁぁあああ！　死ねぇぇぇえええ！」

　目にも止まらぬ速さで勇者との距離を詰め、拳による攻撃を繰り出すが、勇者はスキルで聖剣を召喚し、なんとか受け止める。

「ウル？　もしかしてまだアブソリュートの洗脳が解けてないのか！　落ち着いて、俺は敵じゃない！」

「死ねぇぇぇえええ」

　ウルはスピードで勇者を圧倒するが勇者はギリギリで対応ができていた。

（なんで?!　学園の時よりかなり強くなってる!!）

ウルは動揺した。勇者は十万単位の兵力差をもってだが、アブソリュートを倒した。それでもあのアブソリュートを倒したのである。レベルは当然上がっているのだ。

「ホーリーアウト！」

勇者の攻撃がウルを直撃する。勇者の攻撃はスキルの効果で一撃当たりのダメージがかなり多い。ウルは大ダメージを負い地面に這いつくばった。

「ぐうっ……」

「ウル！　君は騙されているんだ。アブソリュートは闇組織の人間で、この国を苦しめてきた悪なんだ！　まだ幼い君を奴隷にして苦しめてきたクズ野郎だ！　君はアブソリュートに今も操られてるだよ!!」

ウルはボロボロになった体を起こし勇者に反論する。

「……違う……。ご主人様はウルに居場所をくれた。怪我をしたウルに回復魔法をかけてくれた。甘いお菓子を食べさせてくれた。たくさんウルの頭を撫でてくれた。そして……ウルを愛してくれた。ウルを母親にしてくれたんだ……。馬鹿にするな……ご主人様を馬鹿にするなぁぁぁぁぁあああっ！」

大ダメージを負いつつも命を燃やし再度立ち向かった。

ご主人様を殺し、侮辱したあいつだけは絶対に許せなかった。

ウルは勇者に向かって吠えながら再び攻撃をする。技と手数でウルは勇者を圧倒する。だが、勇者の防御を崩せない。

「ホーリーアウト」

勇者が攻撃をするがギリギリでウルはかわす。

戦いは膠着するがウルにはまだ切り札が残っていた。

(……もうここで終わってもいい。だけど勇者は必ず殺す。【獣化】のスキルを使う)

獣化のスキルは体を獣に変えるスキルだがレベルが上がるにつれ体やパワーが大きくなる。

だが代償として獣になっている間、理性を失いただ相手を殺す獣になってしまう。

(多分使ったらもう元に戻れないかもなの……最後はご主人様の事を考えながら死にたかったな)

ウルはアブソリュートの顔を最後に思い浮かべ覚悟を決める。

「愛しています……ご主人様。【獣化】発動！」

ウルの体が光に包まれていく。

その光が次第に大きくなるにつれウルの体が獣のそれへと変わっていった。

獣化したウルは体長十メートルを超える狼に姿を変えた。

ここからウルの蹂躙が始まる。

Url

Status Table

原作　ウル（19歳）

09

（スキル Skill）

獣化	v10	_ 体を獣の姿に変える _ 自身のレベルにより大きさが変わる _ レベルが上がるごとに理性がなくなる
索敵	v10	_ 体の一部を強化して相手の 場所や地形の把握ができる

（ステータス Status）

レベル	71	魔力	70
身体能力	707	頭脳	58

（習得魔法 Mastered magic）

闇

（技術 Technology）

メイド全般　格闘技

Name: Url　Age: 19

That's needed for a villainous aristocrat

　ウルは獣化のスキルにより十メートル以上の狼へと姿を変える。ウルが姿を変えるとミライ家の屋敷はその体躯を内に収めることができず屋敷は崩壊した。

「うおおぉぉぉぉぉぉぉぉーん！」

　ウルの雄叫びが大地を揺らす。

　まるで泣き叫んでいるかのように高く響く声であった。

　ガラッ
　勇者が瓦礫から出てきた。さすがに勇者だけあって体は丈夫であった。だが、勇者でない者には被害は甚大だった。

「ハニエル!!　無事か?!」

　屋敷が崩れる際に、咄嗟に正妻のハニエルを庇おうとしたがそれは遅かった。既にハニエルの体は瓦礫によってつぶされてしまい即死している。

　勇者はハニエルの亡骸を見て顔を歪めるが、なんとか頭を冷やす。まだ戦いは続いているからだ。勇者は姿を変えたウルを見上げる。

「なんなんだ、あれは……あれがウルなのか？　獣化は体を獣に変えるだけのスキルだったはず、一体どうなっているんだ！」

　勇者が状況に戸惑いをみせるが、ウルは待ってくれない。理性を失ったウルは獣のごとく本能、欲望によって行動する。ウルの望みは、アブソリュートを殺した奴らを自らが死ぬまで虐殺し続けること。主犯の勇者をウルは決して逃さない。

ウルは勇者に向かって拳を放つ。その破壊力は一撃で周り一帯に被害を及ぼすほどだ。

獣化したウルの拳を受け、勇者は初めてダメージを喰らい膝をつく。

「や、やばい！　この力桁が違う……そうだ！　皆は⁈　アブソリュートの時みたいに協力して倒すんだ。マリアとアリシアは屋敷にいたはず。皆、いたら返事をしてくれ！」

「ホーリーアウト」

勇者はもしかしたら瓦礫に埋もれている可能性を考え、人以外を攻撃の対象にし、瓦礫を吹き飛ばした。するとそこにはウルに殺された仲間や屋敷の者たちの姿があった。

「あ、アリシア……マリア……。そんな、なんて酷いことを……」

首を刎ねられたマリア。

四肢をもがれ苦しんで死んだアリシア。

そして恐らくエリザも。

勇者は変わり果てた仲間の姿を見て絶望した。なぜ、仲間たちが殺されなくちゃならなかったのか分からなかった。

そしてこの怒りが自分に向いていることに気づき、急いでウルの誤解を解こうとする。

「ウル！　違うんだ、俺たちは君を助けようとしたんだ。アブソリュートは悪い奴だったんだ！　気づいてくれ！」

勇者は、理性を失って歯止めの効かないウルの逆鱗（げきりん）に触れた。アブソリュートの名前に反応し、さらにウルの攻撃は苛烈さを増す。

ウルは何度もその巨軀から拳や蹴りを繰り出す。勇者は一撃を避けてもその余波は受けてしまい、衝撃から立ちなおれず二発目から必ず当たってしまう。勇者はもうボロボロであった。

「ウ、ウル！　もう、降参だ！　こんな戦いは止めよう。アブソリュートのことは謝るからっ！」

ウルは攻撃をやめない。勇者を何度も何度も怒りのままに殴りつける。

「……もう、止めて。死んぢゃう……」

ウルは殴る、殴る、殴る、殴る殴る殴る殴る殴る殴る殴る殴る殴る殴る殴る殴る殴る。

勇者の肉体が崩壊し始め、意識が遠のいていく。

最後に走馬灯が頭に流れる、懐かしい初恋の思い出だった。それは王都で行われた武闘大会で初めて会った獣人の少女だった。

（……俺は君が好きだった。ずっとアブソリュートの側にいる君を見たくなかったんだ）

ここに来てようやく本心を知った勇者だったが、そこで意識が途切れた。

勇者から何も聞こえなくなった。

（あれ？　声が聞こえなくなった？　まさか逃げたの⁉　許さない！）

ウルは周りの家や逃げ惑う民を踏みつぶしながら勇者を探した。

だが、勇者は既に死んでいた。

理性が飛んでいる今のウルにはそれが理解できていなかった。勇者が死んでいる事に気づくころには、既にミライ領は壊滅していた。

圧倒的な数でアブソリュートに挑んだ勇者の最後は、圧倒的な個の力によって幕を下ろした。

勇者アルト死亡
勇者が死んだ。だが、まだ終わらない……。

勇者と共に戦った貴族に兵士、ミカエル王が残っている。ウルは次の敵に向かって動き出した。

（全員皆殺しなの）


ライナナ国王城。

王城では勇者の死や謎の化け物が王都に向かっている状況で混乱を極めていた。

「報告します！　化け物はミライ領で動いたあと周辺の貴族たちや領民を虐殺し、王都に向かっています。ミカエル王いかがされますか？」

ミカエルは怒りで机を殴りつける。

（くそっ！　なんなのだ⁉　その化け物は……勇者でも勝てなかったんだろ、勝てるのか？

いや、アブソリュートを殺す時に学んだではないか。強い相手は数で対抗することを！）

「総員！　迎撃の準備をしろ。アブソリュートとの戦いを思い出せ！　数で対抗するのだ」

「「はっ！」」

王国軍総勢八万が集結した。

かのアブソリュートとの戦いを乗り越えた者たちだ、士気が高い。ミカエル王の指示で軍はまとまったかのように思えたが、それは圧倒的な個の存在で打ちのめされた。

十メートルを超える狼の姿のウルが王都から確認される。

「なんだ……あの化け物は⁉」

王国軍に動揺がはしる。アブソリュートは強かったが人間であった。だが、あれはただの化け物である。

自分たちで勝てるのか？

「ひ、怯むなー！　剣を構えよっ‼　国を守れっ突撃ーー！」

「「わぁぁぁぁぁ‼」」

この王国軍の雄叫びを合図に王国軍とウルの対決が始まった。

勢いよくウルに向かって突撃するがウルが足で勢いよく蹴り上げるだけで数千の兵士たちが吹き飛ばされる。

「なんだあの力は……」

ウルの圧倒的な力の前に王国軍の士気は挫かれる。

王国軍は数はいるが先のアブソリュートとの戦いで実力者は軒並み戦死していた。

今いるのは殆(ほとん)どが後方に待機していた経験の浅い者たちなのだ。これではウルを止めることはできない。後はただの虐殺だった。

ウルは楽器を奏でるように腕を振り下ろし兵士を殺していった。

兵士たちはつぶせば音の出る楽器だ。

「ぎゃあああああああ！」

「うわああああああああああああ！」

「し、死にたくないいいいいい！」

戦場には兵士たちの悲鳴が鳴り響く。

(ご主人様……この歓声あなたに届けます！)

八万の悲鳴が戦場を満たしていく。この悲鳴は親愛なる主人に贈るウルからの、レクイエムだった。

(もっと高く、響き渡れ)

このレクイエムの演奏は最後の一人になるまで続いた。

戦場の悲鳴が鳴り止み、その場に立っているのはウルだけだった。ウルの体に限界が来て【獣化】のスキルが解かれる。ウルは元の人型に戻った。消耗が激しく、今は立つことができない。

「少し、休んだら次は王城……。ご主人様。すべて片付いたらすぐそちらに向かいます」

愛しい主人の顔を思い浮かべあと少しだけ頑張ろうと思うのだった。

ライナナ国王城

王城内にいたミカエル王は伝えられた化け物の討伐報告を聞き愕然(がくぜん)とした。

「全滅だと……⁉　バカな、あり得ん」

いくら相手が化け物であろうと、アブソリュートの時と同じように数で押せば勝てると踏んでいたが、結果は惨敗だった。

「なぜだ……私たちはあのアブソリュートに勝ったんだぞ⁈　あの化け物はアブソリュートに勝ると言うのか」

もちろん獣化したウルがアブソリュートと戦っても勝てはしない。

王国軍がアブソリュートに勝てたのは、アブソリュートのスキル【絶対悪】の効果で聖の力を持つ勇者に対して弱体化していたこと。勇者が殺されそうになるたびに優秀な兵士が肉壁となり、それを阻止していたこと。聖女が勇者の致命傷を何度も回復したのに加えて、その美貌とスキルで兵士たちの士気を高めていたこと。

このすべての要素があり奇跡的に勝利することができたのだ。

このすべての要素を持たない今の王国軍が敗北するのは必然であった。

「それで化け物は消えたときたか……あれは一体なんだったんだ……獣人か？　いや獣人のスキルであそこまで強力なのは聞いたことがない。

勇者やこの国の者たちに恨みがあるものか……他国からの侵略も視野に入れなくてはな」

ミカエル王は一瞬頭によぎった可能性を即座に否定する。アーク家でアブソリュートに仕えていた、武闘大会でも優勝したことがある奴隷の少女の可能性を。

「アブソリュートが死ぬ時にそばにいなかったのだ。愛想を尽かせてどこかへ消えたのだろう」

ミカエル王は頭では否定するが、妙な感がその考えを捨てきれなかった。

そして、

「国王様！　獣人の女が城の人間を殺して回っています。すぐに脱出を！」

ミカエルの勘は間違っていなかったことが証明された。

その頃ウルは正面扉から王城に入り、見かけた人間を殺しながらミカエルの元へ向かっていた。

（もうすぐ、すべて終わるの。そうしたらようやくご主人様の所へ逝(い)けるの）

ウルはアブソリュートと共に戦えなかった。だからアブソリュートを殺した者たちを自ら殺すことで清算しようとしているのだ。

自ら命を絶つ前に

歩きながらこれまでのことを思い出す。

初めて会った時は凄(すご)く怖かったこと。

侍女の仕事の時にお菓子をくれたこと。

ウルの頭を撫でてくれたこと。

学園で勇者に絡まれたウルを守ってくれたこと。

何度もおいしいお店に二人で行ったこと。

二人で愛し合ったこと。

子供が生まれたこと。

楽しかった思い出ばかりくれた愛しいアブソリュートのことを思いながら、ミカエルのいる部屋に手をかけた。そこにミカエルは怒りの表情でウルを待ち構えていた。

「まさか、お前が勇者や王国軍を倒した奴だというのか?」

「だったら?」

「なぜだ? アブソリュート一人殺しただけで十万の国民を道連れにするなど、こんなことになんの意味がある! 貴様のせいでライナナ国は終わりだ。答えろ、奴隷!」

ミカエルは怒り狂っている。アブソリュート一人殺しただけで、少なくとも十万以上の人間がウルによって殺されたのだから。

ウルは鼻で笑った。

(ご主人様一人殺しただけで? くだらない)

ミカエルにとってはたった一人かもしれない。だが、ウルにとってはその一人がすべてだったのだ。

「ウルはこれからご主人様の元へ逝くの。なのに、ご主人様を殺した奴らがのうのうと生きてるなんて許せないわ。貴方たちは死んであの世でご主人様とウルに土下座するの」

「狂っているな……だがお前、俺を舐めすぎだ、王族の俺には最強の固有魔法が使える。固有魔法『絶対無敵装甲（キングオブシールド）』発動」

　ミカエルの体を光が包み込む。その光は純白で重装な鎧へと変わりミカエルの体に装着された。

「俺の固有魔法は物理攻撃、そして中級以下の魔法はすべて無効になる。獣人は物理主体で戦うからな、お前には攻撃手段がないだろう。さぁいくぞ」

　物理無効化はウルにとって最大の弱点といえるだろう。だがウルは今回元から物理攻撃で済ませるつもりはなかった。

　ウルの足元を中心に闇の魔力が部屋全体に広がる。

（ご主人様、お力お借りします）

「ダーク・ホール！」

　ウルは何度も見てきたアブソリュートの得意魔法を使った。魔力の多いアブソリュートに比べたら威力や範囲は弱いが、それでも充分有効だ。

　闇の魔力から生み出される魔力の手がミカエルを闇に引きずりこんでいく。

「な、それはアブソリュートの魔法?!　なぜお前が！　くそ、離せ!!　なぜ、死んでまで俺の邪魔をする、アブソリュートォ！」

「二年前の戦いでご主人様は死んだ。でもまだアーク家にはウルが残っている。お前はご主人様に負けたの」

ミカエルの顔が歪む。

だが頭部以下はすでに闇の中へと沈んでいた。

「くそおぉぉぉぉおお！　アブソリュートォ！」

アブソリュートへの呪詛（じゅそ）に近い狂った声を最後にミカエルは闇の中に消えた。

これで最後の相手だった。

主人の雪辱を果たした余韻に浸り、静かに涙を流す。

二年前共に戦えなかったことをどれだけ悔いたことか。

たった一人で、すべてを敵に回した彼はどれだけ辛（つら）かったことだろうか。

「うぅ、ご主人様……貴方の……勝利です」

嗚咽（おえつ）の交じった声でそう呟（つぶや）いた。

ウルはアブソリュートの敗北を自らの勝利で上塗りした。

ミカエル死亡

ウルはミカエルに勝利した後、王都を歩いていた。死ぬ前にアブソリュートと何度も歩いた道を、思い出をなぞるように歩いた。そこで大好きだったスイーツのお店を見つける。まだ店は開いているようだった。

「ごめんくださいなの」

怖い顔の店主が迎える。

何も変わっていない店主や店内にどこか安堵してしまう。

「んっ？　あぁ久しい顔だな。いらっしゃい」

店主もアブソリュートのことを知っているだろうが何も言わずに迎えてくれる。

「イチゴのタルトと、モンブランをお願いします」

モンブランはよくアブソリュートが食べていた商品だ。

「食べていくのかい？」

「持ち帰りでお願いします」

店主はウルの顔を見て悟ったのか、何も言わずに商品を包んでくれた。

「お代はいらんよ。……なぁ、別にアンタまで逝かなくてもいいんじゃないか？」

店主が最後に問いかける。

「ありがとうございます。でも、あの人のいない世界はやっぱりつらいの……ここのスイーツいつも美味しかった！　ありがとう」

そういい残して店を後にした。


ウルが向かったのはアーク家だった。

討伐時に踏み荒らされた領内は景観が変わり知らない町のようだった。

だがその中で唯一変わらないのがアーク家である。

討伐軍もさすがに証拠や重要書類のある屋敷までは壊さなかったようだ。

中は封鎖されていたが、鍵は変わっていなかったためそれを使って中に入る。

もちろん中には誰もいない。ウルはかつてのアブソリュートの部屋に入り、二人分の紅茶とスイーツを並べた。

ウルは自分の分のタルトと紅茶を飲み干して部屋を眺める。何年も見てきた部屋だが、入るのは久しぶりだった。この部屋にいるとあの頃に戻ったような気分になる。

少し感傷に浸り、ウルはアブソリュートの椅子の向かいに立つ。

「ご主人様、私もこれから貴方の元に向かいます。死んだらどうなるかは分からないけど、もし向こうの世界でまた会えたら、次も貴方を好きになりたいの！」

ウルは涙を流しながら二回目の告白を告げ、自らの心臓にナイフを突き刺した。

最後は望みどおりアブソリュートの事を考えながら死ねるのだ。ウルは満足していた。

体に力が入らなくなり体は地面にたおれた。

ウルの視界が白くなり、死が近くなるにつれて知らない世界が広がっているように見えた。

ただ白い景色が広がる純白の世界。気が付くとウルはそこにいた。

『……』

（ご主人様⁉）

その世界のどこかからアブソリュートの声が聞こえた気がした。

長年連れ添ってきた主人の声を忘れるはずなかった。

ウルは声の元へ駆け出した。

はやる気持ちを抑えきれずにただ声の主の元へと。

『……』

（間違いない）

『……』

（貴方が亡くなってから、いろいろありました。子供が生まれ、その子供が貴方を失った悲しみを埋めてくれることもありました。でも、自身が幸せだと思うたびにあなたのことをおもいだして……そのたびに会いたくて仕方なかった）

『……ル』

（ああ、ご主人様）

だんだん近くなる自身を呼ぶ声。

（……お帰りなさいませ。ご主人様）

溢れる涙を抑えきれず、声の主の胸へ飛び込み……ウルの命は消えた。

その後、王族や貴族を多く失ったライナナ国は帝国に取り込まれ、長い時間をかけて民主国家へと変貌した。

そしてその国を率いる人物の名前はウリア・アークである。

第 2 章

原作突入

This man has the charisma of absolute evil and
will be the strongest conqueror.
"Yes, I am a scoundrel. The best in this country."

*That is needed for
a villainous aristocrat*

アブソリュート・アーク十五歳。

ついにアブソリュートは十五歳となった。

今年の春から王都にある学園に三年間通うことになり、入学からが原作のスタートになる。

勇者と戦うための準備は着実に進んでいる。

クリスとレディが仲を取り持つ形で傘下の貴族との仲は良好だ。原作では勇者の仲間であるマリア・ステラを奴隷にして側に置くことに成功した。仲も良好でマリアが勝手に入ってくるのだが、お風呂もいつも一緒だ。

えっちだなぁ。

さらに一番大きいのが、ミカエル王子を王太子の座から下ろしたのが大きい。これで大軍を動かすことができなくなった。

後は、学園で勇者の成長イベントをつぶして、勇者の邪魔をしながら聖女への工作を行っていく計画だ。

十五歳になったアブソリュートは、今日アーク家の固有魔法を継承するため、父ヴィランと殺しあわなければならなかった。

アーク家の屋敷の中にある室内修練場にて親子は向かい合っていた。

嵐の前の静けさというものか、空気は張り詰めている。

「アーク家の固有魔法『精霊召喚』は高位精霊を呼び出して使役する魔法だ。この魔法は初代アーク家当主が精霊王と縁を結び、受け継がれてきたものだ。それを継承するためには現在の所有者を殺し、この体に埋め込まれた精霊紋を奪い取らなければならない。もちろん私もただで殺されてやるつもりはない。アブソリュート、覚悟を決めろ」

（……まさかアーク家の魔法がそこまでヤバイものだとは思わなかった。原作でヴィランが出てこなかったのは、継承の際にすでに死んでいたからだったのか。なんかアーク家ってめちゃくちゃ血に塗れてるよなぁ）

「父様、覚悟はできていますよ。そういえば、最後に手合わせをしたのは十歳の時でしたね」

両者は仕掛けるタイミングを計るように睨み合う。

場が静まり返るなか、初めに仕掛けたのはアブソリュートだった。

「ダーク・ホール」

アブソリュートは開幕から得意魔法を使う。闇の魔力の中からおびただしい数の魔力の腕が生えヴィランを襲う。

だが、ヴィランは動じない。

抜刀し、自身の剣に魔力を込める。

「黒炎斬」

ヴィランは剣に黒炎を纏い、炎を纏った斬撃を飛ばし魔力の腕を切っていく。

アブソリュートは驚く。今のアブソリュートのレベルは90を超えている。そしてこの世界の兵士の平均レベルは20。ライナナ国物語の原作ではレベル50以上のキャラクターはアブソリュートしか知らない。だが、ヴィランの力は確実にレベル50以上だと感じた。

「アブソリュート、お前は親の目から見ても強い。だが、俺とお前では潜ってきた修羅場の数が違う。若いお前に言うのは酷だろうがな。さぁ次は私からいくぞ!」

ヴィランが剣を上段で構え、一気に距離を詰めてアブソリュートに斬りかかる。アブソリュートも剣で応戦し、二つの刃が合わさる。

キィーーーーーーーン

力は互角に見えた。

だが、攻めているのはヴィランだ。

防ぎにくい下段への薙ぎの斬撃を、アブソリュートの足元に飛ばす。

地面を蹴り、空中へ回避するがそこを狙っていたかのようにヴィランの突きがアブソリュートを襲う。

「ダーク・ホール」

魔力の腕で自身の体を勢いよく突き飛ばし突きを回避する。ヴィランの突きが空を切り対象を失った突きが壁を突き破る。

当たればただではすまない威力を誇った攻撃だった。

アブソリュートは、レベル差があるだろう父がここまで強いとは思わなかった。

(長年にわたり、ライナナ国を裏で守ってきた男だ。強いとは思っていたがまさかこれほどとは……)

ここまでは二人の力が拮抗していたが徐々にヴィランが押され始める。アブソリュートも本気ではあったがまだどこか余力を残していたのに対して、ヴィランはアブソリュートの圧倒的な力に全力を出さざるを得なかった。つまりは、スタミナが切れてきたのだ。

「強くなったなぁ……アブソリュート」

　予想以上の強さを見せる息子に胸が熱くなる。

　息子の母親はアブソリュートを産んですぐにアーク家を去っていった。父である自分も、仕事にかまけてあまり相手をしてやれなかった。アーク家という特殊な家で、幼い頃から戦場に立たせてきた。

　他国の勢力から国や領地を守るためとはいえ、アブソリュートには申し訳ない気持ちでいっぱいだった。

　ヴィランはアブソリュートの強さに素直に成長を喜ぶ親心と、幼いころからアーク家の重責を背負わせ、強くならざるを得なかった申し訳ない気持ちを感じていた。

　ヴィランの心は複雑であった。

「これで最後だ！　私を越えろ、アブソリュート‼　固有魔法『精霊召喚（アーク・サモン）』いでよ、『開闢（かいびゃく）の精霊』」

　精霊を呼び出し使役する固有魔法『精霊召喚（アーク・サモン）』。

　呼び出される精霊は『精霊王の系譜』といわれる精霊王直轄の十二体の中から選ばれる。

　精霊のランクとしては精霊王の次に高いランクを誇りその力は強大だ。

　だが、本人の資質や精霊との相性により呼び出せない精霊も多く、ヴィランは十二体のうち三体までしか呼び出せない。

今回呼び出された『開闢の精霊』。戦闘に特化した精霊である。

解放されたことにより、ヴィランに呼び出された精霊が姿を表す。人型の、白い色をした騎士のような見た目。それは人では及ばない美しさを持った存在であった。

開闢の精霊が多数魔法陣を展開し、上級魔法を次々と放ってくる。

『バーニング』『アクアコール』『アースクラッシュ』『メテオ・ワン』

業火が、津波が、巨大な岩が隕石(いんせき)のような魔力の玉がアブソリュートめがけて襲う。

レベルの高い者にしか使えない上級魔法を同時に展開できる無法技。

これが上位精霊の力である。

「ダーク・ホール」

アブソリュートはそれをおびただしい数の魔力の腕で防いでいく。精霊とアブソリュート両者の魔法の実力は拮抗していた。

「強い力は持っているが戦い方を分かっていないないな。強い魔法をただ撃っていれば勝てるわけではないぞ。開闢の精霊」

「…………」

精霊は魔力の腕に気を取られるあまりにアブソリュートを放置しすぎた。アブソリュートは精霊との距離を詰めて精霊を殴り飛ばす。

「終わりだ。ダーク・ホール」

精霊が殴り飛ばされたところを魔力の腕で拘束し、精霊との決着はついた。

「ここまでだな。強くなったな……アブソリュート」

「勝敗はすでに決まりましたので、私としては死体蹴りのようなことはしたくないのですが。そもそも継承のシステムはどうなっているのです？」

「甘いことを……そうだな。息子にそこまでの業を背負わせるのは忍びないな。私の父も同じ気持ちだったのか」

ヴィランは自分の心臓を自らの剣で突き刺そうとする。

「なっ⁈　なぜだ」

ヴィランは胸を貫くはずが、アブソリュートの魔力の腕によって自害を阻止された。

「何をしているアブソリュート！　私が死なねばお前は固有魔法を継承できないのだぞ！」

「……父よ。貴方はこの国のために自らの人生を棒に振ってきました。なのに、最後は固有魔法を継承するためだけに命を落とすなんて、あんまりではないですか。私は自らの親を犠牲にしてまで得た力など欲しくはありません」

原作のアブソリュートは恐らく、死が日常になっていたことでこの力を継承することに躊躇いはなかったのかもしれない。だが、前世の価値観を併せ持つ現在のアブソリュートはそれが受け入れられなかった。

「……本当に甘いな。だが、どうする？　私が死なないと精霊と契約できないぞ」

アブソリュートは解決策を既に出していた。

「それについては考えてあります。父様が呼び出した精霊と契約を結ばせてください。固有魔法と比べて契約した精霊しか使役できませんが、それをもって継承の儀としましょう。固有魔法については父様が老衰で死んだ後、受け継がせてもらいます」

「高位の精霊と契約するには莫大な魔力がいる。人間では無理……いや、異常なほどの魔力を有しているお前なら可能か」

考えもしなかった発想にヴィランは笑った。

「そうか……敗者は勝者の言うことに従うことにしよう。アブソリュートよ。本格的な継承はできなかったが確かにお前は精霊の力を手にすることになる。三年後、学園卒業と同時にアーク家の当主はお前だ」

「謹んでお受け致します」

こうして、固有魔法継承は本契約を精霊と交わすことで疑似的に『精霊召喚(アーク・サモン)』を再現することで決着した。

ヴィラン・アークは現在王城にて国王とあっていた。

「生きてまた会えるとはな……何はともあれ君が生きていてよかったよ。ヴィラン」

国王とヴィランが堅い握手をかわす。二人は幼い頃から共に育った幼馴染だった

「あぁ、死に損なってしまった。多くの人を殺し、実の父をも手にかけた私がまさか生き残るとは思わなかった」

ヴィランは自嘲した。

「そんなこと言わないでくれ。君は、君たちアーク家は国のために誰よりも貢献している。幼馴染というだけで君は私を何度も助けてくれた。私は本当に君が生きていてくれて嬉しいよ、ヴィラン！」

二人は幼い頃から一緒だった。それは友人という関係でアーク家を王家に縛るためのものだったが、それでも二人は確かに友人だ。

「本当はミカエルにも、私とヴィランのようにアブソリュートと上手くやってほしかったのだがな。アブソリュートは国王の私から見ても優秀すぎる。ミカエルは劣等感と偏見のせいでもうアブソリュートとのいい関係は望めないだろうな。なぁ、アブソリュートと娘のハニエルの婚約考えてくれたか？」

国王はアブソリュートをなんとしても王家に縛りつけたかった。ミカエルとの友人関係を築くのは諦め、娘ハニエルの婿に迎えることを画策していた。

「すまんな。俺はすぐに死ぬつもりだったから忘れてたよ。死んでからアブソリュートに丸投げしようと思って」

ヴィランはあっけらかんと笑ったが国王はその答えに肩を落とした。

「まぁ、アブソリュートは言葉には言わんが私のように王家や国のために裏で手を汚すことに辟易（へきえき）している。アブソリュートが当主になったら、自分となんの関係もない王家のためには働かないだろうな。もし、アブソリュートの納得する見返りを王家が用意できなければ、私の代で裏の仕事は廃業だよ」

ヴィランの言葉に国王は頭を抱えた。

現在のライナナ国の国防を裏で守っているアーク家の次期当主が、王家に不満を持っているのだ。ミカエルの件での失態もある。

国王はなんとしてもアブソリュートと娘を婚約させようと策を練るのであった。

ついにアブソリュートは精霊と契約を結ぶことができた。この力は今後勇者と戦ううえで大きな力になるだろう。
アブソリュートは父が『精霊召喚（アーク・サモン）』で呼び出せる十二体の内の三体から一体を選び契約した。
アブソリュートは契約した精霊の能力を確認する。

「精霊の種類は『献身の精霊』か……サポート特化の精霊。能力は魔法範囲の拡張に身体強化そして献身？　こいつが戦えるようになる能力か。ちなみにお前名前はあるのか？」

精霊は首を振る。

精霊にはこちらの言葉は通じるが人間界では話すことができない。

いつか精霊界に行って会話してみたいものだ。

「そうか。ならお前はトアと名付ける。トアは小さくなれるか」

トアはコインくらいの大きさに変化した。

「そうか…お前には今後私と常に一緒にいてもらう。外にいる時は体を小さくして私の肩にいろ。これから学園に入学して忙しくなるからな。頼んだぞ、トア」

トアは小さく頷いた。

Absolute Ark

Status Table

アブソリュート・アーク（15歳）

10

（スキル Skill）

カリスマ	v9	_ 魅力にかなり補正がかかる
王の覇道	v9	_ 自身のステータス上昇 _ 敵のステータスを下げる
絶対悪	v9	_ ステータスが伸びやすくなる _ 相手への印象が悪くなる _ 聖の者への特別補正

（ステータス Status）

レベル	91	魔力	3400
身体能力	500	頭脳	100

（契約精霊 Spirit）

『献身の精霊』（トア）

（能力 Ability）

魔法範囲の拡張　身体強化　献身

（習得魔法 Mastered magic）

火、水、土、風、回復、闇

（技術 Technology）

剣術、拷問、グロ耐性　精霊使い

Name: Absolute Ark　Age: 15

That's needed for a villainous aristocrat

トアとの話し合いから数日後、アブソリュートはこれから入学する王都学園に入学試験を受けに来ていた。

アーク家傘下の者たちは一足先に会場に到着し、今は私たちしかいない。傘下の者たちはアブソリュートを囲うように席につき、クリスが仕切り場をまとめた。

「今後についてはまず、魔法・近接戦闘・筆記試験が実施され、その結果をもとにAからDにクラス分けが行われます。アブソリュート様は問題ないとは思いますが、傘下の私たちが低い点数をとって足を引っ張らないよう既に通達しています。今年はミカエル王子や勇者の末裔に聖女様まで入学します。私たちはあまり関わることはないと思いますが、何かあればアブソリュート様の名前に傷がつきます。皆さん気をつけてください。最後にアブソリュート様、お願いします」

クリスの言葉に皆が鷹揚に頷く。アブソリュートから言うことは特にない。

「ベストを尽くせ。それだけだ」

「「「はいっ！」」」

気合いの入った声が会場に響いた。それから、ぞろぞろ他の受験者も中に入ってくる。

その中には原作のヒロインもいた。

「アブソリュート様、あの修道服の方が聖女様のようです。何か不思議な雰囲気をしていますね」

クリスは聖女に魅入っていた。

あれがヒロインの一人聖女エリザか……。

聖女エリザは教会にて最高位の地位についており、回復魔法の上位互換のスキル『再生』を使う聖職者だ。

原作ではアブソリュートとの戦いにて致命傷を負った勇者を何度もスキルで癒やしてから前線に送り、その美貌とスキル『扇動』で兵士たちの士気を上げ続けた陰の立役者だ。

聖女エリザ……奴(やつ)の危険度は勇者と同列だ。しかも、奴はあまり教会から出てこなかったからかなりの世間知らずだったはずだ。勇者の思考にハマる前にどうにかしなければな。

アブソリュートが考えこんでいると次は勇者の婚約者でありヒロインのアリシア・ミライが会場に入る。

「アブソリュート様、勇者さまの婚約者アリシア様ですよ。勇者様はご一緒ではないようですね？」

アリシア・ミライ
ミライ家の令嬢であり勇者の婚約者。そして幼馴染でもある。原作では暴走する勇者に振り回される描写が目立ったが貴族の世界に疎い勇者のストッパーでもある。戦闘スタイルは遠距離からの魔法攻撃と固有魔法である『魔弾』がメインだ。

（アリシアは学園で更に勇者に振り回されて苦労するんだろうなぁ）

アブソリュートはアリシアに同情しながらさっきのクリスの疑問に答える。

「クリス。勇者は学園の受験を免除されているから今日はここには来ないだろう。勇者は王族からの推薦という形で入学する。平民ではあるが勇者は準貴族という扱いだからな。っとそろそろ試験が始まるな、戻れ」

会話を切り上げ、すぐに試験官が会場に入り筆記試験が始まる。学園で習う範囲は既に押さえてあるので、筆記試験は問題なく終えることができた。

問題は受験者同士で行われる模擬戦だ。この試験では立ち回りや、魔法や剣の技術などが見られる。

受験者は場外に対戦相手を出すか、試験官が止めるまで試合が続く。対戦相手は基本的にランダムに選ばれるが、爵位が近い者同士になる傾向にある。

アブソリュートは自分の番が来るまで他の人の試合を見ていた。ちょうど今、友人のレディの対戦が行われており、クリスと観戦している。

「レディはアブソリュート様に魔法の指導を受けてから凄く強くなりましたね。ほら、対戦相手を圧倒していますよ！」

レディの対戦相手は剣士で、レディとの間合いを詰めようとするがレディの氷魔術のスキルで放たれる氷柱が対戦相手を襲う。

剣で振り払うが永続的に放たれる氷柱が徐々に当たりだし、最後はレディの攻撃に圧倒されそのまま場外になり、試合は終わった。

「まぁレディなら当然の結果だな」

試合を終えたレディが笑顔でアブソリュートの元へ向かってきた。

「アブソリュート様！　私の活躍見てくださいましたか！」

　レディが顔を近づけてアブソリュートに問いかける。

「あぁ、強くなったな」

　お世辞ではない。初めて会った時からだいぶ強くなったと思う。レベルにして30ちょっとか。この世界でなら十分強者と言えるだろう。

「お褒めにあずかり光栄ですわ！　アブソリュート様の名前に恥じない戦いができたと自負しておりましたの。でも実際に褒められると私、火照ってしまいましたわ。アブソリュート様も頑張ってくださいましね！」

　身長差か狙ってやっているのか、上目遣いで話すレディ。

　可愛らしい顔に小柄な体軀も合わさりどこかあざとくも嫌ではなかった。

「……ああ。そうだな」

　レディは、アブソリュートの褒め言葉に内心デレデレしながらアブソリュートの隣に座って会話を続ける。

「アブソリュート様の対戦相手は誰になるのでしょうか？　カコ公爵家の方かミライ侯爵家のアリシア様あたりですかね」

　それにクリスが答える。

「聖女様の可能性もありますよ。まぁですが、上位貴族の受験生はカコ家とアーク家意外は令嬢が多いですから必然的にカコ家の方になるのではないですかね」

（カコ家か……）

カコ侯爵家は、ミカエル王子の記念パーティーでクリスを含むアーク家傘下の貴族たちに突っかかってきた者たちのリーダーだ。名をトリスタン・カコ。噂ではカコ家の中でも実力はずば抜けているが異端児と言われている。

原作でもあまり出てこなかったからどう絡んでくるか未知数だ。

そこで考え込んでいると次の試合にアブソリュートの名前が呼ばれた。

「アブソリュート様、頑張ってくださいね」

「ご武運をお祈りしておりますわ！」

クリスとレディの声援を受けながら試合会場にはいる。そこでアブソリュートは一足先に対戦相手を待った。

後から入ってきた対戦相手は、アブソリュートの予想を斜め上に裏切った。

「聖女エリザ……そしてアリシア・ミライ、それにカコ家の者だと？」

そう。対戦相手は聖女エリザとアリシア・ミライ、カコ公爵家のトリスタンだった。アリシア、トリスタンと聖女エリザもこの状況に驚くがまず先にトリスタンが語りかける。

「ごきげんようアリシアさんに聖女様にアブソリュートさん。私はトリスタン・カコと申します。それでこれはどういう状況か説明していただけますか？　試験官様」

試験官が口を開く。

「確かに模擬戦は一対一で行うのがルールだ。だが、聖女様は戦闘に関してはサポートに特化しておりこれでは聖女様の真価を評価することができない。そこで特例としてこの対戦に関しては二対二で行うものとする」

確かにサポートに特化した聖女にはこの試験は厳しいだろう。それでダブルバトルか。なるほど、だが組み合わせはどうなるか。

「ペアに関してはアブソリュート・アーク、アリシア・ミライ。トリスタン・カコと聖女様の組み合わせで行う。ルールに関しては審判が試合を中断するかペアの二人が場外にでた時点で終了とする」

なるほどアリシアとペアか。助かるな……私が聖女と組んだら聖女の力を見ることが叶わず終わってしまう。

前半アリシアに戦わせて聖女の力を見るか。

そう考えるとアリシアがアブソリュートに話しかける。

「……話すのは初めてね。アリシア・ミライよ。それで役割はどうする？　私は魔法しか使えないから遠距離からの攻撃になるけど」

「そうか、なら私の剣の間合いに入るまでトリスタンを魔法で攻撃しろ。私がトリスタンを相手している間は何もしなくていい」

アリシアは不思議そうな顔をして尋ねる。

「いいの？　聖女は戦えないから貴方がトリスタンと戦っているときに私が魔法で援護した方が確実だと思うけど？」

　確かにアブソリュートが提案したやり方は、前半アリシア後半アブソリュートと一対一を繰り返していくやり方だ。二人でトリスタンをつぶせばすぐに終わる可能性が高いだろう。だが、それでは聖女の援護力を見ることができないではないか。それだけは避けなければならない。

「ふん。いくら聖女が援護しようと戦うのはトリスタン一人だ。それを二人がかりでつぶすのはあまり美しいやり方ではないな。場面ごとに役割を分けて一対一で戦うのがいいだろう」

　アブソリュートは原作の自身の最後を思い出した。そう、数で相手を押しつぶすやり方をアブソリュートは好きになれなかった。

　アブソリュートの答えにアリシアが驚く。

「……ごめんなさい。私、貴方を誤解していたわ。確かに誇りある上位貴族の私たちがやることではないわね。分かった、貴方のやり方に従うわ。誇りを持って戦いましょう！」

　アリシアはアブソリュートに賛同した。

「あぁ、それと聖女には当てるなよ？」

「ふふ、分かっているわ。さぁ始めましょう」

　そうして二組はむかい合い審判の合図を待つ。

「始め！」

　試合開始と共にトリスタンが駆け出す。

「ファイヤーボール」

　アリシアの魔法がトリスタンを襲うがトリスタンは避ける気配がない。そこで聖女が動く。

「『防御力上昇（プロテクト）』、『自動回復魔法（リジェネヒーリング）』」

　聖女は付与魔法を使いトリスタンを援護していく。それに厄介なのがトリスタンのアリシアの魔法に恐れなく向かっていく闘争心だ。

（もしかして聖女のスキル【扇動】を使って恐怖心をなくしているのか？　やはり危険だな）

　人間は恐怖心により脳にストップがかかるがあのスキルはそのストッパーを外している。【扇動】を使うことによりリスクを度外視して危険な行動をとらせることが可能なのだ。

「なんなの、あいつ⁈　魔法をくらいながら進んでくるなんて！」

　アリシアは連続して魔法を使うがトリスタンは止まらない。

　そろそろアブソリュートの間合いに入る。

「……そろそろだな。交代だ」

　アブソリュートは剣を抜きトリスタンに向かって斬りかかる。

　二人の剣が交じり合う。

　トリスタンがアブソリュートに語りかけた。

「おや、ついにアブソリュートさんの登場ですか？　貴方の噂は聞いていますよ、なんでも大変優秀なのだとか。私ゾクゾクしてきました、さぁ斬りあいましょう！」

　鋭く速いトリスタンの太刀。

　明らかに学生で収まるレベルではないのが分かる。

　思えばアリシアに対して彼は一度も剣を振るっていない。それだけトリスタンとアリシアの差があるってことか。

（縦、横、縦、突きとみせかけて刃をかえして下から。いろいろやってくれるな。決まった型ではなく、いろんな流派をかじっているのか？）

「凄い、凄い！　ここまで僕と打ち合えるなんて、なんてめでたい。今日は二人の記念日だ」

（なんの記念日だよ！　私は記念日にこだわる人間が一番嫌いなんだよ）

トリスタンの猛攻が続くが聖女のスキル【扇動】の影響か、冴えていた剣術が曇り始める。

アブソリュートは適当に打ち合いつつ聖女とトリスタンの分析を続ける。

「ところでなぜアリシアさんと一緒に攻撃しないいんです？　二人でなら僕を倒せるかもしれませんよ？」

「聖女の援護があろうと戦うのはお前だけだろう？　二人がかりは美しいやり方ではない」

そう答えると、トリスタンは一瞬呆けた顔をするが意味が呑み込めると獰猛な笑みを浮かべた。

「アハハハハハハハ！　貴方はやはり最高だ。ですが、それを敗北の理由にしないでくださいね！」

トリスタンがギアを上げ攻め立てるが、アブソリュートは余裕で対応する。しばらく二人の打ち合いが続いた。拮抗状態に焦りを感じた聖女が動く。

「トリスタン様、援護します！『聖女の祝福』」

聖女がさらに支援魔法をトリスタンにかける。トリスタンのスピード、パワーが増す。

だが、レベル差のあるアブソリュートにはそんな強化は効かない。アブソリュートは聖女の強化魔法をあらかた観察し終えていた。

今のところ、スピードとパワーが上がっただけで他は対して変わってないな。強化したスピードにトリスタンが対応できていない。まぁ初めてのタッグだし仕方ないだろう。

(それにしても、身体強化の魔法は大したことはないが、これが大勢に使えたとしたら厄介だ。そして恐怖心をなくすスキルか)

アブソリュートは聖女エリザの危険度を上げた。

「もう終わりにしよう」

あらかた力をみたアブソリュートは決めにかかる。斬りかかってきたトリスタンの剣を光速で弾き、腹に蹴りを入れて場外に出す。

「グッ……」

「剣の腕は見事だったが、少し精細さが欠けていたな。次は学園で本当の一対一で勝負をしよう」

場外のトリスタンを見下ろすように告げた。

「ははっ、手加減されてこれでは、まだまだ修行不足でしたね。参った」

「なんのことやら」

場外のトリスタンにそう言い終えると聖女の方を向く。

残りは聖女だ。

すると聖女は両手を挙げて降参の意を示した。

「そこまで！　勝者アーク、ミライペア」

審判の判定をもって試合が終了した。

❦

学園の入学試験を受けにきたアリシアはあのアーク家の子息と模擬戦のペアを組むことになった。アーク家の評判の悪さは子供の時からに聞いているし、パーティーでもいつも傘下の貴族を大勢侍（はべ）らせているのを遠巻きに見ていた。できればあまり関わりたくない人種だが、試験なので仕方ない。

アリシアは頭を切り替える。

それに相手は武闘派カコ家のトリスタンに聖女だ。力を合わせなければすぐにやられる。

「……話すのは初めてね。アリシア・ミライよ。それで役割はどうする？　私は魔法しか使えないから遠距離からの攻撃になるけど」

アブソリュート・アークは不気味な男という印象であった。噂によれば、かなり優秀らしい。もしかしたら二人で力を合わせれば聖女たちに勝てるかもしれない。

そう思ったが、アブソリュートからは相手がアブソリュートの間合いに入ったら手を出さなくていいと言われたのだ。

「いいの？　聖女は戦えないから貴方がトリスタンと戦っている時に私が魔法で援護した方が確実だとおもうけど？」

アリシアの疑問にアブソリュートは悠然と答える。

「ふん。いくら聖女が援護しようと戦うのはトリスタン一人だ。それを二人がかりでつぶすのはあまり美しいやり方ではない。場面ごとに役割を分けて一対一で戦うのがいいだろう」

「っ?!」

アブソリュートの答えにアリシアは自身を恥じた。

たかが試験、二対一で相手を倒そうとするなんて確かに褒められたものじゃない。

アリシアはアブソリュートの勝負に対する姿勢に感銘を受けた。実質一対一を行うことで相手側をたてた形にもなる。

(悪い噂ばかり聞くけど、今回ばかりは素直に尊敬するわ)

アリシアはこの勝負に対しての姿勢を勇者アルトに見せてやりたかった。勇者アルトは強いが、アブソリュートのような誇りを持ち合わせていないように感じたからだ。

(……もし、アルト君が今のアブソリュート・アークの姿勢を見たらどう思うかしら。何か感じてくれれば嬉しいけど、何も感じないようなら……少し寂しいわね)

「……ごめんなさい。私、貴方を誤解していたわ。確かに誇りある上位貴族の私たちがやることではないわね。分かった、貴方のやり方に従う。誇りを持って戦いましょう！」

「あぁ、それと聖女には当てるなよ？」

アリシアはここにきて見せるアブソリュートの優しさが少し微笑ましく感じた。

そして試合が始まる。

聖女の援護を受けたトリスタンが距離を詰める。アリシアは魔法でトリスタンを攻撃するが相手は止まらない。

すぐに距離を詰められてアブソリュートと交代するハメになった。

そしてトリスタンと斬り合うアブソリュートの姿を見て、アリシアはまた驚愕した。

（嘘っ……トリスタンはあの武で有名なカコ家よ。決して弱くない。むしろ、聖女の援護を受けた今なら勇者ともいい勝負ができるはず、それをアブソリュートが互角に戦ってる⁈）

本当は、アブソリュートはかなり余裕をもって戦っていたが、あまり戦闘経験のないアリシアには二人は互角に見えたのだ。

そして二人が打ち合うその戦いにいつの間にか見惚（みと）れていた。

一方的に攻め立てるトリスタンの剣戟を、アブソリュートはすべて正面から受けきってみせた。

もはや二人の間に試験など関係なかった。

互いの剣技をぶつけ合う美しい試合に目が離せなくなる。

ドクンドクンと血が熱くなる。

会場には刃が交じり合う音だけが響き、あたりを見回せば皆この試験を見守っていた。

「もう終わりにしよう」

そうアブソリュートがいうとトリスタンも同意するかのように全速で斬りかかる。

攻めるトリスタンに受け続けたアブソリュート。

白熱した試合の結果アブソリュートが勝利した。

試合が終わるとアブソリュートはアリシアに目もくれず去っていった。

その背中をアリシアはずっと見つめていた。


試験の帰り、すっかり試合の熱がとれたアリシアは勇者について頭を悩ませた。

（どうしよう……アブソリュート・アークがここまで強いなんて思わなかったわ。もし、これから学園でアルト君が彼に喧嘩(けんか)を売るようなことがあれば……）

アリシアは暴走しがちな婚約者を思い浮かべる。以前、アーク家をぶっつぶすなどとほざいていたのだ。必ず何か起こすに決まっている
（アルト君はミライ家が後ろ盾……もしアブソリュート・アークにアルト君が喧嘩を売ったりしたら……ヤバいわ！）

アブソリュートと勇者アルトが戦えば被害が大きくなる可能性が高い。その責任の所在は原因の勇者の後ろ盾であるミライ家になる。

（屋敷に帰ったらアルト君に喧嘩を売るなと言い含めなければ！）

アリシアの苦難は続くのであった。

※

アーク家。

入学試験を終えたアブソリュートたちは、同じ受験生の傘下の貴族をアーク家に招いてパーティーをしていた。

昔とは違いアブソリュートの周りにも人が集まっている。

「アブソリュート様の戦う姿かっこよかったですわ！」

「そうか」

「あのカコ家のトリスタンを圧倒するなんてさすがです。ぜひ、今度手合わせお願いします！」

「ああ」

「アブソリュート様！　わたくしと結婚してくださいまし！」

「……」

アブソリュートに話しかける傘下の貴族に対してぶっきらぼうだが、ちゃんと受け答えをする。

流しているように見えるが普段からこんな感じなので周りも気にしていなかった。

パーティーも締めに入り最後にアブソリュートから全員に伝えられる。

「さて、全員今日はご苦労だった。普段から鍛錬を欠かさないお前らのことだ、きっとベストを尽くせたことだろう」

話を聞いている者たちの顔は精悍だった。全員アブソリュートを支えるために鍛錬を欠かさなかった。これをアブソリュートは知っていたのだ。

「これから私たちは学園に入ることになる。学園では身分は関係ないとあるが、それは建前であり爵位の壁はもちろん存在する。そこで、私たちは見せなければならない。アーク家派閥の結束を！」

アブソリュートは全員の顔を見渡す。

「ライナナ国では私たちアーク家派閥はいつも悪者扱いされ侮蔑されてきた。私たちがグレーな仕事を生業にしているからだ。だが、グレーな仕事をしているだけで悪者扱いされるなら私は一生悪役のままでいい。グレーな仕事で救われる命もあるのを私は知っているし、私はアーク家に誇りを持っている。問題は、なぜ表だって馬鹿にする奴がいるのか？　それはアイツらが私たちを舐めているからだ」

全員の顔つきに怒りが見える。これまで散々馬鹿にされ続けられてきたからだ。

アブソリュートは続ける。

「もう一度言う。私たちは見せなければならない。アーク家派閥の結束を！　もうお前らは馬鹿にされていいほどの弱者ではない。そして力を示さなければならない。力のない悪は正義をかざす強者の思うままに蹂躙（じゅうりん）される。それが嫌なら共に抗（あらが）い続けよう。私は常に君らの前にいる！」

ドクンッ

聞いている者たちは胸が熱くなる。

あのカコ公爵のトリスタンをも圧倒する力を持つ彼が自分たちを仲間と認め、守るとまでいうのだから。

「お前たちアーク家派閥であることを、悪だということに誇りを持て！　そして見せてやろう悪の誇りを！」

全員が頷く。

それを見てアブソリュートは悪い笑顔で告げるのだった。

「初めが肝心だ。全員で行くぞ！」

少し時が経ち、今日は入学式。

「それでは行ってくる。今日は入学式だけだから、ウルとマリアは先に荷解き(にほど)を済ましておけ。明日から二人には共に学園に来てもらうからそのつもりでいろ」

「「承知しました」」

ウルとマリアは返事をしてからすぐに作業に取りかかる。

アブソリュートは王都の学園に入学するにあたり、王都にあるアーク家の別邸に移ることになった。

そしてアブソリュートは待たせている馬車に向かう。

その足取りは堂々としたものだった。

『ライナナ王立学園』

ライナナ国の貴族は十五歳になったら必ず入学する規定のある三年生の学校である。

クラスはA～Eに分けられ入学試験での成績を基に振り分けられる。

また、貴族の他にも有名な商人の子や教会の推薦、貴族の後ろ盾がある場合は平民でも入学が可能になっている。

特例で王族や勇者は試験が免除される。

この学園で重要なのが爵位と成績もとい実力である。

試験や授業内での模擬戦や筆記の成績がよければ就職先や将来の出世、学園内のカーストに影響する。

学園内での爵位による上下は基本的にはないが完全にとはいかない。もちろん派閥を超えての友情も中にはあるが、基本的につるむのは同じ派閥の人間になりがちなのが現状である。

そして今日は入学式という一大イベント。開場してから新入生への準備や、手伝いのために来た上級生の姿も多い。

そんな賑わう空気のなか、生徒たちの視線が校門付近に集まる。

校門の前に黒塗りの馬車が大量に並んで鎮座していたからだ。

ある生徒たちが言葉を漏らす。

「あの馬車って確かアーク家の？」

辺りがざわめきだしたところで馬車から人が降りてきた。それは威圧的な雰囲気を出しながらも体中から嫌悪感を感じさせる男だった。

誰かが言った。

「アブソリュート・アークだ……」

アブソリュートが姿を見せた後、後続の馬車からぞろぞろと傘下の貴族たちも降りてくる。

アブソリュートを先頭に、アーク家派閥が勢揃いする形になる。

アーク家派閥が現れてから明らかにその場の空気が重くなったのが分かる。

周りの者たちに異様な光景に映ったアーク家派閥は、上位貴族が少なく、国の中では目の敵にされる存在だったはずだ。悪い噂があっても表立つ存在ではなかったはずなのに、今は目が離せない。

「お、おい、アーク家の派閥ってあんなやばそうな奴らの集まりだったか？」

「噂ではアーク家はかなりヤバイ組織の親玉って聞いたことあるけど……あの圧力もしかして本当なのかも」

「上位貴族にも噛みつく狂犬ウリスに、社交界の花レディ・クルエル嬢もいるぞ」

人垣が自然とアブソリュートたちを避けていく。その場の空気はアブソリュートによって支配されていた。

アブソリュートはスキル【王の覇道】で周りを少しだけ威圧して重い空気を演出したのだ。

アブソリュートという絶対的な強者とその傘下の者たちを印象づけるためにこの催しが行われた。

まずは第一印象が大事だ。決して舐められてはいけない。私がいる時なら叩きのめすが、私がいない時に目をつけられては傘下の者たちを守れない。

だから、示さなければならない。アーク家の結束をこの場で。アーク家派閥に手を出そうと思わせないように。

「アーク家の派閥にはあんまり近づかない方がいいかもな……」

「あぁ、同じクラスになりたくねぇよ」

「俺はレディさんとお近づきになりたい……」

「止(や)めとけ、前にしつこく言い寄った奴がアブソリュート・アークに半殺しにされたって話だぞ。絶対殺される」

その甲斐もあり、この場にいた者の中に刻まれた。アブソリュート派閥と、それを率いるアブソリュートのことを。

入学式は学園にある講堂で行われた。席は決まっていなかったために後ろの席をアーク家で埋めた。

クリスが横で話しかける。

「さっきは凄く見られていましたね。まさか、あんなやり方で周りを牽制するなんて思いませんでした」

私はそれを鼻で笑う。

「牽制だなんて大袈裟な言葉を使うな。クリスよ、私たちはただお前らと共に登校しただけだ、そうだろう？」

「あんなに殺気を振り撒(ま)いといてよく言えますね。貴方って人は……」

クリスや周りの者たちも苦笑いしているが、アブソリュートに感謝と羨望(せんぼう)の視線を向けているのが分かる。

彼らはアブソリュートが自分たちのためにあえて牽制してくれたことを理解しているからだ。

「ありがとうございます。アブソリュート様」

「ふん、知らん」

　代表してお礼を述べるクリスだが、アブソリュートはそれを受け取らない。いつものやりとりを続けるのだった。

　そうして入学式が始まった。始まってからは不備もなくスケジュール通りに進んでいく。

　校長や教師の紹介などが行われて最後に新入生の紹介が行われる。

　代表は王族であるミカエルだ。

「校長先生、教師の皆さま、温かい歓迎の言葉ありがとうございます。私たちはライナナ国の者として恥ずべきところのない人として成長できるようにこの学園で学ばせていただきます。そして今後もライナナ国を共に支えていく仲間たちとの仲を深め、どんな悪にも負けないよう強くなってゆきたいと思います。これから三年間よろしくお願いします。新入生代表　ミカエル・ライナナ」

　ミカエルの代表の言葉が終わり、拍手が湧く。私も拍手をするが、私はミカエルの言葉が
『学園で私の支持者を集めてアブソリュートをつぶして、王太子の座に返り咲く』

という意味に聞こえた。

　席に戻るミカエルと目が合う。ミカエルは憎しみのこもった目をしていた。その目を見て確信に変わる。

　王太子の座から降ろしたから安心していたが、まだミカエルは諦めていなかったか……。勇

者に聖女、それに元王太子に原作イベントか……いいぜ、迎え打ってやるよ。

最後に生き残るのは——

アブソリュート・アークだ！


入学式を終えたアブソリュートたちはその場でクラスを言い渡された。受験時の成績順Ａからと振り分けられる。勿論アブソリュートは上位であるＡクラスだ。

もし私が、Ａクラスから漏れたら原作ブレイクできただろうか……。

一瞬妙案だと思ったが、閃いた考えを即座に否定する。

いや、アブソリュートである私がＡから落ちるのはさすがにダサすぎる。

私みたいな偉そうな強キャラは一回格が落ちるとすぐにネタキャラ扱いされるからな。

「申し訳ありません。アブソリュート様を補佐すべき立場の私が、違うクラスになるなんて……」

落ち込んだ声でクリスが声をかける。

クリスは戦闘が苦手なので模擬戦の試験であまり評価がよくなくＢクラスになった。落ち込むクリスの肩をレディが叩く。

「御安心くださいまし、クリス様。アブソリュート様の補佐はこのレディが務めますので！何からナニまでお世話させていただきますわ！」

レディがクリスを慰めるように言うが逆効果らしく、歯をぎりぎりと悔しそうにならすクリス。

ばちばちの二人を無視する。

「他にAクラスになったのはウチの派閥からはオリアナとミストか……。二人ともよくやった」

アブソリュートはAクラス入りを果たした傘下の者を褒める。

オリアナ・フェスタ

父の側近であるスハイ・フェスタ男爵の娘である。

フェスタ男爵家はアーク家では諜報(ちょうほう)活動を行っている。

性格は大人しめでいつもレディの後をついていっているイメージだ。

ミスト・ブラウザ

ブラウザ子爵家の長男。

ブラウザ家はアーク家の裏の仕事に対して証拠の隠滅や死体処理を専門で行っている。

最近はアブソリュートの魔法で綺麗に片付いているためにあまり仕事がない。

裏の仕事の度に顔を合わせるようになって、それなりに話せる仲にはなった。

だが、ミストは糸目で腰の軽そうな話し方をするためにどうも信用できずにいる。もし裏切るならこいつだろうな、と密(ひそ)かに思っている。

「いやいや、アブソリュート様の教育の賜物（たまもの）っすよ。自分一人じゃCがやっとですよ、ホント」

いかにもお世辞のようにおべっかを使うミスト。それに対して、無表情ながらも恐縮ですとでも言うかのようにひたすらぺこぺこ礼をするオリアナだった。

本当にミストはすぐ裏切りそうだよなぁ。言葉の端々と顔から伝わってくる。裏切りが発覚したら容赦しないからなマジで。それに比べてオリアナはいい子だ。

いつもレディと一緒に私をよいしょしてくれる。

「ふん、お前のお世辞はわずらわしいからやめろ。他の者もまだ学園は始まったばかりだ。これから上を目指せ、まだチャンスはある。クリス、レディいつまでそうしているつもりだ？　行くぞ！」

「「は、はいっ！」」

仲良く返事が揃うクリスとレディだった。

他の者たちもそれぞれ自分のクラスに向かい、アブソリュートたちもAクラスに向かった。

教室の扉を開く。

Aクラスに入ると既に中にいた者たちから強い視線を向けられる。恐怖、侮蔑、殺意、興味様々な感情のこもった視線。

こういった視線に慣れてはいるが居心地が悪いのは頂けない。

（うわっ、めちゃくちゃ見られてる。ミカエルは親の仇に向ける顔しているし、あれ？　勇者もなんか睨（にら）んでない⁈）

お前との敵対イベントはこの後だろ！

敵対するの早すぎるだろ。いや、原作で最初から敵対してた気もするな、どうだろう。

「さすがアブソリュート様、人気者は辛いですわね。大丈夫、私たちが、ついておりますわ」

「まぁ、気楽にやりましょうや。アブソリュート様」

「…………………初日からオワコンくさい。帰りませんか？」

レディにミスト、オリアナがそれぞれ励ましてくれる。

気持ちはありがたいが別に傷ついたわけじゃない。

まぁ、慣れているし。ただめちゃくちゃ見てくるから驚いちゃっただけだ。

ていうか、ジロジロ見てくるなんて失礼じゃない！

一応上位貴族なんですけど。一回釘刺しておくか……。

スキル発動【威圧】。

「お前ら、何をジロジロ見ている？　殺すぞ」

（やべ、一言多かった。つい本音が出てしまった）

アブソリュートの威圧を受けてクラスの温度が一気に下がる。いきなりの威圧で、全員が冷や水をいきなり浴びせられたような衝撃を受けた。

震えてアブソリュートから視線を落とす者が多いなか、なかには威圧に耐えているものもいた。

（…………さすがに勇者は耐えてるな。襲ってきそうだったが、婚約者のアリシア・ミライが羽交い締めで止めている。ミカエルも震えながら睨んでくるあたりちょっとだけ成長している。

それに他にもちらほらと……かなり弱めに放ってはいるけど大したもんだ)

「あの、アブソリュート様……初っ端から喧嘩を売っていくスタイルすか？」

オドオドするミスト。

「この圧力……アブソリュート様ホントに素敵ですわぁ」

見惚れるレディ。

オリアナはレディに同調しコクコクと頷く。

そこで第三者が後ろから声を放つ。

「おい、お前ら入学早々暴れる気か？　元気良すぎだろう。後で発散させてやるから今は席についとけ。なっ？」

声の主は先ほど入学式で紹介にあった、Ａクラスの担任であった。名前はティーチという。

「それは誤解ですわ、アブソリュート様は視線に敏感ですのよ。なのに、教室に入って早々に舐めるように見られるものですから少し注意しただけですわ。ホントに皆さん女性だったらセクハラですわよ」

アブソリュートに代わって説明をするレディ。嘘は言っていない。確かにアブソリュートは注意しただけで手はあげていない。

「いや、普通に殺すと言ってませんでした？」

余計なことをいうミストは放置する。

「そうか、お前らこれからクラスメイトになる人物が気になるのは分かるがあまりジロジロ見るのは失礼だからやめとけよ。アブソリュート・アーク。お前もクラスの連中を威圧するな。敵を作りすぎると今後大変だぞ？」

どちらか一方に偏らず双方に注意か……。

【絶対悪】のスキルで嫌われているはずだと思うが、この先生はかなりの人格者かな？

「肝に銘じておきますよ」

それだけ言いアブソリュートたちは席に着いた。

教室の中は戦々恐々としていたが、途中で入った担任の介入で事なきを得た。

アブソリュートとクラスメイトのいざこざは担任によって鎮められた。そして、これからクラス初めてのＨＲが行われる。

「入学式でも紹介があったように俺がＡクラスを担当するティーチ・トートだ。剣技や格闘を専門に教えている。教師をやる前は冒険者をやっていた。こう見えて結構強いぞ？　よろしくな」

ティーチ・トート

原作ではそんなに活躍しなかったよな。

でも、さっきの私への反応を見る限りは公平な人物ではあるだろう。

それに冒険者か。あまり関わったことのない職業だな。

この世界にはダンジョンはないが魔物は存在する。魔物を狩ったり、依頼に応じてなんでもこなしたりするのが冒険者である。

「じゃあ、次はお前らが自己紹介する番だ。一応言っとくがこの学校では身分による上下関係はない。あまり他人を見下すようなことを言うなよ？　じゃあ端っこの奴からな」

ティーチに促されて一人ずつ自己紹介が始まった。一人ずつ無難にこなしていく中で時々原作キャラの紹介が始まる。

「ミカエル・ライナナだ。王族だが、学園ではフレンドリーにいこう。よろしく頼む」

アブソリュートには見せない笑顔で自己紹介をするミカエル。普段からやれよ！

「クリスティーナ・ゼンよ。魔法も勉強も女としても誰にも負けるつもりはないから！」

クリスティーナ・ゼン
ライナナ国の宰相を務めているゼン公爵の娘である。
原作では勇者に勝負をふっかけて敗北した後、リベンジのために何度も勝負を仕掛けてくるようになる。だが原作イベントにて序盤で命を落とす。ちなみに、現在はミカエルの婚約者候補になっている。

次に勇者。

「初めまして次代の勇者になるアルトです。ライナナ国最強になって、悪い奴らから人々を守るのが目標です」

一瞬こちらを見るが私は無視する。

「アリシア・ミライです。穏やかな学園生活を送りたいです」

ほんの一言だが、どこか苦労を感じさせる。

そして聖女。

「ライナナ教会から参りました。エリザと申します。皆さまよろしくお願い申し上げます」

聖女の護衛名目でライナナ教会から推薦で何人か入学している。このクラスにも何人かいた。

「スイロク王国第一王女レオーネ・スイロクです。よろしくお願いします」

レオーネ・スイロク

スイロク王国の王女であり留学の名目でライナナ国にいる。だが、本当の理由は別にあり、国内が危機に陥っているため王女を避難させる名目で留学している。そして、それを解決するのが勇者である。つまりは、イベントである。このイベントをこなすことにより勇者に実績ができて、国や学園での発言力が上がってしまう。なんとかこのイベントから勇者を遠ざけねばならない。

そうこう考えている間に次々と挨拶が終わっていく。

「最後だ。アーク、お前の番だ」

ティーチから促される。

そういえば、原作でアブソリュートは自己紹介を拒否していたな。私も拒否したいがそれはしない。これは原作の流れとの決別であり、悪役としての宣戦布告だ。いっちょかますか！

「アブソリュート・アーク。私の道を邪魔する奴は誰であろうと容赦なくつぶす。覚悟しておけ」

クラスの反応は様々だ。敵意、嫌悪、興味の視線が入り乱れる。だが私は、気にはしない。

アブソリュートとして生まれ、彼の歩んできた人生をなぞってきた私は、もう覚悟はできている。原作で国や読者からは白い目で見られながらも、陰では国を守ってきた誇り高い男のアブソリュート。ホントに尊敬するよ、でも最後にはすべての罪を背負わされ負けた。

自分のためだけじゃない、これはアブソリュートの誇りを取り戻す闘いなんだ。

「はぁーっ、敵を作りすぎるなと言ったのに聞きやしない」

その後、ティーチから学園の設備や授業スケジュールなどが説明された。

「何か分からないことはあるか？　ないなら、最後に明日はクラスの交流を兼ねて模擬戦をやる。全員、クラスの奴らの実力が気になるだろ？　それにさっきもバチバチだったしな。いい機会だ、戦って分かり合え」

入学式後のレクリエーションで模擬戦は勇者とアブソリュートが初めて対戦するイベントだ。

これは勇者にとっては負けイベントであるが、この敗北をバネにさらに実力を伸ばすことになる。

「組み合わせはこっちで決める。一人一試合はしてもらうからな。予告しておくとまずは、アークとアルトお前たちからだ。二人ともかなり強いと聞いている。それに相手が勇者だからな、相手の命を奪うような魔法やスキルは使わないこと。一応大丈夫だと思うが試合前に強化魔法を使うのもなしだからな？　それでは、今日はこれで終了とする」


HRが終了し、クラスメイトたちも帰っていく
「アブソリュート様、先ほどの自己紹介はかっこよかったですが、わたくしたちは貴方様が心配ですわ。あまりクラス内で敵を作りすぎない方がよいのではなくて？」

レディが心配そうに声をかける。近くにきたオリアナやミストも同じことを言いたげな顔をしている。

「そうか……、だがこれは必要なことだった」

心配は有り難いけど、今回は自分のためにどうしても言ってやりたかった。皆には迷惑かけるかもだけどちゃんと守るし、敵には容赦しないから安心してくれ。

「……アブソリュート様、わたくしたちは貴方様と一蓮托生(いちれんたくしょう)です。ですが、わたくしたちを守るために自分にヘイトを集めるようなことは止めてください」

んっ？

何か食い違ったな。

「貴方様がわたくしたちのために傷ついていくのが辛いのです。お願いですからもう少しご自身を大切にしてくださいね」

あー、そう解釈したのね。どっちかというと君らにも迷惑かけちゃうから少し申し訳ないって思っているよ。言わないけど。

「勘違いするな、あれは私のために言ったことだ。……まぁいい、帰るぞ。他の奴らも待っている」

送りもアーク家が行う事になっているので、さっさと教室をでるアブソリュート。

その背中を目で追う三人。

「……オリアナ、ミスト、わたくしたちのアブソリュート様を守るわよ。絶対に一人で戦わせないわ！」

レディの言葉に頷くミストとオリアナ。

「さぁ、いくわよ！」

急いでアブソリュートを追いかけ、帰りも賑やかに帰っていった。

無事に入学式を終えて、翌日に学園生活初日を迎える。今日は原作イベント、勇者対アブソリュートの初めての戦いだ。模擬戦という形だが、勇者はアブソリュートとの戦いに敗北し、それを機にさらに飛躍していく。

では、この戦いに負ければよいのかと言えばそういうわけにも行かない。負ければアブソリュートの格が落ち、アーク家派閥が舐められる。アーク家派閥はアーク家の実力で成り立っているのだ。それが崩れると派閥は致命的だ。故にアブソリュートは負けるわけにはいかない。実力を周りに示し続けなければならないのだ。

まだ朝食を食べているアブソリュートは、これから始まるイベントに向けて考え込んでいた。

（……負けイベントは避けられないよなぁ。負けるわけにはいかないけど、原作どおりに事が進むのがなんか嫌だな。あー、私との圧倒的な実力差に心が折れて田舎に引きこもってくれないかなぁ）

食事が進んでいないアブソリュートをマリアとウルは心配していた。マリアがアブソリュートに声をかける。

「あの、ご主人様お食事口に合いませんでしたか？」

考え事に夢中になっていたアブソリュートはマリアの言葉にハッとし、食事時に考えることではないなと自嘲した。

「いや、問題ない。少し考え込んでいただけだ。あまりそう心配そうに見てくれるな、大したことではない」

大丈夫だと言うがマリアとウルはいつもと違う雰囲気の主人を見て不安が隠せなかった。

（めちゃくちゃ過保護だよなぁ。厳しいよりは全然いいけど。二人とも会った時から成長して凄く美人になっているから気を引き締めてないとすぐにダメ男になるな……あぁそうだ！）

「ウルよ。昔武闘大会で戦った勇者を覚えているか？」

「すみません。ウルより弱い奴は覚えてないです」

獣人特有の価値観だろうか、格下と判断した者にあまり関心はないようだった。

「決勝で戦った男だ。少し会話もしていただろう？」

「あぁ、ぼんやりと思い出してきましたの。じゃなくて、です」

ウルはアブソリュートの前では、幼い語尾を直そうと近頃丁寧な言葉を心がけていた。アブソリュートは別に気にしていないし、むしろ個性ある語尾で可愛らしく思っていたが本人は同僚のマリアに触発され大人な女性になろうと頑張っていた。

「……そうか。例えばの話だが、もしまた勇者と闘うようなことがあれば勝てると思うか？」

負けるとは思っていないが、実際に戦った者の意見も聞いておきたかった。勇者とアブソリュートは戦闘面でも相性が悪い。アブソリュートは自身スキルの効果で聖属性を持つ勇者に弱体化がはいる。レベルやステータスの差はあるが油断できなかった。

ウルはいきなり出てきた勇者の話題に疑問を持ったが、気にせず少し考えてから質問に答えた。

「多分楽勝ですの！　じゃなくて、です！」

（あっそうですか。一応勇者だし強キャラなんだけどな……。悩んでいても答え出ないし、まぁなんとかなるか）

アブソリュートは思考を放棄しそのまま食事を終えた。

アブソリュートは入学式同様に傘下を引き連れて登校した。それに加えて今日からは侍女も加わるために大所帯だった。

アブソリュートたちは校舎までくると侍女たちとは別行動だ。侍女は学園では登下校と昼食の支度が仕事であり、基本別行動だ。学園では授業中に待機している侍女のために待機棟も建てられている。

「私たちはここで別れる。お前たちは食事時まで待機棟に控えておけ」

アブソリュートから命を受け待機棟に向かうウルとマリアだが、そこで一人の少年に出会う。

「あっ君は⁉　武闘大会の時の！」

その少年は勇者だった。だが、ウルは勇者と戦ったことは覚えているが顔は覚えていなかった。ウルたちはいきなり声をかけてきた男を警戒した。

「……誰？　すみませんがお仕事があるので」

ウルたちは立ち去ろうとするが勇者は待ったをかけた。

「えっ？　ちょ、ちょっと待って⁈」

ウルの肩を摑んで呼び止めようとする勇者だったが、それを共にいたマリアが許さなかった。

マリアが勇者の腕を摑む。

「他所の家の侍女に手を付けようだなんてマナー違反ではなくて？　それとも貴方様は私たちがアーク家の者と知ってやっているのですか？」

マリアの腕に力が入る。マリアとウルはアブソリュートから、何かあったら実力行使をしてもよいと言われている。この場で戦うのに躊躇いはない。ウルも臨戦態勢をとる。まさに一触即発の状況だった。

「えっ、握力強っ⁈　じゃなくて、俺はそこの獣人の子に話しかけようとしただけなんです！」

「それを咎めているのです！」

マリアは毅然とした態度で言い放った。

ウルを庇い、悪漢を相手にするその姿は姫を守る騎士の様だった。たとえ家が滅んでも彼女は騎士であろうとしている。その生き方を貫こうとしているのだ。

勇者はまさかの対応で困惑していたがそこで助け舟が入る。

「ちょ、ちょっと待って！　彼は私の連れなの。彼が何かしたかしら」

会話に入ってきたのは婚約者のアリシアだった。アリシアに対してマリアはこれまでの経緯を説明した。アリシアは婚約者がいるのにもかかわらず、他家の侍女をナンパしようとする勇者を信じられないような目で見る。だが、まずは彼女たちへの対応が先と一旦頭の隅においやる。

「彼には後で厳しく叱っておくわ。貴女たちはどこの家の者？　貴女たちの主人にも謝罪したいから教えてもらえる？　私はアリシア・ミライ。こっちのナンパ野郎はアルトよ」

マリアは相手の身元が分かったので勇者の腕から手を離し、質問に答える。

「アーク家に仕えております。マリアと申します。こちらはウルです。今回の件は主人に報告させていただきますので、それでは」

マリアとウルはアリシアに一礼し、その場を去っていった。

「アーク家って…………なんて事してくれたのよぉぉぉぉぉおおおお！」

アリシアの絶叫する声が響き勇者は人目を憚(はばか)らず説教を受けた。

あぁ、アブソリュートに謝らなくちゃ……でも模擬戦で何されるか分からないし、終わってから謝ろう。はぁなんでこんなことに……もうアルト君、食事は出すから部屋から出ないでくれないかなぁ。

この後、さらなる不幸がアリシアを襲うことを彼女はまだ知らない。

勇者が朝一からやらかしたが予定通りレクリエーションとして模擬戦が行われる。

場所は学園の施設の中でもかなり広い修練施設だ。

最初の対戦カードは予告通りアブソリュート・アーク対勇者アルトだ。クラスのほとんどは、嫌われ者のアブソリュートよりも勇者アルトの勝利を願っているのが分かる。

「それでは予定通り模擬戦をやるぞ。ルールとしては試合前の強化魔法の使用の禁止に、相手に致命傷を与えるような攻撃やスキルの禁止だ。危険と判断したらすぐに止めるからな？　武器制限はないが剣とかは刃引きの物を使え。説明は以上だが、質問は……ないか。それじゃあ、アークとアルトは位置につけ」

ティーチ担任に従い指定の場所にいくアブソリュート。だが、勇者は聖女と何か話し込んでいる様子だ。

（あいつらいつの間に話すようになったんだ？）

アブソリュートは訝しげに二人をみる。

「おいっ！　アルト何をしている、早く位置につけ！」

ティーチ担任に注意され急いで位置につく勇者アルト。勇者はアブソリュートを一瞥して話しかける。

「待たせて悪かった。話すのは初めてだね。俺はアルト、勇者だ」

「……知っている」

フレンドリーを装っているが、その目に狂気を感じた。

そういえば話すのは初めてだな。

アブソリュートは空返事だが、気にせず勇者アルトは続けた。

「君のことはある程度調べさせてもらったよアブソリュート。俺が勝ったらもう悪い事をするのはやめてくれないか？　お前の家が陰で闇組織と繋がっているのは知っている。それにまだ小さい獣人の女の子を虐待していたのもな。負けたらすべて白状して罪を償ってもらう」

何言ってんだコイツ？

公衆の面前で高位貴族を犯罪者呼ばわりは笑えないのだけど……

ほらっ、アリシアの顔見ろよ。めちゃくちゃ引き攣っているぞ。

「おいっ、アルト何を言っている！　いきなりクラスメイトを犯罪者呼ばわりは許されないぞっ！」

ティーチ担任がアルトを止めにかかる。

だが、すでに攻撃態勢をとる勇者は止まらない。止めに入ったティーチを殴り飛ばしアブソリュートの元へ距離を積める。

うわーー、担任殴り飛ばしやがった。コイツなんでこんな暴走してるの？

「いくぞっ！　アブソリュートォォォォォォ、ホーリーアウト‼」

勇者が止めに入ったティーチを突き飛ばして、アブソリュートに先制攻撃を仕掛ける。

聖属性の魔力が勇者の体から広範囲に広がりアブソリュートを攻撃した。

ホーリーアウトは勇者のスキルを持っているアルトだけが使える魔術だ。勇者が敵と認識した者だけを狙ってダメージを与える広範囲攻撃でアブソリュートは現在範囲内にいる。

アブソリュートは実力を見るつもりで元から初手はもらってやるつもりだった。ダメージ量の確認をしたかったからだ。勇者のホーリーアウトがアブソリュートを襲う。

「やったか⁉」

勇者は手ごたえを感じていたが、残念ながらアブソリュートを倒すまでにはダメージを与えられなかった。

（……思ったよりダメージ入るな。レベル差あるから大丈夫だと思ったが、くらい続けるとヤバいな）

「アブソリュート様⁉　勇者テメェ！　模擬戦で担任を攻撃したあげく、不意打ちなんて許されねえぞ！」

「勇者を止めないとですわ！」

「動くな！　これは私の戦いだ。一人を相手に複数で挑もうだと？　私を愚弄する気か！」

加勢に入ろうとするミストたちを制止する。

アブソリュートは絶対に一人を相手に複数で挑む真似はしない。

それが彼の矜持である。

それに、たとえこちらが複数でやろうものならクラスの他の奴らが勇者側に回る可能性がある。これ以上騒ぎを広げるつもりはなかった。だが、クラスの連中は巻き添えを恐れて遠巻きに見ているか冷静に二人の戦いを分析するものに分かれている。戦いに手を加えるという考えは杞憂だった。

「チッ！　さすがに倒せないか。ならこれならどうだ、俺は宮廷魔法士から指導を受けたことがある。魔法の力は宮廷魔法士の折り紙付きだ。『ホーリーランス』」

勇者はかつてウルとの対戦を経て剣だけでなく、魔法の方も授業に取り入れていた。アブソリュートを倒すには剣では足りないと感じたからだ。勇者のスキルで強化された魔法は強力であり、アブソリュートでなければ大ダメージである。

勇者が聖魔法で魔力の槍を展開し、アブソリュートに放つ。だが、アブソリュートには当たらなかった。アブソリュートは勇者の攻撃を避けながら速攻で勇者との距離を詰める。

アブソリュートはもう勝負を決めるつもりだ。

「なっ⁈!　ホーリーアウ「遅い。」」

（勇者の攻撃でのダメージ量は知れたし、長引けばアブソリュートの格が落ちる。一撃で決めよう）

勇者との距離を詰めたアブソリュートは勇者が魔術を使う前に腹部へ打撃を加えた。アブソリュートはレベル差がある勇者が死なないように手加減はしたが、それでも強力な攻撃に勇者は吹き飛び、勢いよく壁に叩きつけられる。

ドゴォォォォォォォォオオオン

「終わりか？　馬鹿だな。才能がないのだから剣一本に絞って鍛えればよいものを……」

体感で骨二、三本は折った気がした。アブソリュートは決着がついたかに覚えたが、意外にも勇者は立ち上がった。

（……決まったと思ったのにまだやるのか。予想以上に私自身が【絶対悪】のスキルで弱体化していたか？）

「ハハッ、全然痛くない。今のはちょっと油断したが、もうまぐれはない」

勇者は再びアブソリュートとの距離をつめる。勇者はアブソリュートとは近距離では危ないと判断して、中距離から魔法と魔術を使って攻撃しようとする。だが、アブソリュートはそれが分かっていたのか勇者が魔法を使う前に懐に入り、今度は先ほどよりも力を込めて打撃を加える。

バキッ、ドゴォォォォォォォォオオオン

勇者の体から骨の折れる音が聞こえる。再び勇者は壁に勢いよく叩きつけられた。

「グホォッッッ‼」

内臓にダメージが入り勇者は吐血する。さすがに今度こそはと思ったがヨロヨロとまた立ち上がる勇者。見た目に反してその顔はまだ闘志に満ちており、どこか狂気を感じさせる。

（⁉ 嘘だろ、さすがに今度はイッただろ。なんで立ち上がれるんだ？ 落ち着け、さすがに弱体化云々（うんぬん）の話ではない。今の勇者は異常だ）

アブソリュートは一度落ち着き、冷静に分析する。

（原作ではあいつは勇者のスキルしか持っていないはずだ。勇者のスキルはステータスを上げる効果はあったが回復などなかった。なぜ、あそこまで平然としていられるんだ。……まて、もしかしてこれは⁉）

アブソリュートは戦いを見ていた聖女の方を見る。いつも微笑みを浮かべている彼女の笑みが今回はどこか怪しく見えた。

(あのクソ聖女やりやがったな。試合前に【扇動】のスキル使っていたのか。だから、試合前から理性失って公衆の面前で私を罵倒したり、止めにきた担任をぶっ飛ばしたりしたのか)

聖女の【扇動】のスキルは味方の恐怖心を克服し、士気を上げるだけではない。脳のリミッターを外し、自分が思う以上のパフォーマンスを可能にする効果とアドレナリンを常に分泌して痛みを消す効果もある。だが、デメリットとして脳のリミッターが外れることで理性も飛んでしまう。理性のとんだ勇者アルトは思ったことをなんでも言ってしまうようになり、自分の感情に歯止めが利かなくなっている。

立ち上がった勇者がアブソリュートを怒りのこもった目で睨(にら)みつける。

「アブソリュート、お前もしかして試合前に強化魔法を使ったな！　この卑怯(ひきょう)者め、そこまでして勝ちたいか！」

(いや、お前が言うな。それにこっちは手加減して強化どころか魔法も武器も使ってないんだぞ？　全く酷(ひど)い言われようだよ)

アブソリュートは勇者との試合に臨むにあたり自らに制約をかけていた。それは勇者や周りにアブソリュートの力を見せないようにするためである。もちろん、手加減の意味もあるが、いつかは敵になるかもしれないクラスの奴等に手札を晒(さら)したくないと考えたからだ。

「俺はお前なんかに負けない。お前たちアーク家がいるせいでこの国で苦しんでいる人たちが大勢いる。勇者の俺は助けなければならないんだ。皆や、あの娘を……だからさっさと死ねぇぇぇぇぇぇぇ!!」

勇者はかつて闘技大会で戦った獣人の少女が心に引っかかっていた。自分より幼い女の子が勇者の自分より高い戦闘力を持つに至るなんて、どれほど過酷で辛い毎日を過ごしていたか。あの時の自分では少女を救えなかったが、成長した今なら彼女を救えるかもしれない。そして彼女を苦しめている元凶がすぐそこにいる。アブソリュートを倒して彼女を解放させる。理性を失ってもかつて救えなかった少女を救うことを心の原動力にしていた。

勇者が距離を詰めて、なんとかアブソリュートを魔法の射程に入れて攻撃しようとするがそれは叶わない。アブソリュートは高速で勇者の背後に回り、両腕を摑んで勇者の腕の関節を外した。

ゴキリッ!!

鈍い音が修練場に響いた。

関節を外した後、勇者の膝を破壊した。両腕、両足を使い物にならなくして勇者を転がした。立ちあがろうにも腕が使えず膝も破壊されている勇者はアブソリュートを睨むことしかできない。

「……弱いなぁ。言っていることは大層だが、実力が見合ってなければただの理想だな。所詮は勇者のスキルを持っているだけのガキだ、お前は。勇者のスキルを持っていれば何をしても許されると思っている節があるが、それが許されるのは結果を出している者だけ。お前は義務を果たさず権利ばかり主張するただのガキなんだよ」

「うるさい！　お前に何が分かるっていうんだ!!　この悪党め、俺はお前を倒してあの娘を救うんだ！」

勇者は必死に起きあがろうとするが、気力だけで体はボロボロで動くことができなかった。

「……そうだ、私は悪党だ。この国で一番のな。そして悪党にお前は負けたんだ。……じゃあな正義の味方」

アブソリュートは打撃で勇者の脳を揺らして意識を刈った。勇者は気を失い動かない。勇者とアブソリュートの初戦はアブソリュートの勝利で終わった。

喜びも何もなくただただ気分が悪かった。

「私を殺して皆を救うか……私を殺しても変わらんよ。他の悪党が出てくるだけだ」

アブソリュートは呟くように言った。

一息吐きたいところだがまだやるべきことが残っている。アブソリュートは頭を切り替えて戦後処理を行う。


勇者との対戦を終えたアブソリュートは戦後処理に移る。

勇者によって攻撃を受けて負傷したティーチ担任に、今回の騒ぎの原因である勇者。アブソリュートは傘下の者たちに指示を出す。

「レディ、他の教員に事情を説明してここに連れてこい。ミストは勇者を縛って柱にくくりつけろ。オリアナは勇者が逃げないように見張れ。怪しい動きを見せたら攻撃して構わん、全員行動に移れ！」

「「「はいっ！」」」

それぞれアブソリュートの指示に従い行動を開始する。

今回負傷したのは勇者によってとばっちりを受けたティーチ担任、アブソリュートによってぼこぼこにされた勇者、勇者によって心労が限界をきたしぶっ倒れたアリシアの三人だった。アリシアの方はミライ家派閥のクラスメイトが介抱しているため心配はしていなかった。

私は負傷しているティーチ担任の元に行った。他の生徒たちが介抱しているがかなり痛そうにしていた。あまり酷い怪我はしてないように見えるが、勇者の攻撃は通常攻撃でも相手にその元の数倍のダメージを与える。恐らく骨も数本折れているだろう。

「酷い有様ではないか、ティーチ担任」

アブソリュートが声をかけると、ティーチは痛みで滲(にじ)み出る汗をかいた顔で力なく笑う。

「あぁ、全くだ。これでは教員失格だな、それにしてもよく勝てたな。勇者のスキルを体験した身としては化け物だったぞ。さすがアークと言ったところか」

ティーチが嘆くのも仕方ない。確かに勇者のスキルは強力だ。使い手によってはアブソリュートでも無傷では済まないだろう。だが、理性を失い技と駆け引きもない、力でごり押しの勇者などアブソリュートの敵ではないのだ。

「無理に喋るな、これから医務室に運ぼう。おい、聖女お前もついて来い。お前が医務室で治療しろ」

アブソリュートは聖女に声をかける。恐らく今回の勇者の暴走は聖女による犯行に間違いないとアブソリュートは考えている。一体どういうつもりなのか問い正したかった。聖女はアブソリュートが勝ったのが信じられないのか悔しそうな表情を浮かべていたが、すぐにいつもの優しい微笑を浮かべアブソリュートの指示に従う。

「もちろんです。怪我人の治療は教会に勤める者として当然のことです。直ちにティーチ先生を搬送しましょう」

「聖女様、私たちが運びます」

聖女の護衛たちが搬送をしようとするがそういうわけにはいかない。聖女とは話したいことがあるのに、護衛がいては邪魔なだけだ。アブソリュートは聖女の護衛に待ったをかける。

「お前らはいらん、うちの者で運ぼう。何人もぞろぞろと邪魔なだけだ。おいミスト、勇者を縛ったら次は怪我人を運ぶぞ。さっさと来い」

「アブソリュート様人使い荒いっすね。まぁ、別にいいですけどね」

軽口を叩きながらせっせと作業を終わらせるミスト。だが、聖女の護衛たちは、はいそうですかと引き下がるわけにはいかなかった。護衛の一人がアブソリュートに食ってかかる。

「お前みたいな野蛮な者に聖女様を近づけるわけにはいかん！　お前が引き下がれ」

（全くコイツら私が上位貴族だってこと忘れているんじゃないよな？　いくら建前で身分は関

係ないといっても相応の対応があるんじゃないのか。どっかの王子といい勇者といい、ホントにイライラさせてくれるな。一度分からせないといけないのか……)

聖騎士は教会が保有する戦力であり、その身分としては平民と変わらない。故に、この自らの身分を勘違いした聖騎士を正さなければならない。

アブソリュートはスキルの【王の覇道】で無礼な聖騎士を威圧する。

「前に言ったよな、邪魔する奴は容赦しないと。それに貴様さっきから無礼だぞ？　たかが聖騎士如きがこの私と同格だとおもっているのか。もしそうなら貴様も勇者と同じ目に遭わせてやろうか」

「ヒッ！」

威圧をモロに浴びた失礼な聖騎士はあまりの威圧に腰を抜かす。他の聖騎士もたまらず体を震わせた。

アブソリュートの威圧で冷えた空気に聖女が声をあげる。

「止めなさい貴方たち、アークさんに失礼でしょう！　アークさん、護衛の皆さんには後ほどキツく注意いたしますので、この場はどうか収めてもらえませんか？　それと、彼女たちは教会の方から決して護衛を離れるなと言われております。一人護衛をつけることをお許しください」

自らの行いで聖女が頭を下げたことで自分のしたことを悔いる聖騎士。

(まぁ、護衛一人なら許容範囲かな。ゴネた甲斐(かい)があった)

「次はないからな？　ほらっさっさと行くぞ」

　アブソリュート、ミスト、聖女、護衛についた聖騎士の四人は、負傷したティーチを医務室で治療するために移動した。その後、聖女のスキルと回復魔法でティーチの体は回復したが、念のためとまだ医務室で大事をとることになった。治療を終えたアブソリュートたちは医務室から出る。ここでアブソリュートは本題を切り出す。

「それで、聖女。何か言い訳はあるか？」

「なんの事でしょうか。私にはやましい事などありませんが？」

　聖女は表情を崩さずに飄々（ひょうひょう）としている。

「白々しい。貴様、勇者にスキルを使って強化し、わざと暴走するように仕組んだな。勇者を使ってあわよくば私を殺すつもりだったのだろう？」

　聖女を問い詰めるアブソリュート。聖女の護衛はこの内容をいいがかりと受け取ったのか、聖女を庇うように前にでようとする。

「貴様、聖女様がそのような事をするはずがないだろう！　いいがかりをつけるのは止めろ！」

　アブソリュートに詰め寄ろうとする聖騎士だったが急に動きを止めた。何者かに背後から首にナイフをつきつけられているのが分かったからだ。

「貴様……いつの間に」

　聖騎士の背中に冷や汗が落ちる。

「動くな、今はアブソリュート様が話している最中でしょうが。それにあんたらさっき『次はない』って言われたでしょう？　マジで殺されますから邪魔しないのが身のためですよ。まぁ、聖女さんに危害は加えませんよ、多分。ですよね、アブソリュート様？」

　ミストはアブソリュートの邪魔にならないように聖女の護衛の聖騎士の動きを止める。ミストはアーク家の裏の仕事を補佐する役割の家だ。アブソリュートに危害を加える者には盾にもなるし、何も聞かずに任務をまっとうする。今のミストの仕事はアブソリュートの会話を邪魔する者を排除することだ。こういった仕事には慣れている。

「さぁな、コイツ次第だな。どうなんだ聖女？」

　場合によっては人質を取ったとも見えるが聖女には有効なはずだ。

「酷いですね、言いがかりです。それにもし、私の仕業だとしたらどうなんです？　証拠なんてないでしょう？」

　聖女は心外だとでも言うようにこちらを見つめる。

（人質は効果がない？　結構冷淡な奴だったのか、聖女は。それにこの状況で平然と嘘をつけるなんてかなりの役者だな）

　アブソリュートは話しながらも聖女について分析する。

「残念ながらな、魔法なら魔力を辿って証明できたかもしれんがお前のスキルは特殊だからな。今回は立証できないだろう。恐らくそれも見越しての犯行だろうがな。全く忌々しい女だ」

　そう今回はどうしても聖女の加担したことを立証できないのだ。聖女のスキル【扇動】は相手の体の内側を強化するからだ。目に見えない所を強化したなんて立証はできない。

「まるで私のスキルを知っているかのような言い草ですね。教会でもトップクラスの方々しか知らないはずですが……それで証拠もないならどうします？　今回の騒動は聖女の仕業だとでも公表しますか？」

（私が言ったとしても誰も信じないだろうから意味ないな。それにそんなことしたら勇者の処分に影響するかもだから絶対やらねぇよ。退学まではいかなくとも停学させるチャンスだし。勇者が停学になればその間のイベントに携われなくなる。見逃す手はない、聖女の思惑どおりに進むのは癪だからな）

「ふん、そんなことしてしまえば勇者の責任も怪しくなるな。だから今回はお前の思惑に乗ってやる。だが、お前はアーク家を敵に回したのだ、いずれこの報いは受けてもらうぞ」

「ふふっ、だから私はやってないと言っているじゃないですか。話が終わりなら護衛の方を離してもらえませんか？」

　アブソリュートはミストに目で合図をして聖騎士を解放させる。

「ありがとうございます。では私たちは先に戻りますね。それと、先ほどの護衛の無礼は、貴方の無礼な発言と護衛を人質に取った件で帳消しにしてくれると嬉しいです」

　聖女はアブソリュートに軽く頭を下げてこの場を後にし、護衛の女も後に続いた。

「いいんですかい？　このまま帰しちゃって」

　ミストは聖女たちに何もせずに帰したことに疑問を持っていた。

「構わん。それに敵は聖女だけか、それとも教会という組織なのかはまだ判断はつかん。聖女を生かしておけば今後何か企てた時、また聖女を通して動くだろう。その時までに敵の正体を掴む」

（原作で聖女は教会から出たことのない世間知らずな女の子だったはずだ。もしかしたら本性を隠していただけかもしれないが、今回聖女からは明確な悪意を感じた。しかも勇者の暴走と見せかけて私に嫌がらせを行うなど、手口はかなり陰湿だった。今回だけの犯行とは限らない。アーク家の情報網を駆使して調べあげるか……）

　急に黙りこんで考え始めるアブソリュートにミストが問いかける。

「考え中のところ悪いのですが、単純に勇者が聖女さんに強化をお願いしただけじゃないすか？　あまり複雑に考えすぎない方がよいのでは？」

　アブソリュートに勝つために聖女に強化してもらった。

　ミストはそう考えたがアブソリュートはそんなことどうでもよかった。

「お前は勘違いしている。今回重要なことは勇者とミライ家側に落ち度があること、聖女がこちらに牙を剥いたことだ。だから勇者から強化を持ちかけようがなかろうがどうでもいい。どのみち聖女はこっちに牙を剥いたんだ、教会ぐるみだろうがただではすまさん。戻るぞ、ミスト」

　話はこれまでというかのようにアブソリュートは背を向け歩き出す。聖女たちから遅れてアブソリュートたちも修練場に戻ったのだった。

勇者の暴走により負傷者がでたことでＡクラスのレクリエーションは中止になった。生徒の方から特に反対の意見もなかったのでそのまま次の授業に入る事になる。ちなみに勇者は、ミライ家に強制送還され、今は学園からの処分待ちになっている。

勇者の犯した罪は三つ。

①クラス全員の前でアブソリュートを侮辱したこと
②試合を止めにきたティーチを攻撃したこと
③試合開始前に不意打ちを行ったこと

これらの行為でアブソリュートは被害を受けたため、勇者とミライ家に責任追求を行うつもりだ。両家の示談の結果を踏まえて学園での処分も決まる。勇者と言えど身分は平民であり、高位貴族相手に侮辱や不意打ちを犯したら処刑も考えられる。

だが、王家からの介入も考えると処刑はできない。なぜなら、相手がライナナ国を救ったことのある勇者の子孫であり、勇者のスキルを持っているからだ。勇者のスキルはこの世界でかなり貴重で強いスキルだ。将来的に見ても国にとっては利益になる存在であり、失うわけにはいかなかった。

今回は落とし所が難しくアブソリュートは頭を悩ませるのだった。

レクリエーションが中止になり、時間割が進んで最後は魔法学の授業が行われる。魔法学では魔法の知識を深めること、使える魔法を増やすことを目的としている。

この学園で魔法学は王城に勤めている魔法士が教鞭（きょうべん）をとっている。

アブソリュートは魔法学に関してはある程度、既に学習しているために一番後ろの席で聞き流していた。

「今回の授業は魔法基礎について解説する。私たちが使う魔法は火、水、風、土の基本的な四属性に聖と闇の二種類がある。闇に関して昔は悪属性と言ったりしていたが差別や中傷などが原因となって今は闇属性と呼ばれている」

使える魔法属性は生まれた時に決まっており、自分の属性にない魔法は使うことができない。例えばアブソリュートは火、水、風、土に闇の魔法が使えるが聖属性の魔法は使うことができない。ちなみにアブソリュートが回復魔法を使えるのは、回復魔法は聖か闇の属性を必要とし、なおかつ大量の魔力を有していなければできないのだ。そのため、使用するにも使い手がかなり限られる。

「基本属性の説明は以上だな。次は魔法と魔術の違いについてだ。誰かこの二つの違いを説明できる者はいるか？」

教師が生徒たちに問いかける、前に座っている一人が手を挙げて答える。

「魔法は自らの属性に合った魔力を使って発現させます。対して魔術は魔力とスキルを使って発現させます。スキルのあるなしがこの二つの違いだと思います」

「その通りだ。よく学習しているな、クリスティーナ・ゼン。座っていいぞ」

魔術を使うにはスキルが必要になるため、使い手はかなり少ない。アブソリュートの周りだと傘下のレディ・クルエルが『氷魔術』のスキルを持っている。彼女はスキルを使って、基本属性にない氷を使った魔術を可能にしている。他にも勇者の『ホーリーアウト』も勇者のスキルによって発動しているため、魔術に分類される。

「他にも魔法には貴族の各家で継承する固有魔法があるな。固有魔法についてはそれぞれの家の方針に従うように。学園で使うのは禁止だ」

眠くなるぐらい長く感じる授業だったがそろそろ終わりの時間を迎える。

「最後に入試主席と次席の二人に魔法を実演してもらう。クリスティーナ・ゼンと……アブソリュート・アークだな。二人とも前に来てくれ」

胸を張って前にでるクリスティーナとは反対に、嫌そうな雰囲気を醸し出すアブソリュート。

（せっかく勇者との戦いで魔法を温存できたのに、なんでこんな所で披露しなきゃいけないんだよ。最悪だ、魔法学死ねっ！）

アブソリュートは手札を隠しながらも常に力を示し続けなければいけない。アブソリュートはどの程度実力を示すか考えながら前に向かう。

「ではクリスティーナから自分の得意属性の魔法を使ってくれ」

「はい。クリスティーナ・ゼン、いきます！　『火柱』」

　クリスティーナは初めに天井に届くくらいの火柱を発現させる。

「『風操作』」

　次に風魔法を使って火柱をさらに大きく燃え上がらせる。その火力はまるで油を注いだかのように高くそしてよく燃え上がる。最後に水魔法で火柱を弱めて土魔法で火柱の周りを囲って閉じ込めて鎮火した。

　あまりの魔法にクラスの全員が啞然とする。

「凄いな、クリスティーナ・ゼン。基本属性四つに加えて上位魔法並みの火魔法。さすがは灼熱公と言われるゼン公爵家だ」

　教師も大絶賛だった。

　アブソリュートも内心驚いていた。

（マジかよ……あのクリスティーナとかいう奴結構やるな。あぁそっか、勇者は原作と違ってマリアがいないからクソ弱かったけどクリスティーナは関係ないもんな。原作のクリスティーナと同じ実力というわけか。にしてもこの実力者が序盤に死ぬって、何があったんだ？）

「いえ、この程度大したことはありませんわ。あの勇者を倒したアブソリュートさんならこの程度容易いでしょう？」

　クリスティーナがアブソリュートに喧嘩を売ってきた。

　いきなりの挑発にアブソリュートは睨むようにクリスティーナを見た。クリスティーナはアブソリュートの睨みに微笑みで返してきた。アブソリュートはそれを挑戦状のように感じた。

（この女、何喧嘩売ってんの？　こっちはいろいろ制限してるからどうするか考えてるのに）

アブソリュートが睨んでいると、それを見ていたクラスメイトがさらに油を注ぐ。

「いやいや、それはないでしょう。さっきの勇者との戦いだって魔法は使ってなかったでしょう？　きっとあんまり得意じゃないんですよ。あまりハードル上げると可哀想ですよ！」

アブソリュートはイライラしているところに火に油を注がれさらに怒りがわく。

（……アイツは確かミカエルの取り巻きのロイド・ファミリアだったな。舐めているな、アイツも見せしめに使うか。舐められるくらいなら容赦はしない）

アブソリュートはクリスティーナと同じく火柱を発現させる。だが、それは黒炎の火柱だった。

「黒い炎?!」

教師から驚きの言葉がでる。

アブソリュートは魔力で火の色を変えることができる。

父の『黒炎斬』という技をまねて試行錯誤した成果である。

更に先ほどのクリスティーナと同じように風魔法で火柱を燃え上がらせる。だが、火柱はクリスティーナより大きく太く、そして黒く燃え上がる。まるで地獄の業火のようだった。クリスティーナの時はこれに水をかけて弱らせ鎮火したが、アブソリュートは鎮火せずにそのままロイド・ファミリアの方に火柱を移動させる。

「おいっ！　火柱がこっちくるぞ!!　逃げろ」

だんだん迫ってくる火柱に気づきクラスメイトたちは逃げ出し始める。ロイド・ファミリアも逃げ出すが火柱はロイドを追っていた。

「嘘だろ……なんで俺のところに⁉」

ロイドはなんとか回避しようと必死に逃げ回るが、火柱はピッタリと後ろについてきていた。ロイドは感じた。これは事故ではなく故意のものであると。

「や、やめてぇ!!　助けてぇ」

人は追われている時が一番恐怖を感じるとアブソリュートは考えている。二度と舐めた口を利けないように徹底的に恐怖を与えるつもりだった。こいつは見せしめだ。これに懲りてアーク派閥に手を出す奴らが減るのを願うばかりだ。

ロイドだけを火柱は追う。そろそろ消すか迷っていると、クリスティーナや教師が水魔法や土を使ってなんとか鎮火に成功した。

「アブソリュート・アークどういうつもりだ!!　人に向けてあの威力の魔法を放つなど許されないぞ」

教師がアブソリュートを叱責する。あのままでは命に関わったかもしれないと感じて怒りが増していた。

「いいや、人に向かって放つなどしていない。ただ私の魔法が発現する直前にクラスメイトから挑発されたものだからな。意識がそちらに向いてしまったが故に火柱がそちらにいってしまっただけだ。故意ではない」

　嘘である。

　アブソリュートは確実にロイド・ファミリアを狙っていた。正直怪我させる気はなかったのでそこまで大事にはならないと思ってやったことだ。だが、ここで意外な助け舟がはいる。

「先生、私はアブソリュートさんが魔法を発動する段階で、ファミリアが挑発しているのを確認しました。加えてあの火柱を黒く染めるにもかなりの魔力コントロールが必要だと思います。非常識にも妨害されたファミリアの方にいってしまったのだと思います。非常識にも妨害してきたファミリアに責任があると思います」

　アブソリュートを擁護したのは、先ほど挑発をしてきたクリスティーナだった。

「だが、アブソリュート・アークは鎮火する様子もなかったぞ？　これは故意の証拠だろう？」

「それはきっとかなり集中していたのでは？　炎を黒く染め上げるなど、どれほど緻密なコントロールをしていらしたのでしょうね。それに怪我人はいないのですし、痛み分けという形で収めてはどうでしょうか？」

（この女、どういうつもりだ？　挑発したかと思えば私を庇ったりするなんて。意味が分からないな）

「……そうだな。確かにレベルの高い魔法を使用する時に挑発する奴も悪い。私の経験上、緻密な魔法を使う場合はコントロールをミスると暴走するケースもあった。アブソリュートだけの責任ではないな。ロイド・ファミリア、アブソリュート・アークの両者の謝罪をもってこの場は手打ちにしよう」

教師に促されロイド・ファミリアがアブソリュートと向かい合う。先ほどの黒い火柱がトラウマになったロイドはアブソリュートを見ると体が震えていた。

先に口を開いたのはロイドだった。

「ご、ごめんっ。もう、言わないから」

「いや、悪かったな。お前がいきなり面白い事を言うからコントロールをミスしてしまった。次は気をつけろよ？　また何か言ったらまた魔法が飛んでくるかもしれないから」

(((((コイツ、ワザとだ?!)))))

周りのクラスメイトたちはドン引きしていた。

アブソリュートの心のこもっていない謝罪を受けたロイドは力なく笑っている。二度と変なことを言わないと心に誓うロイドだった。

魔法学の授業がおわりクラスメイトが退室し始める。

クリスティーナが退室しようとするアブソリュートを呼び止めた。

「アブソリュートくん。あまり暴走するのはよくないと思いますわ。あの程度の野次（やじ）に振り回されるのはらしくないと思います」

(……なんだコイツは？　らしくないって、何を知った気でいるんだか)

アブソリュートはクリスティーナを無視して退室しようとする。

「あっ待ってください。さっき庇ってあげたでしょう！　あれ貸しですからね！」

「……私の知り合いの金貸しからは、借りた覚えのない物は返さなくてもいいと言われている。全く記憶にないな」

「いや、絶対その人闇金の人でしょう！　闇金の言うことを真に受けないでください。ちょっとっ！」

アブソリュートは呼び止めようとついてくるクリスティーナを、なんとかまくことに成功した。

(なんだったんだ、アイツは。まぁいいか、勇者とミライ家関連でやることあるし。マリアたちのとこ行ってさっさと飯食って帰ろう)

アブソリュートはマリアたちが食事準備している場所へ向かうのだった。


一日の授業がおわりアブソリュートは傘下の者たちと昼食を取っていた。この場ではクラスの離れている者たちとも一緒に食事しながら近況を聞くことにしていた。

「えっ？　アブソリュート様レクリエーションで勇者をボコボコにしたんですか?!」

今回の食事の話題はやはり勇者とアブソリュートの対決だった。自分たちのリーダーが勇者を倒したことで胸が熱くなる。

「それだけではありませんわ！　魔法も剣も使わず素手で完封しましたのよ‼　もう一日中目頭が熱熱ですわ。ね、オリアナ？」

「……マジ熱熱。瞼焼けそう」

　実際に試合を観た者たちから話を聞き他の者たちはその場にいた者たちをうらやましく感じた。特にクリスの落ち込みが酷かった。

「うらやましい……私も観たかった」

　肩を落として落ち込むクリスをミストが励ます。

「まぁ、来年頑張って一緒のクラスになろうや。クリス君はBクラスどんな感じなの？　何か問題とかある？」

「いや、上位貴族はほとんどAにいるから問題はほぼないよ。Aに入れなかったアーク家派閥は皆Bクラスだから勢力的にも負けてないしね。問題があるとしたら……すみませんアブソリュート様、ウリスの奴が模擬戦の授業で戦った奴を半殺しにして謹慎になりました」

「……そうか」

　ウリス・コクト
　コクト子爵家の娘である。
　コクト子爵はライナナ国の闇組織の一つ『蟲』の当主だ。
『蟲』はライナナ国だけでなく他国でも活動を行っている。敵国で依存性の高い薬を流行らせ国力を低下させたり、他国の闇組織を殲滅して勢力下に置きシノギを奪って組織を拡大したりしている。ライナナ国ではアーク家が手綱を握っているため、比較的に大人しく他の貴族領の飲食店や娼館で、みかじめ料をとったり高級食パンを売ったりしている。

(昔はオドオドした気の弱い女の子だったのに、いつの間にかこんな暴れん坊になるなんて……やっぱり育つ環境って大事だな)

アブソリュートは遠い目をする。

「ウリスちゃんいないと思っていたら謹慎になったんですね。ていうか処分決まるの早すぎません？　勇者なんてまだ決まってないのに！」

「相手も子爵だったからね。それに相手が、逆恨みが怖いから大事にしないでくれって泣いて先生やウリスに嘆願したから家同士の問題にならないらしいよ。だから、授業中にやりすぎちゃったから謹慎って感じになるみたい」

レディの疑問にクリスが分かりやすく解説する。

学園で起きた問題は貴族間なら家同士で話し合うことが多い。だが、学生の間で既に示談が、済んでいれば学園は大事にせずに軽い罰で終わらせる。今回は相手がウリスにビビったのと、報復を恐れたのでこの程度で済んだのだ。

「ウリスちゃん……ボコった相手に泣いて謝らせるなんてアウトローすぎますね。それにしても何か原因でもあったんです？　さすがに意味もなくボコボコにするような子ではないと信じたいのですが……」

「アブソリュート様関連で何か言われたらしいよ。ウリスはアブソリュート様の事を人一倍崇拝しているから……きっと抑えられなかったんだと思う。だからあまり彼女を怒らないでやってくれませんか、アブソリュート様」

(私のために怒ったのか……嬉しいがそれでウリスが罰を受けるのはどうだかな。贅沢な悩みだが、少し過激すぎるなウリスは)

「まぁ今回は大事にならなかったのだから大目にみよう。お前らもあまり暴走するなよ？」

「いや、さっき授業で舐めた事言った奴に、ヤバそうな魔法ぶつけようとしてませんでしたっけ？」

ミストはアブソリュートにつっこむ。

(コイツはいつも痛いところついてくるな)

そこで今度は魔法学であったことの話になり、また盛り上がりを見せた。

食事の終わりが見えた頃マリアがアブソリュートに声をかける。

「ご主人様、ミライ家のアリシア様が面会を求めています。いかがされますか？」

「アリシア・ミライか」

(恐らく勇者の暴走の件で謝罪ってところか。今回は聖女のせいなのに全責任勇者にいくんだもんなぁ。勇者の後ろ盾としてはたまったもんじゃないよな。可哀想(かわいそう)だけど、勇者に対してはシビアに対応しよう)

「会わん。正式にミライ家に抗議するので、その時言い分を聞くと伝えろ」

アブソリュートはすぐに会わずに敢えて日を跨いで焦らすことで相手を精神的に追い詰めようとする。

「承知しました、そのように伝えます。それとご報告なのですが……」

アブソリュートは今朝ウルが勇者にナンパされて一悶着あったことを伝えられる。あまりの内容に頭を抱えた。

「あの勇者は一体なんなんだ……まぁいい。ウルは平気そうだが内心傷ついてるかもしれん。帰り、前に行ったカフェにでも連れていくか」

（女性からみたら男はかなり怖く見える者もいるらしいからな。まだ小さいのに男性恐怖症になったら笑えない）

「よろしいかと思います。ではアリシア様には先ほどのように伝えてまいります」

アリシアはまるで悪い夢でも見ているかのようだった。
あの暴走癖はあるが、根っこの部分の善性は信じていた勇者がまさかクラスメイトの前でア

ブソリュートを罵倒し、担任をぶっ飛ばして不意打ちを行うなんて信じられなかった。気づいたらアリシア自身も気を失って、倒れていた。

「夢ではないのね……。とりあえず、アブソリュート君には今朝の侍女の件も併せて謝罪しないといけないわ。少しでも印象を良くしないと」

アリシアは食事をしているアブソリュートを見つけて、近くにいた侍女に面会を申し込んだ。

だが、面会は叶わなかった。

「ご主人様からは『正式にミライ家に抗議するのでその時に言い分を聞く』とおっしゃっていました」

(焦らして精神的に追い詰めるつもりかしら？　さすがだわ、私がされて嫌なことを的確についてくる。この調子だと甘さも恐らくないでしょうね。嫌だなぁ、ちょっとは手心を加えてほしいのだけれど)

わずかな期待を砕かれたアリシアは力なく答える。

「そう。分かったわ、『また後日お会いしましょう』とだけ伝えて。正式な謝罪はその時に。貴女も悪かったわね。ウチの者が馬鹿な真似をして、後で懲らしめておくから」

「いえ、お気をつけてお帰りください」

マリアの見送りを受けてアリシアはその場を後にする。

その後、アリシアは屋敷に戻り今後について考える。

(慰謝料だけで済むといいのだけれど……それだけでは済まないわね。勇者には王家も絡んでいるから行き過ぎた要求は仲裁してくれるだろうけど。婚約破棄は私個人としては嬉しい……でも、ミライ家として考えるとそれは避けなければならないわ）

アリシアが、考え込んでいるところにドアをノックする音が聞こえ、その後使用人から用件が伝えられる。

「アリシア様、旦那様がお呼びです」

一瞬体が強張るが、すぐに平静を取り繕う。

「分かった。すぐに行くわ」

（これだけの事をやらかしたのだから叱責だけでは済まないでしょうね。あぁ、なんで私ばかりこんな目に遭うのかしら）

足取りが重く感じながらも父の待つ部屋に向かうアリシア。その日は当主の罵声と何かを打つ音が屋敷中に響いたそうだ。

❧

放課後、アブソリュートは侍女のウルとマリアを連れて王都のカフェに来ていた。このカフェは以前、王からの慰謝料で豪遊した時に見つけた店だ。あまり派手な内装ではないが、シックな作りをして落ち着いた雰囲気が気に入っている。唯一気になるところは寡黙な店主の顔が怖いところくらいだ。

(相変わらず無愛想で、顔が怖いな。まぁ、あまり私が言えたことではないが)

アブソリュートたちは席で待っていると怖い顔の店主が注文の品を持ってくる。

「相変わらず人を殺してそうな顔をしているな」

「兄ちゃんが言うな。ハーブティー三つにイチゴのタルト、ショートケーキ、モンブランだ。注文は以上だな? またなんかあったら呼べ」

テーブルに並ぶのは食欲のそそられるスイーツたち。

「わぁー美味しそうなの! アブソリュート様、また連れて来てくれてありがとうございます! 凄く嬉しいです」

久しぶりにスイーツの店に連れて来てもらい、大興奮なウル。

「礼はいい。さっさと食え」

ウルに早く食べるように促し、アブソリュート自身も注文したモンブランに手をつける。

(モンブランめっちゃ美味いな。この世界に転生する前はあまり好きじゃなかったのに。原作のアブソリュートに影響を受けてるのかな?)

静かに食べ進めるアブソリュートをマリアは意外そうに見ていた。アブソリュートもマリアからの視線に気づく。

「マリアよ、何をジロジロ見ている。目玉をくり抜くぞ?」

「あぁいえ、すみません。こんなに美味しそうに食べるご主人様を見るのは初めてなもので……なんとなく雰囲気で感じただけですけど。あの……よければこれからは屋敷でもお出ししましょうか？」

どこか優しげに問いかけるマリア。

長い付き合いだがアブソリュートは全くと言っていいほど好き嫌いがなかった。それがここにきて、ようやくそれらしい反応を見せてくれたことがマリアは嬉しかったのだ。

「いらん、たまに食べるからいいのだ。まぁ、美味いのは確かだがな。死ぬ前に食べるならこれがいいな」

『最後に食べるならこれがいい』不意に出た言葉だが確かな本心だった。原作では語られていないが、アブソリュートはここのモンブランが好物でよくウルを連れて食べに来ていた。

もしかしたら、転生する前のアブソリュートは今も心のどこかにいるのかもしれない。

「ウルは毎日でも食べていたいですの！」

「早死にしたいならそうしてやる」

「むっ！　それは困りますの」

(……話している感じウルは大丈夫そうかな？　まだ幼いから精神的に傷ついていると思ったけど)

「ウルよ。マリアから聞いたが今朝勇者から絡まれたそうだな。その後何もないか？」

「勇者？　……あぁ今朝絡んできました。いきなり馴れ馴れしく声をかけてくるから気持ち悪かったの。でも、ご主人様の言っていたようにマリアが強気で対応しました！」

（気持ち悪いか。確かに主人公キャラって距離感バグってるの多いから色眼鏡なしでみると気持ち悪いよな。気持ちは分かる）

「……そうか。何度も言うが、二人とも私がいない時は自分の身は自分で守れ。そのための力は与えているつもりだ」

「「はい！　ご主人様」」

その後も三人はティータイムを楽しんでから帰宅した。

アーク家。
勇者が事件を起こしてから日が経ち、今日はいよいよ勇者の後ろ盾のミライ家と勇者から被害を受けたアーク家の示談交渉が行われる。
アブソリュートは今回、勇者からクラスメイトの前で名誉を傷つけられたのに加えて不意打ちを受けた。勇者といえど身分は平民であり、被害を受けたアブソリュートは高位貴族だ。本来なら勇者といえど処刑されてもおかしくはないが、王家からの懇願の末に処刑はできなくなってしまった。

　そのかわりに、アブソリュートは王家の宝物庫からいくつか魔道具を拝領した。これは今後、原作イベントをこなしていくにあたり必要な物である。アブソリュートは基本的に自分や傘下の者たちに関係ないイベントはスルーするつもりだ。だが、一年の間に死者を多く出すイベントがあり、アーク家派閥にも被害がでる可能性があった。このまま原作通りに進んでいくためにどうしても介入しなければならないと考え、今回は勇者の命を諦めて魔道具で手を打ったのだった。

　これから来るミライ家との示談の打ち合わせをアブソリュートと、その父ヴィランは行っていた。

「ふむ。アブソリュート主導で進行するのは構わない。だが、落とし所に関しては本当にそれでいいのか？　確かにミライ家にはダメージにはなるが外壁を強化するとなると周りの貴族からは反発があるぞ？」

　ヴィランはアブソリュートの考える示談の内容に納得ができなかった。アブソリュートはミライ家に対して慰謝料とは別に、ミライ家から取れる対魔石を使って外壁を強化しようとしているのだ。理由は将来国との戦いを想定してのものだが同じ景色をみていないヴィランには分からないものだった。

「いえ、王家にも許可をもらったので大丈夫かと。それに私は謝罪も重要ですが、何か形で誠意を見せてもらった方がいいと考えています。主犯の勇者にも大損害ですしこの方向に持っていきます」

「……そうか。まぁ、アブソリュート主導で進めるのだ、好きにしろ。ただし絶対に情けはかけるなよ。ミライ家が勇者の教育を怠らなければ今回のことは起こらなかったのだからな」

「ええ、大丈夫です。悪が敵に情けをかけるなんてあり得ませんから」

（八割聖女のせいだけどな。だが、勇者をミライ家から切り離すチャンスだ。絶対に切り離してみせる）

コンッコンッ

話しも終わりかけの頃、部屋のドアをノックする音がする。

「入れ」

「お話のところ申し訳ございません。ミライ家の方々がお見えになりました」

外で控えていたマリアからミライ家の到着が知らされる。

「そうか、応接室に通しておけ。では、私たちもこの紅茶を飲んでから行きましょう」

（向こうに合わせる必要なんかない。焦らせるだけ焦らそう）

ヴィランはアブソリュートの意図を汲み取り、共に一服してから示談に臨む。

アブソリュートたちは一服した後、ミライ侯爵の待つ応接室に向かう。

ライナナ国の貴族には大きく分けて三つの派閥が存在する。国王を支持している王派閥。王家に権力が集まりすぎるのを危惧して、貴族に力を集めようとする貴族派閥。王派閥と貴族派閥の間に立ちバランスをとる中立派閥。

ミライ侯爵は王派閥に属しており、勇者とアリシアの婚約が決まってから派閥内での発言力と力が増したことで有名だ。

アブソリュートとヴィランが部屋に入る。中にいるのはミライ侯爵と顔がアザだらけのアリシアだった。ミライ侯爵とアリシアは中に入ってきた二人を見ると立ち上がり、深々と礼をした。アブソリュートたちは一瞬アザだらけのアリシアを見て硬直しかけたが何事もないように向かいの席につく。

「ミライ侯爵、アリシア嬢どうぞお座りください」

アブソリュートは二人に座るように促し、二人は席に着いた。

(ミライ侯爵やりすぎじゃね？　聖女抜きにしてもアンタの教育不足の過失の方が大きいんだぞ。もしかして、アリシアに全責任持っていこうとしている？　さすがに勇者は連れて来てないか……まぁ何するか分からないしな)

初めに口を開いたのはミライ侯爵だ。

「アーク卿にアブソリュート殿。この度は、勇者が愚かなことをしてしまい申し訳ない。特にアブソリュート殿には謝罪しても決して許されないことをしてしまった。本当は本人も連れてこようとしたが、反省の色が見えず不快になるだけと思い屋敷にて軟禁しております。申し訳ありません」

ミライ侯爵とアリシアが深々と頭を下げる。

「勇者といえどたかが平民が事を犯したのだ、ただで済むはずもあるまい。ミライ侯爵、貴方は勇者に一体何を教えてきたんです？　証拠もないのに犯罪者呼ばわりしてきたんだ、まさかミライ家はアーク家を犯罪者だと教えていたのですかな？」

「いいえ、私はそんなことは教えてはいません。我が家では勇者の教育係は年が同じ方がいいだろうと、娘のアリシアに一任しておりました」

（やはりアリシアに責任を被せてきたな、……屑が）

「にもかかわらずこのような事が起こるとは……この愚娘が！」

バチィィィイン
アリシアの頬を叩く鈍い音が響いた。勢いよくぶたれたアリシアは椅子から転げ落ちる。

「申し訳……ありません」

ミライ侯爵がアリシアをもう一度叩こうと手を振り上げる。

「貴様っ！　謝ってすむわけ「黙れ……」」

静かな低い声が部屋に響く。アブソリュートの威圧によりミライ侯爵は今まで味わったことのない圧力を全身に感じる。ミライ侯爵は、未だ学生の身でこれだけの圧力を出しているなんて信じられないといった顔をしている。自然と呼吸が不規則に乱れているように感じる。

「ここをどこだと思っているミライ侯爵。なぜ貴様の三文芝居を我々は見せられているんだ？これ以上茶番を続けるなら殺すぞ？」

「も、申し訳ありません……」

ミライ侯爵もあまりの圧力にアブソリュートが年下なのも忘れて丁寧に謝罪した。そのまま、アブソリュートの威圧で過呼吸気味になりながらも大人しく席に着く。

「もういい、貴様の謝罪に価値などない。アーク家からの示談のための要求は三つ。

一つ目はアーク領の外壁を補修するために必要な対魔力石を提供すること。

二つ目はミライ家と勇者はアブソリュートに慰謝料二十億を払うこと。なお、勇者に半額を負担させることにする。払い終えるまでは学園は停学すること。

三つ目は勇者とアリシアの婚約を破棄すること――以上三つを要求する。異論は認めないぞ？」

「そ、そんな……二十億だと⁉　それに婚約破棄だなんて。この婚約は陛下が認めたものですよ！」

ミライ侯爵は狼狽える。アブソリュートは示談するにあたりアーク家の諜報員を使ってミライ家の税収を調べ上げ、相場を無視して払えるギリギリの額を要求した。勇者に関しても、いくら勇者のスキルがあろうがこの額を稼ぐのは国家を救うなどの偉業を成し遂げない限りは不可能である。だが、ミライ侯爵が一番避けたいのは婚約破棄だ。勇者との婚約で今の派閥内での立ち位置を得ることができた侯爵にとって、それを破棄するのは失墜を意味している。

「本来なら勇者といえど処刑だぞ？　王家の介入があったからこの程度で済んでいるのだ。あぁそうだ、慰謝料を全額払い終えたなら婚約破棄の解消をしてもよいそうだ。全く甘い裁定からな」

だ。それとミライ侯爵、貴方を王の元へ移送させてもらう。これは王命だから拒否はできない

「な、なぜ私が⁉」

「なぜ？　貴方はミライ侯爵だろう。さっきはアリシア嬢に責任を擦り付けていたが、本来勇者の教育は後ろ盾であり後見人の貴方の責任で行われるべきものだ。なのに、貴方はそれを怠り、将来国の戦力の要になるであろう勇者の教育に失敗した。故に責任を取らなければならない。言い訳は王家に聞いてもらえ。では父様、ミライ侯爵の移送をお願いします」

「ああ、アリシア嬢は任せたぞ」

ヴィランは振り払おうとするミライ侯爵を無理やり部屋から連れ出した。

邪魔者はいなくなりアブソリュートはアリシアに向き直る。

「示談はこれで終わりだ。こちらからの要求を一方的に突きつけた形だがな。後日王家のほうから内容証明とサイン入りの公正証書が届くだろう。まぁ加えてお前の父親は当主から最低でも降ろされるだろうがな」

これはあらかじめ王家との交渉の際に決まっていたことだ。ミライ侯爵が要求を呑もうが呑まなかろうが結末は同じだったのだ。

「……そう。ごめんなさい……私がしっかりしてなかったから皆に迷惑をかけてしまったわ。私のせいなの全部」

ミライ侯爵の張り手により口もとが切れて、喋り辛そうにしながらもアリシアは続ける。

「アルト君がアーク家に敵意を持ったのも、私がちゃんと止められなかったからだし。貴方の侍女にちょっかいを出したのも、私が見てなかったから」

アリシアは立ち上がりアブソリュートと向かい合う。

アリシアの感情が決壊し涙を流しながら、徐々にアリシアの言葉に感情がこもっていく。

「貴方を犯罪者呼ばわりしたのも、先生を攻撃したのも……全部私が悪いんでしょ!! ねぇ！なんで私ばかりこんな目に遭うの⁉ 私何もしてないじゃない、いつもいつもアルト君が何かやらかすたびに私が怒られてきて、さらには家同士の問題に発展したのも私のせい？ ふざけないでよ、あんな力を持っている独善的な人が私の手に負えるはずないじゃない……。私には……無理よ」

まるでこれまでの怒りをすべてぶつけるかのような独白だった。

原作ではマリアの教育で勇者も今ほど酷くはなかった。それに加えてアリシアのメンタルも、マリアが陰でフォローする形で成り立っていたのだ。今の世界でマリアは、ミライ家にいない。アリシアはずっと一人で背負って抱え込んでいたのだ。

アブソリュートはアリシアの独白を何も言わずにすべて受け止めた。

「ごめんなさい。被害者は貴方なのに、私が被害者面しちゃって」

アブソリュートはそんなことはない、と言うかのように首を横に振る。その後アブソリュートはアリシアの手を取り回復魔法をかける。

「アブソリュート君？ えっ回復魔法⁉」

使い手の少ない回復魔法を使えることに驚くアリシアにアブソリュートは言った。

「アリシア・ミライ。今回お前は悪くない。悪いのは暴れた勇者とそれを放任してきたお前の親。……そして私だ」

「えっ？　違うわ、貴方は悪くない！　貴方は被害者よ」

アリシアは否定するが、アブソリュートは続ける。

「私にもっと圧倒的な力があれば勇者も手を出そうとは思わなかっただろう。馬鹿にも分かる形で、明確に力を見せなければならなかったのだ」

「そんなこと……」

「だからな……アリシア・ミライ。お前は私を恨んでもいいんだ」

「何を言っているの？」

アリシアにはアブソリュートの言っていることが分からなかった。

「すべて私のせいにして楽になれと言っているんだ。私はこの国では悪だ。お前一人の恨みつらみぐらいなんてことはない。お前の向けどころのない感情もすべて私のせいだと思えばマシになるだろう？」

アリシアは一瞬何を言っているのか分からなかったが理解した後、少し表情が緩む。

「ありがとう。でも遠慮するわ、何も悪くない貴方にあたるくらいならアルト君にでもぶつけるわ。……そうか最初からそうすればよかったのね……一人で抱え込んで勝手に爆発して馬鹿みたい」

アリシアは何か消化できたのか、納得した表情を浮かべる。

もう先ほどまでの壊れそうなアリシアはそこにいなかった。どうやら彼女の中の憑き物が落ちたようだ。

「アブソリュート君って、怖いしめちゃくちゃ嫌な感じの雰囲気しているけど、貴方を傘下の貴族たちが慕っている理由分かった気がするわ。貴方って結構いい人ね」

アリシアの言葉を聞きアブソリュートは嫌そうな顔をする。

「私がいい人だなんてお前頭大丈夫か？　私はこの国では悪者だ。さっきの言葉もお前を思っての言葉じゃない。勘違いするな。回復魔法もお前の傷が見苦しかっただけだ」

アブソリュートの嫌そうな顔をしながら否定する様子が面白いと感じアリシアに笑みが溢れる。

「うふふっ。不思議ね、久しぶりに笑えた気がするわ。ありがとうアブソリュート君」

「ふん。随分とつまらない日常送っているようだな。」

「ええ、……本当に辛い日々だったわ」

アリシアは思い返すように天井を見上げた。

しばらく間が空いた後、アブソリュートの口が開く。

「なぁ、アリシア・ミライよ」

「何かしら？」

少し間を空けて言葉を放つ。

「お前、私の元に来ないか？」

それはいきなりの告白だった。

「……はひ？」

アリシアはなんのことか理解できなかったが、徐々に意味を理解すると顔が熱くなっていくのが分かった。

「えっ、え？　それってどういうことかな？　ちょっと意味が分からないんだけど……」

(まさか私告白されてるの⁉　あのアブソリュートに！　いやでも、ただの派閥への勧誘かもしれないし)

アリシアはアブソリュートが回りくどく勧誘しているのかと勘違いするが、アブソリュートの答えはシンプルなものだった。

「そのままの意味だ、アリシア・ミライよ。ミライ家当主の座も勇者もすべて捨てて私の元へ来いと言っている。できれば婚約の形が一番こちらとしても都合がいい」

(こ、告白だったぁぁぁぁああ‼　嘘でしょ、なんで私なんかに？)

アリシアは幼い頃から勇者の婚約者として育ち、恋愛というものを体験していなかった。肝心の婚約者である勇者もいつも振り回されてばかりで、正直異性として見たことは一度もなかった。

「な、なんで私なのかな？　アブソリュート君って公爵家の次期当主だし、他にいくらでもいるんじゃない？」

「本気で言っているのか？」

「……ごめんなさい」

　アリシアは答えられなかった。

　アーク家は評判が悪すぎて婚約者もなかなか決まらないほどに人気がない。現当主であるヴィランも跡継ぎを残すために他国から嫁を貰ったが、アブソリュートを産んだ後早々に離縁されたという噂もあるくらいだ。アブソリュートに浮いた話がないのも理解できた。

　しかも本来貴族間の婚約は爵位が近い者同士で行われるので、下位貴族が中心のアーク派閥では正妻を務められる者はいない。

　原作でもアブソリュートに婚約者がいたという描写はなかった。国中から嫌われていたアブソリュートの嫁になろう者など、派閥にも他国にもいなかったからだ。幼いころからアブソリュートのすべてを知り、苦悩を分かち合ってきた獣人の女の子を除いては。

「まぁ、別に他意はない。ただお互いにメリットのある話だと思って提案しているんだ。お前は勇者と家から解放され精神的に楽になる。まぁ、私と同じ嫌われ者になるだろうがお前を害するものがいたら私が守ろう。証拠として今学園で私の傘下の者たちに何かしようと思う者はいないだろう？　私としても早々に婚約者が決まると助かる。今、厄介なところからせっつかれていてな。そういうわけだ」

　精神的なストレスからの解放、アリシアにとってはとても魅力的な言葉だった。

「ねぇ、ひとつ聞かせて。アブソリュート君は私のことをどう思っているの？　もしかして好きとか…？」

（もし好きとか言われたら……どうしよう。自分で聞いといてすんごいドキドキする！）

「お前に恋愛感情は持ち合わせていない。だが、一人の人間としての強さや魔法のセンスは評価している。将来英雄になれる器だ」

「ふ、ふーん。そうなんだ、まぁ嬉しくないこともないけど、そこは好きだって言うところだと思うな！」

　あっさり恋愛感情はないと否定され、少し思っていた回答とは違っていたが、アリシア・ミライ個人を見て評価してくれたことは素直に嬉しかった。

「それでどうする？」

　アリシアは考える。

　アブソリュートのことは今では素直に尊敬しているし、顔も偏見なしでよく見たらめちゃくちゃイケメンでかなりタイプではあった。だが、まだ心残りがある。

「……ミライ領はどうするの？　次期当主の私がいなくなればミライ家にはまだ幼い妹しかいないわ」

　アリシアはミライ家の次期当主であり、本来婿を取らなければならない身だ。恐らく父が当主の座から降りたら隠居している先代の祖父が代理を務めるだろう。だが、それもいつまで続くか分からない。自分が嫁に行くことで将来統治するものがいなくなるのは見過ごせなかった。

「言っただろう？　すべて捨てて私の元へ来いと」

ミライ家は見捨てろと言っているようだ。確かにすべて捨てればアリシアだけは救われるだろう。だが、アリシアはそんな事を望んでいなかった。

「……ごめんなさい。私いけないわ、確かにアルト君やお父様のことで辛い思い出ばかりだけど、それでもミライ領は私の領地であり私は貴族よ。領民を捨ててまで一人だけ幸せになろうだなんてそんな無責任な事はできない。派閥にしてもミライ家にも派閥があるから、アーク家の下にはつけないわ」

「お前は分かっているのか？　勇者との婚約破棄はあいつが慰謝料を払い終えると解消になる恐れがある。あいつはあの大金を払い終えるための能力を持っている。そうしたらまた勇者の尻拭いに奔走する日々に戻るだけだ。それでもいいのか？」

「分かっているわ。それでも貴族に生まれた身として私にはミライ領に尽くす義務がある。領地を守る貴族として当然の義務よ」

　自分の故郷であるミライ領に家臣たちや領民、それにまだ幼い妹。アブソリュートの元へいくことで失うものを考えたら逃げる選択肢などアリシアにはなかった。

　覚悟のこもった瞳でアブソリュートの目をみる。

「……そうか。お前がそう決めたのならもう何も言うまい」

「……やけにあっさり引き下がるのね」

　もう少し粘るかと思っていたので少々拍子抜けしたというか、残念なような複雑な心情になる。

「提案と言っただろ？　別に断られたからといって私が困るわけでもない。だが、さっきも言ったように勇者は慰謝料を払い終えるとまたミライ家の元に戻るだろう。その時、また我々に何かするようなことがあれば次はこの程度では済まさないからな」

圧を込めてアブソリュートは忠告する。アリシアは強い圧力を肌に感じ唾を飲み込んだ。

「まぁ、もし勇者が何か悪さを企んでいるようなら一度アーク家に知らせろ。そうしたらお前の命は助けてやる」

「さすがに十億の返済をアルト君ができるとは思わないけど……そうね、肝に銘じておくわ」

その会話を最後にアーク家とミライ家の示談は終わった。

アーク家での示談から数日が経った。

アリシアの父は勇者の教育を怠ったことが今回の騒動の原因だとして当主交代を言い渡され、その後ミライ家の別邸へ軟禁された。ミライ領についてはアリシアが学園を卒業するまで引退した祖父が代理で統治することとなった。

そして、アリシアは王家から公正証書が届いたタイミングで勇者と婚約破棄について話をすることになった。

勇者はばつが悪そうな顔をしてアリシアの目の前に座っている。

アリシアは事務作業のように淡々と話し始めた。

「さてアルト君、私と貴方は婚約破棄。私が学園を卒業するまでに十億の慰謝料を払うことで婚約破棄の解消が決定したわ。慰謝料は国の方で立て替えてくれるようだから国に返済する形になるし、もちろん学園も慰謝料を払い終えるまで停学だから。何か言いたいことはあるかしら？」

国は慰謝料という名の鎖で勇者を縛ることができた。

勇者は今後、返済するまで体(てい)よく国から使われることになるだろう。

アリシアの向かいに座る勇者は目を閉じて噛み締めるように話を聞いていた。

勇者アルトは示談前までは、反省の色を見せずに喚(わめ)いていたが今の様子を見るに少しは現状を理解してきているのかもしれない。

「……ごめん、アリシア。あの時は何かおかしかったんだ。体がいつもより調子がよくて頭も異常なくらいスッキリしていたけど、不思議なくらい高揚感を覚えて理性が働かなかった。自分を抑えきれなかったんだ！」

「……貴方もしかして変な薬やってる？」

勇者の弁は怪しい薬の使用者と酷似していた。

アリシアから疑惑の眼差(まなざ)しが向けられる。

「やってない！　とにかくあの時は正常じゃなかったんだ。あんなに早くアブソリュートに喧嘩を売るつもりはなかった。賛同者を集めるって言っていただろ。それだけでも理解してくれ！　もしかしたらアブソリュートの奴が何か仕組んだのかもしれない」

少しは反省したように思ったが、この期に及んでまだ苦しい言い訳を並べる勇者にアリシアは内心頭を抱えると同時に怒りの感情が湧いてくる。

「貴方分かっているの？　貴方は無関係の人間に手を出し、不意打ちを行ったのよ！　勇者の貴方が攻撃したら相手に重傷を与えるのを分かっているのよね？　それに反則してまで勝ちに行こうとするなんて貴方に誇りはないの？　アブソリュート君にだって証拠もないのに犯罪者扱いして、今後貴族の間やクラスで彼がどういう目で見られるか考えたことある？　正直、貴方のこと心底見損なったわ。アブソリュート君のこと、皆は悪だと言うけれど、貴方と違って勝負には真摯だし誇り高い人よ！　これ以上彼を侮辱するなら許さないわよ」

アリシアのあまりの剣幕に勇者は言葉を失った。長い付き合いだがここまで怒った彼女を見たのは初めてだったからだ。

「……ティーチ先生については悪かったと思っている。でも俺は、アブソリュートを倒したらこの国はさらによくなると思ったのも事実だ。アーク家は悪だ。幼い子供を奴隷にし、違法な金利での金貸し。皆アーク家が関わっているって話だ。俺もこの目でアーク家に苦しめられている女の子を見て確信したんだ。誰かがやらなきゃならなかったんだ」

「アーク家が悪かどうかはこの際どうでもいいわ。でもねアルト君、アーク家が人々を苦しめていたとしてそれを正すのは国の仕事よ。貴方一人の裁量でどうにかしてよいものではないし、勇者の力は自分勝手に行使していいものではないの。怪我人を出してそれは分かったでしょう」

勇者は押し黙る。自分勝手に力を行使した結果、人を傷つけて周りの人間を不幸にしてきたのだ。これでは散々悪と言ってきたアブソリュートと変わらないと気づいたのだ。

「私たちは償わなければならないの。貴方にはこれから屋敷を出て冒険者として活動してもらうわ。十億は普通にやっていたら到底稼げる額ではないけど、冒険者なら依頼によっては返済も夢ではないわ。勿論監視はつくし、許可なく国外に行こうものなら今度こそ命が危ないわよ。冒険者として国に貢献しなさい。それが貴方にできる償いよ」

「アリシア……俺は……」

「話しは終わりよ。出て行って」

拒絶するように勇者の言葉を遮る。これ以上会話をする気はない、そう言っているように感じた。勇者はそんなアリシアの雰囲気を察し、出て行こうとする。

「……悪かったアリシア。元気でな」

顔を見せずにアリシアに背を向けたまま別れを告げ勇者は屋敷を去った。

勇者が出ていくのを部屋から見届け、一人残っているアリシアはようやく肩の荷が下りたのか脱力した表情をしている。ふと思い出す、アルトと過ごした日々。

「……長い付き合いだし、別に嫌いではなかったけど好きでもなかったわね。めちゃくちゃ迷惑な弟って感じ。でもこれで精神的に楽になるわね。もうアルト君の首根っこは王家が押さえているし、冒険者になって問題を起こしても私にはなんにも関係ないんだから」

今回の結末はアリシアにとって都合の良いものになった。理不尽に責任を押し付ける父と、いつも尻拭いさせられる勇者。どちらも排除されたのだから。

「もしかして知っていて二人を追い出してくれたのかしら？　……さすがにそれは考えすぎかしらね」

アリシアはアブソリュートのことを思い出す。すると胸の内が疼くように温かい気持ちになっていく。

『すべて私のせいにして楽になれ』か。優しい言葉ね、そんなことできるわけないのに。思えば異性に優しくされたのって初めてじゃないかしら。あんなに長い時間一緒にいたっていうのに、アルト君そういうところよ」

アリシアはアブソリュートが言ってくれた言葉が思い出としてずっと胸に残っていた。

「婚約か〜、やっぱりした方が良かったかな？」

口に出してはみたが、やはりアリシアにはアブソリュートと婚約はできなかっただろう。責任感の強いアリシアにすべてを捨てる事はできやしなかったのだ。

仮に捨ててアブソリュートの元へ行ったとして後々、罪悪感に押しつぶされる日々が待っているだけだった。

アリシアはあの事件以来の登校をした。

教室に入ると心配してくれた友人たちに囲まれて、心配ないと伝える。

そうこう対応しているうちにアブソリュートが教室に入る。アブソリュートが入る時は毎回クラスがピリつくが、今のアリシアはそれどころではなかった。

（あっ、アブソリュート君だ。どうしよう、挨拶してもいいのかな？　一応久しぶりの登校だし、顔見せるだけでもした方がいいよね）

アリシアがアブソリュートに近づき声をかける。

「おは「ご機嫌よう！　アブソリュート君」」

挨拶をしようとするアリシアに割り込んできたのは、クリスティーナ・ゼンだった。

「朝からうるさいと思ったらまたお前か……」

「えぇ、えぇ、私ですよ。今日こそは私と勝負してくださいますよね？」

アリシアは動揺していた。

（えっ⁈　あのクリスティーナさんが名前で呼ぶなんて……しかも君付けって……。自分の傘下でさえ家名でしか呼ばないくらい他人に興味なさげなのに、あの二人いつの間に仲良くなったの？）

「やらん。そんなに暴れたいならミストを貸してやるから二人で遊んでこい」

「アブソリュート君……友人は大事にした方がいいですよ？　まぁ、いいでしょう。また後で誘いにきますね」

それだけ言ってクリスティーナは自分の席に戻っていった。アブソリュートは自分の元へ来たアリシアの存在に気づく。

「次はお前か、アリシア・ミライ。なんの用件だ?」

アリシアは固まっていた。嫌われているアブソリュートにも気さくに話しかけてくれる人が身内以外にいたことにショックを受けたのだ。

(私だけだと思っていたのにな……)

アブソリュートに対してジト目で声をかけた。

「アブソリュート君って女たらしね」

「……? なんのことだ?」

アブソリュートはいらぬ誤解を受けるのだった。

その後、アリシアは勇者と父の手から解放されたおかげでストレスの少ない日常を送ることができた。

勇者が戻ってくるまでは……。

第3章

悪意と悪

This man has the charisma of absolute evil and
will be the strongest conqueror.
"Yes, I am a scoundrel. The best in this country."

That is needed for
a villainous aristocrat

一人の男がいた。

男は国の中で悪を成すのが役割だった。違法紛いのことも行うが、一番の悪徳は人を殺すことだった。国の黒の部分をすべて背負い、誰にも知られることなく国を乱す悪人を殺していく。

男が悪人を殺す理由。それは自分以外の悪を滅ぼし、統制することが家の役目だったからだ。

闇組織のトップでもある男は争いの日々であった。

敵国の闇組織や自分以外の罪を犯した悪人を殺していく。

皮肉にも人を殺すたびに男は強くなり、それに比例して恐れられていく。

どれだけ陰で人を救っても、国のために汚名を被っても、家や派閥のためにその力を振るおうとも、男の周りや後ろを付いてくる者はいなかった。

別に誰かに認めて欲しかったわけではない。

だが、自分のしていることが無意味だと、そう感じることが恐ろしかった。

民や貴族は男を悪党だと陰で罵る。その陰口を聞くたびに自分がなぜこのようなことをしているのか分からなくなる。

それでも男は悪を成し、国を守る。

彼にも領地という大切なものがあるからだ。国を守ることが自らの領地を守ることにも繋がる。そう信じて男は剣を振るう。

悪意を圧倒的な力で捩じ伏せ、いつかこの役割が終わることを信じて奔走した。

だが、男がどんなに奮戦しようと終わりは見えず、むしろその強さを恐れて国からも危険視される。

そして最後はこの世のすべての罪を背負わされ男は国から討伐される。

男が人知れず国のために戦っていたことは誰も知らない。

それ故に実績を改竄し、黒い部分だけを公表することで男は国の敵となった。

敵の死体が散乱する戦場で男は立ち尽くす。

「私の人生は一体なんだったのか……」

悪と戦うために身に付けた力を、今は守ってきたはずだった同じ国の者に振るっている。

これまで自分がしてきたことは無駄だったのだと悟る。

血を纏った剣を下ろし、返り血を浴びたまま男は慟哭した。

アブソリュートは長い夢から目を覚ます。
「……またこの夢か。原作で語られなかったアブソリュートの人生……ホントに反吐がでる」
アブソリュートはたまに変な夢を見る時がある。自分と同じ姿をした人間の人生のようであるが、あまりのリアリティーにそれは原作のアブソリュートの人生を見ているのではないかと仮定している。

「私と同じ歳の頃から人を殺してきたんだ、死が日常にあるせいで罪悪感を抱くことなく人を殺してきたのだろう。前世の記憶を持つ私とは違うし、むしろ原作のアブソリュートの方がこの世界では正常だろう。だが、私はどうしても国のためだからと、原作のアブソリュートのように人を殺すことを割り切ることができない。あんなに人を殺しておいてどの口が……。何をしているんだ私は……」

アブソリュートは前世の価値観とこの世界の価値観に揺れていた。

今のアブソリュートは国の命令という大義を持って人を殺してきた。原作のアブソリュートと同様に悪や敵を殺す時に容赦のない残虐さを持ち合わせているが、前世の価値観に引きずられ人を殺すことを罪だと認識してしまっている。

故に『私は悪だ』と何度も自分に言い聞かせ、自分の行いを正当化しないようにしていた。

『あなたって意外といい人ね』

アリシアから言われた言葉を思い返すたびに何度も心の中で否定する。

(いいや、私は悪だ。嫌々だが人を殺すし、自分や仲間以外が死んでもなんとも思わない。国からの依頼だったとしても人を殺すことは悪だ)

久しぶりに見た夢のせいで最悪な気分で朝を迎えた。

その日学園が休みのアブソリュートは久しぶりにアーク領に帰還した。理由は父から話があるとのことだ。

なので、恐らく裏の仕事の依頼だと推測される。

裏の仕事を好まないアブソリュートは足取りを重くしながら父の待つ部屋に向かう。途中で久しぶりに会う年老いた使用人たちがアブソリュートに礼をし、帰宅を祝う挨拶をしていく。

（ホントいつ来ても中年と老人しかいないな、この家は。少子高齢化を嫌というほど突きつけてくる。むさ苦しいし、ないはずなのに畳の臭いがするし正直帰りたい……）

心の中で文句を垂れながらも父の待つ部屋のドアをノックする。

「アブソリュートです。ただいま戻りました」

返答を待つと中から執事が出てきてアブソリュートに部屋に入るように促す。

「よくきたなアブソリュート。まぁ座りなさい」

アブソリュートは父の向かいにあるソファに座る。

執事が入れてくれた紅茶を飲んで一息ついてからアブソリュートは口を開く。

「それで依頼はなんですか？」

「相変わらずせっかちだな。まぁその話は後でいいだろう。それより先に話したいことがある。アブソリュート、前に話したハニエル姫との婚約考えてくれたか？」

アブソリュートは、王太女であるハニエル姫との縁談を以前より王家から受けていた。またその話かとアブソリュートは顔を顰める。

「またその話ですか。私はハニエル姫との婚約はするつもりはありません。どうせ、私を王家に縛るための婚約でしょう？　私にメリットもない婚約なんて御免ですね」

「メリットがないなんてそんな事はないぞ？　ハニエル姫と婚約すればアーク家派閥の地位が上がる。それにお前も使える権力が増えるし、表立って私たちを非難する声も減るだろう」

なぜか父は婚約に肯定的な姿勢を見せる。

だが、現在闇組織の手綱も裏の国防の任務もアブソリュートが基本的に担っているため、父であり当主のヴィランであってもこの婚約を勝手に進めることはできないのだ。

「ハッ！　地位？　権力？　私がそんなものいつ欲しがりましたか。それに私たちは悪だ。今更地位や名誉など必要はないはずです」

王家との婚約の話となると面倒なことこの上なかった。

だから、アリシアとの婚約ができれば王家から縛られることもなく、安全に裏の国防の任務からおさらばできると考えていたが、断られたためにこうして面倒臭い対応をする羽目になっているのだった。

ヴィランはアブソリュートの答えを聞き、ため息を吐く。

「まぁお前の気持ちも分かるがな。だが、今回の婚約について国王は本気だぞ？　嫌だろうが、そのうち顔合わせがあるかもしれないからな。その時はちゃんと来いよ？　さて、では本題に入るか」

ヴィランは真剣な表情に切り替わる。

「スイロク王国の闇組織『ギレウス』が崩壊した」

「は？」

　アブソリュートの顔にわずかに驚きが見られる。

『ギレウス』はスイロク王国を取り仕切っている闇組織だ。その規模は小国ながらも一国の裏を掌握している。ライナナ国のアーク家や、帝国のノワール家と比べると格は落ちるがそれなりの実力を持つ闇組織という認識だ。

「それは穏やかな話ではないですね。一体どこがやったのです？」

　聞いてはみるがアブソリュートの中では結論が出ていた。

　これは原作イベントが関連している。

　スイロク王国が舞台となると実行犯はボスキャラのあいつしか思い浮かばない。

「奴らは『ブラックフェアリー』と名乗っているそうだ。

　規模など詳しい情報はスイロク王国に配置している下部組織に調べさせてあるがまだ詳細は不明だ」

　やはりとアブソリュートの中で歯車が噛み合う。

　今回の任務は恐らく原作イベントが起こる前兆だろう。

『ブラックフェアリー』にはまだ手を出さないはず。なら今回の任務は何をさせられるのだろうか。

「少し話が逸れたが本題に入る」

アブソリュートは父から指令を受ける。

「『ギレウス』が新興勢力の『ブラックフェアリー』との勢力争いに負けた結果、その残党どもがライナナ国に根城を移した。その連中がアーク家の傘下に入りたいと打診してきている。判断はアブソリュートに任せるが話次第では殲滅（せんめつ）しろ」

ギレウスの殲滅……アブソリュートにとっては難しくない任務だ。

だが、アブソリュートは深く考えるように眉間に皺（しわ）を寄せている。

「なるほど理解しました。ですが、疑問があります」

「言ってみろ」

「はい、ギレウスの奴らは一体どうやってライナナ国に入ったのですか？」

ライナナ国は表では警備隊が、裏ではアーク家の傘下の者が入国を厳しく管理している。他国の闇組織の人間が一人二人ならまだしも大勢が中に入っているなど考えられなかった。

（考えられるのは二つ。アーク家傘下の者たちが手引きしたか、スイロク王国で交渉屋を使ったかだな……。恐らく後者だろう）

交渉屋……裏の世界では有名な異名だ。闇組織を中心に自らを交渉人と名乗って活動しているが、金次第でどんな仕事でも行う男だ。

転移のスキルを持っており、捕まえようとしてもすぐに逃げられてしまう厄介な奴だ。原作では学園の試験で行われる大規模遠征試験で大量の魔物を放ち、多くの死者を出した主犯だ。

「我が家からは手引きはしていない。あんなつぶれかけの組織など価値はないからな。傘下の者たちもアーク家を敵に回してまでギレウスを入れようとはしないだろう。恐らくあの交渉屋を使ったな。全く忌々(いまいま)しい奴だ」

　父ヴィランもアブソリュートと同じ判断をくだした。

（転移を使ったタイミングによっては捕まえられるかもしれないな。原作でも転移を使えなくなったところを勇者に見つかって殺されたわけだし。最悪まだその場に残っているだけでも充分だ。切り札はある）

　本来なら大規模遠征試験の時になんとかしようとした相手だが、のこのことやって来た事に幸運を感じた。

「一応そこら辺も含めて聞き出してから始末します。では行ってまいります」

「あぁ、そうだ。それと二週間ほど私も任務で遠出する。ノワール家に不自然な動きがあったのでな。何かあれば執事に手紙を預けておいてくれ」

「承知しました」

　アブソリュートは『ギレウス』の詳細な情報を受け取り行動に移す。

ライナナ国王都から南に離れたフラワー領にある酒場にて、いつもなら閑散とした酒場が柄の悪い男たちで埋め尽くされていた。

男たちはスイロク王国から逃げてきた闇組織ギレウスのメンバーである。

闇組織ギレウスのリーダーのオリオンは苛ついていた。

かつてスイロク王国の一番の勢力を誇っていた闇組織派閥だったギレウスが、新興勢力『ブラックフェアリー』との争いに負けて他国にまで亡命する結果になってしまった。

プライドの高いオリオンにとって屈辱以外の何者でもなかった。

「クソッ……、絶対にこのままでは終わらせねぇ。この国で力を蓄えて絶対に復讐してやる」

「もちろんです、ボス。ですがこれからどうしますか？　交渉屋を雇ってライナナ国に入れたのはいいですが……生憎何千といたメンバーも五十しか残っていません。今後の方針を考える必要があります」

メンバーの一人がオリオンに方針を決めるように求めた。酒を飲んでいたオリオンだったが頭の中はクリアのままだ。部下の質問に対して返答する。

「……悔しいが、今の俺らにはどうすることもできねぇ。だからこの国の闇組織の傘下に入ろうと思う。この国の闇組織はアーク家って言う上位貴族の庇護下にあるらしい。貴族様が守ってくれるならこの国でもやりたい放題だ。庇護の下で力を貯めて復讐してやる」

「大丈夫ですか？　正直今の俺らにアーク家が迎え入れるだけの価値があるとは思えませんが……」

築き上げてきた地位も財産も仲間の多くも失ったギレウスは、ただのチンピラの集まりと言っても過言じゃなかった。

「大丈夫だ。ライナナ国にくる前に貴族から見た目のいいガキを攫ってきただろう、それを献上する。それに俺らは腐っても元スイロク王国の裏を占めていたギレウスだ。そこいらのチンピラより役に立つし、スイロク王国についての情報も持っている。無下にはしないさ。クソッ、交渉屋の野郎……金払ったんだからアーク家との交渉までやって帰れよ」

そう話を進めていると部下の一人が血相を変えて酒場に戻ってきた。

「ボスッ！　アーク家を名乗る者が来ました」

「何っ⁈　人数は？」

「一人です。男が一人」

（とりあえず第一関門はクリアだな。俺らを殲滅するなら頭数を揃えるはず、アーク家も迎え入れる気があるってことか？）

「全員跪け。アーク家の方がお見えだ」

オリオンを含む全員が、使者を名乗る男が来る前に膝をついて迎える。

正直殲滅されることも予想に入れていたオリオンは密かに胸を撫でおろした。

だが、それは的中だったと早々に気づく事になる。

ギレウスのメンバーで満たされた酒場の空間に一人の男が入ってきた。男が酒場に足を踏み入れた瞬間に、ギレウスのメンバーに途轍もない圧力が降りかかる。

弛緩しかけていた空気が一変して張り詰めたものに変わる。

まるで喉元に匕口を突きつけられているかのような緊張感だった。

(なんだこの圧力……ただ者じゃねぇ。何度も修羅場を潜ってきた俺が震えているだと?!)

男はギレウスを見下ろすかのようにカウンターの上に腰掛ける。

あまりの圧力に動けないギレウスのメンバーをよそに男は口を開く。

「お前らがギレウスだな? 私はアーク家からきた者だ。用件は聞いている。アーク家の庇護を得たいんだってな?」

返答が遅れれば相手に不信感を与えてしまう。

リーダーであるオリオンは乾いた唇を舐めてなんとか返答をする。

「はい。俺たちはこれでもスイロク王国では長年頂点を張ってたんだ。絶対に役に立ってみせます」

機嫌を損ねるとヤバイと感じたオリオンは必死に自分たちの有用性をアピールする。

「……一つ聞かせろ。お前たちどうやってライナナ国に入った。もしや交渉屋を使ったのではなかろうな? いつ依頼して、いつ別れた?」

アーク家の男は矢継ぎ早に問いかける。

「はっ、はい。ライナナ国は警備が堅いので三日前に交渉屋に依頼し、全員転移が終わった段階で……昨日別れました。……まずかったでしょうか?」

オリオンは何か男の忌諱に触れたのではないかと冷や汗を流す。男は何か考えこむように口を閉じ、酒場の空間がさらに張り詰める。

「そ、そうだ！　アーク家の方に貢ぎ物があるんです。お前らアレを持ってこい！」

　悪い流れを変えようとオリオンは部下に指示し貢ぎ物を持ってこさせる。

　アーク家の男はそれを見て眉間に皺を寄せる。ギレウスの者たちが連れてきたのは十を過ぎた位の双子の子供だった。

　恐らく暴行を受けたか、二人とも傷だらけで片方は虫の息だった。

「スイロク王国から攫ってきた双子の姉妹です。珍しい事に二人ともオッドアイでこの麗（うるわ）しい見た目、将来高く売れるでしょう。ギレウスは人攫いをメインにやってきた組織です。他国とのコネクションもありますし、きっとアーク家の利益になってみせます！」

（交渉屋の話ではアーク家には奴隷商はあっても人攫いはしていないって話だった。俺らの入れる隙はあるはずだ）

「……そうか、話は分かった。お前らの熱意も有用性も伝わった」

「ではっ！」

　ギレウスのメンバーは庇護を得られると思い笑みを浮かべる。

「その上で伝えよう。不採用だ」

「えっ⁉」

　気づけばギレウスのメンバーがいた酒場は闇の魔力で覆われていた。

「お前らはアーク家に相応（ふさわ）しくない」

ダーク・ホール
千を超える魔力の腕が酒場中から生えてきてギレウスを襲った。

ダーク・ホール
ギレウスの連中と会話している時、アブソリュートは室内を自らの闇の魔力で満たし何時でも魔法を放てるようにしていた。

「ギャァァァァァアアアア！」

「イ、イヤダァアアアア！」

「は、離せぇぇええ！」

「クソ、なんだこの腕は?!」

膨大な数の魔力の腕にギレウスのメンバーが捕まる度に絶叫が上がる。四肢をもぎ取られる鈍い音が室内に響いていく。

ギレウスの連中も魔法や剣で魔力の腕を切り裂いて抵抗するが、弱い奴から順に魔力の腕に頭や四肢をもぎ取られて死んでいく。

「くそ、俺らを駆逐するつもりか。モリサやれ！」

「ハッ！」

オリオンの指示で腹心の男がアブソリュートへ攻勢を仕掛ける。

目前にあるのはおびただしい数の魔力の腕。

だがモリサは迷わず進んだ。

「スキル【超加速】」

スキルにより加速したモリサは一気にアブソリュートとの距離を詰めた。

（魔法主体で戦う者は接近戦に弱い傾向がある。このまま切り捨てて終わりだ。馬鹿め、護衛もつけずに来たのが運の尽きだったな）

アブソリュートの魔力の腕を掻い潜り、遂に自身の間合いまで距離を詰めた。

（もらった！）

剣を振りぬき、その首を刎ねようとする。

レベル四十にしてギレウスの死神の異名を持つ男は勝利を確信した。

勢いよく腕を振りぬく。

だが、彼の刃がアブソリュートを傷つけることはなかった。

敵が攻撃する瞬間にアブソリュートが抜刀し、瞬時にモリサの両腕を斬り飛ばしたからだ。

「ば、馬鹿な……」

「ふん、接近戦が苦手だと決めつけて油断したな。接近戦ができない者が一人で敵地に来るわけないだろう。じゃあな」

別れの言葉と呼応するかのように魔力の腕がモリサに絡みつく。

何本もの腕が肉体を掴み握りつぶした。

「ぐわああああああああああああああ！」

全身を破壊されたモリサはなすすべなく魔力の腕によって闇の中へ引きずり込まれていった。

「馬鹿な、モリサがっ！　くそ……許さねえ」

ギレウスのリーダー、オリオンは部下の死に怒りを見せながらも、確実にアブソリュートのダーク・ホールを防ぎきっていた。手近な腕は剣で斬り伏せ、一カ所に留まらずこまめにポジションを移動して抵抗していた。

（ガキがいるし、本気は出してないけどさすが元トップ張っていただけはあるな。修羅場に慣れている。瞬時に私の魔法の弱点を見抜くとはな）

『ダーク・ホール』は魔力の腕で握りつぶし、闇の異空間に引きずり込むオリジナル魔法だ。

アブソリュートが好んでよく使う魔法だが、この魔法は使用者の闇の魔力をフィールドに広げることで、射程を自由に変えることができるために使用者次第で近距離、中距離、長距離とオールレンジで闘うことができるのが強みだ。

弱点としては、消費魔力が激しいこと、操作の兼ね合いで魔力の腕の動きがどうしても遅くなってしまうことである。

アブソリュートは魔力の量は心配ないが、魔力の腕のスピードが遅い弱点をカバーするために魔力を多く使い、魔力の腕の数を増やすことでカバーしている。

（契約している精霊のトアを使えれば秒で終わるけど、トアには覗き見している奴を見張ってもらっているからなぁ。スピードは今後の課題だな。

　ガキだけでも動かしたいけど、ギレウスの奴らの奥にいるし見た感じ死にかけで意識ないしなぁ。ガキ狙いで変な真似されてこっちの弱みを見せるわけにはいかない、コイツらを殺すまで悪いがしばらく放置だな）

　残りがリーダーだけになったところで、アブソリュートはダーク・ホールを解いた。魔法をなんとか凌いでいたギレウスのリーダーもさすがに満身創痍だった。

「なぜだ‼　俺たちは仲間になりたくて来ただけだ。殺し合いをしに来たわけではない！　敵対しているわけでもないのになぜ攻撃する⁈」

「……アーク家は人攫いなんて狡い悪行はやっていないし、そんなことやってる奴らはいらん。それにアーク家の縄張りに許可なく入ってきただけでも死に値する。ほら、死にたくなかったら抵抗してみせろ？」

　アブソリュートはオリオンを始末しようと剣を抜く。

「人攫いの何が悪い。スイロク王国は俺がガキの頃から人攫いが頻繁にあったし、俺の姉や友人だって攫われた。にもかかわらず人攫いを否定するのか！」

　ギレウスのリーダーであるオリオンはスイロク王国のスラムの出身だった。毎日がその日食事にありつけるかどうかに頭が一杯な日々だったが、そんな日々でも悪くない生活だった記憶がある。

オリオンは不思議と周りに人が集まるタイプでスラムでも同じ境遇の、年の近い子供たちがこぞって彼の周りに集まった。

年下に対して面倒見のいい姉貴分やいつも周りをウロチョロする弟分や妹分。金も家も何もなかったが皆がオリオンの周りを囲んで賑（にぎ）やかな日々を送っていた。

だが、オリオンたちが住んでいたのはスラムだ。スラムでは何が起きても自己責任だ。衛兵たちは来ないし、喧嘩（けんか）や人攫いも頻繁に行われていた。その魔の手はオリオンの周辺にも伸び始める。

初めに攫われたのは八歳くらいの妹分だった。オリオンのことを兄と慕う可愛らしい子だった。攫われたのを見たと仲間に言われて膝が崩れ落ち力が抜けていく感覚を今でも覚えている。ここはスラムであり人攫いも日常の範囲だと認識していたが、まさか自分の仲間がとは思わなかったのだ。

それからも頻繁に仲間が一人、また一人と減っていき、遂には目の前でもそれが行われようとしていた。攫われそうになったのはオリオンの姉貴分だった。

彼女は人攫い複数人に声や身動きが取れないように口や手足を縛られ運ばれていた。オリオンはなんとかして彼女を助けようと人攫いたちに立ち向かった。だが、大人と子供では力の差が大きくオリオンは人攫い数人に痛めつけられ敗北した。人攫いたちは笑いながらオリオンを痛ぶり動けなくなったオリオンを放置して娘をつれて行った。

（許さない。人攫いはこの国では当たり前だが俺の仲間に手を出すのは許さない。絶対にお前らも攫って売り飛ばしてやる）

スラム出身で学のないオリオンは法律を知らず人攫いが犯罪だと知らない。人攫いが当たり前の世界で育った彼は常識や価値観が歪(ゆが)んでしまい自らも人攫いに手を出してしまう。

オリオンはその後、残った仲間を集めてギレウスを結成した。目的は自分たちの仲間を売っていた組織への復讐だった。幸いにも仲間に恵まれすぐにギレウスは大きくなりすぐにスラムを取り込むことに成功する。

オリオンの仲間たちを売っていた組織は全員捕まえて奴隷商や貴族に売り飛ばしてやった。その組織を調べるうちに貴族が背景にいるのが分かり勿論その貴族にも復讐し領民や身内を売り飛ばしていく。そんなことを繰り返していくうちにギレウスはスイロク王国で一番の組織になっていた。オリオンにとって人攫いとは世界中で日常的に行われているものであり、復讐の手段であった。

オリオンは人攫いを行いながら今も攫われた仲間たちを無事でいると信じて探している。別の新興勢力の組織に負けるまで。

なんとかアブソリュートに一矢(いっし)報いたいオリオンだったが、二人の力の差は大きく開きすぎていてそれすらも叶(かな)わなかった。

アブソリュートの剣戟でオリオンは重傷を負い、壁に背を預けながらも近づこうとするアブソリュートに弱々しく剣を振って牽制する。

「ハァ、ハァ……。俺もここまでか……。いいよなぁ、あんたはその強力な力を使って好き放題できるわけだ。さぞ気持ちいいんだろうなぁ。俺らみたいな組織やそこいらの貴族相手にやりたい放題じゃねぇか。なのに……あんたなんでずっとそんな面してんだよ！　なんだよ！　その目は、顔は！　強者ならアイツらみたいに笑いながら痛ぶれよ。俺をそんな目でみるんじゃ……ごふっ?!」

グサリッ……

ギレウスのリーダー、オリオンはすべて言い終える前にアブソリュートによって胸を剣で突き刺され、力なく崩れ落ち力尽きた。

「血の匂い、剣を突き刺した感触、私は戦いのすべてが大嫌いなんだ。それを楽しんでやるような私はもう悪ではなく外道だ……。そんな奴らと一緒にするな」


その後、ダーク・ホールでギレウスたちの遺体を闇の中に引き摺り込んで遺体処理を行う。

すると戦いが終わったのを見て処理班のブラウザ家がアブソリュートの方に向かってくる。

顔は布を巻いて隠しているが恐らくミストだろう。

「……ミストか？」

「お疲れさまです。言われた通り覗き魔は放置していますよ。死体は……また自分で処理された感じっすね。あまりアブソリュート様自身でやらなくともブラウザ家でやりますよ？」

証拠の隠滅に遺体処理、目撃者対策はブラウザ家の仕事でありアブソリュートが任務を行う際、遺体処理はすべて自身でやってしまう。

アブソリュートは自らが殺めた者を自身の闇の中に葬ることで供養をしているつもりだが、ミストたちブラウザ家は自分たちの仕事を派閥のトップがやっていることに申し訳なさを感じていた。

「こんなもの誰がやっても同じだ。まぁ私がやった方が早いのは事実だがな。それにお前、死体処理嫌いだっただろ？」

ミストが初めて任務に同行した時、初めての遺体処理で固まってしまったことがある。初めてみる命の失われる瞬間、動かなくなった体、死への忌避感に怯えてしまったのだ。

アブソリュートはそんなミストの姿を見て自分の魔法で供養を始めた経緯がある。

「ははっ、いつの話をしているんすか。俺のことを思ってやっているならもうとっくの昔に慣れたんで大丈夫っすよ。貴方はもう、俺らの分まで背負わなくたっていい。そのために俺ら傘下の者一同は強くなったんすから」

ミストの言葉に若干目頭が熱くなる。

（たまに感動することを言うなぁ、私はお前が分からないよ。すぐ裏切りそうな感じしているくせにたまにこういうこと言うんだから。あぁ、ガキ共のこと忘れてた）

アブソリュートはギレウスたちが攫ってきた双子の姉妹の元による。二人は顔や体中に殴られた跡がありボロボロだった。

アブソリュートは回復魔法を使って治療するが全快とまではいかない。失った体力や精神面まで回復はしてくれないからだ。

「ブラウザ家はコイツらを連れて撤退しろ。この見た目に服装、貴族の可能性がある。後日、国王に引き渡す。全く面倒な事になったな」

「了解です。アブソリュート様は？」

「覗き野郎に見物料を貰いに行く」

アブソリュートが戦っていた場所を上から見下ろせる場所で男は殲滅を観戦していた。

顔の半分まで隠したローブに加えて仮面をつけた男だ。

「つぶれかけだがギレウスを一人で殲滅とは……思った通りアーク家は危険だ。あんなのを敵に回したら碌な死に方をしない。いくら目から飛び出るような金額だからってやはり断るべきだったな。全く僕の仕事は交渉だって言っているのに全員を他国に運べ、なんて依頼する奴間違えている。まぁ、アーク家との交渉はいくら積んでもやらないがな」

男は交渉屋と呼ばれており、裏で生きている者であれば知らない者はいない。

金と交渉次第でどんな物でも手に入れ、密国や密輸もお手の物。それでついた異名が交渉屋だ。

本人はその異名のせいで交渉次第で本業の交渉以外もやらされ、なんでも屋扱いされるのを嫌っているが名が売れるのは悪くないことだと思っている。

なぜなら、有名になるほど依頼は増え、金が増えるから。

金は交渉屋にとって命より大事な物だ。いくらあっても困らないし、愛や信頼も金次第だ。

「あのアーク家の力を見ることができただけでもよしとするか。この情報も高く売れそうだ」

交渉屋がスキルを使ってこの場を去ろうとすると、いきなり目の前に、人とは異なる異質な美しさを持つ異様に白い女性が現れた。

「これは……精霊？　しかもかなり高位の。なんでこんな所に？」

いきなり現れた精霊に気を取られていると背後から声が聞こえる。

「ほう……精霊を知っているか。そういえば、ブラックフェアリーのリーダーも精霊使いだったな。もしかして知り合いか？」

「あなたは……」

交渉屋の前に現れたのはさっきまでギレウスと戦っていた男だった。

背中に冷や汗が流れる。

「会うのは初めてだな、交渉屋。イメージでは中年の男かと思ったが声からして以外に若いな。さて、知っているとは思うが私はアブソリュート・アークだ。ギレウスの奴らを連れてきたのはお前だろう？　よくも私に不愉快な思いをさせてくれたな」

何かがのしかかるように重い圧力が交渉屋を襲う。さっきまでギレウスが圧力に屈した理由をその身で体験したのだった。

「――っ！」

自ら戦うことのない交渉屋ではこの圧力に耐えられなかった。膝をつき、乱れる呼吸を必死に整える。

「何を黙っている？　私を無視するとは、貴様なかなかいい度胸だな。殺すぞ？」

（無茶を言わないでくださいよ）

このままではマジで殺されると思った交渉屋は【転移】のスキルで逃げようと試みる。

だが【転移】のスキルを使った次の瞬間に、交渉屋は驚愕した。

まだアブソリュートの目の前にいる。理由は分からないが【転移】のスキルが効果を発動しなかったのだ。

（嘘?!　なんで、スキルが発動しない？）

「【転移】【転移】【転移】【転移】【転移】【転移】【転移】【転移】！」

交渉屋は何度もスキルを使おうと試みるが結果は同じだった。

交渉屋が、焦(あせ)っている様子を見てアブソリュートは満足そうな表情を浮かべている。

「貴様、私を前にして何も言わずに帰れると思っているのか？　さすがに無礼が過ぎるぞ」

「あ、ああ！」

　交渉屋は動揺が隠せなかった。彼がアブソリュートの前で冷静さを保っていられたのはいつでも転移で逃げられると思っていたからだ。

「お前のスキルを封じているのは転移阻害の魔道具だ。この魔道具は、かつて大陸最強と言われていた『空間の勇者』の転移による暗殺を防ぐためにライナナ国が技術を結集して作った特注品だ。まぁ、もう空間の勇者はいなくなったから、お前のために国王と取引して手に入れてきたわけだ。効果があるようで何よりだ」

（転移阻害の魔道具?!　そんなものを用意していたのか）

「なぜお前がギレウスと私の殺し合いをのんびり見物できたと思う？　逃げられると面倒だからあえて泳がせていたんだよ。お前には聞きたいことが山ほどあるからな。例えばお前がライナナ王立学園の野外演習に乗じて、強力な魔物を大量に放とうとしていることとかな」

　仮面の奥の顔が引きつる。

　今アブソリュートが口にした内容はその件に関わっている者しか知り得ないはずだ。

　それに奴は泳がしていたとも言っていた。そんなことがあり得るだろうか。

　ブラックフェアリーとギレウスの争いが起こったのは最近のことだ。それに奴らが負けて僕にライナナ国への亡命を依頼することまでよんでいたと？　一体どこまでの先見、もしくは情報力があれば可能なのか。いや、それができるからこそアーク家は闇組織の上位でいられるのか。

心臓の鼓動が速くなり、冷や汗が止まらない
自分が相対した相手の力量を測り誤った。

そしてこれから自分に起こることを悟ってしまった。

アーク家という巨大な闇組織を敵に回した自分に訪れる未来は死だということを。

「さてお前には……「あああああああああああああああああ！」」

アブソリュートが言い終える前に交渉屋は発狂しながら森の中へ逃げて行った。

冷静さを失い、プライドもかなぐり捨て悲鳴を上げながら逃走する。

目的地も何もなく、ただ先ほどまで目の前にいた死の象徴から逃げるために。

木枝に体を打ち付けようと、木の根に足がもつれかけてもただ前へ走ることだけを優先した。

「あああ、いいぐあああああぁあああぁぁぁ……」

悲鳴を出しすぎて声がかすれる。

呼吸は乱れ、過度の緊張で全身が重くうまく体が動いてくれない。それでも体に鞭を打つように駆け抜ける。

ふと後ろが気になり確認する。

もしかしたら諦めたのではないか。そんな甘い考えが脳裏を過る。

振り返ればあいつは追ってきていた。まるでこちらの速度に合わせるようにぴったりと離れない。確実に相手は遊んでいるのが分かる。だが、逃げないと確実に自分は殺される。ただ一

心不乱に自分のために走り続けた。

何キロ走っただろうか。

彼が走り続けた先は絶壁でその先の道がなかった。もう道がないとわかると逃げる気力を失ってしまいその場に座り込んでしまう。

「鬼ごっこは終わりか？」

アブソリュート・アークだ。息を切らした様子もなく彼はそこにいた。暴力のような圧力と殺気をこちらに向けていた。

いやだ、死にたくない死にたくない死にたくない死にたくない死にたくない死にたくない死にたくない死にたくない死にたくない死にたくない死にたくない死にたくない死にたくない死にたくない死にたくない。死にたくない。

頭の中が恐怖で埋め尽くされる。

お金より大切なものはないと思っていたが、死の間際(まぎわ)にして本当に大切なものを理解してしまった。己の命に勝るものはないと。

「グハッ！」

腹に蹴りを入れられ、意識が刈り取られる。

意識を手放す瞬間こう聞こえた。

「安心しろ。こう見えても拷問には自信がある。決して死にはしない」

むしろ不安しかないと内心で毒づきながら気を失った。

その後、交渉屋はアーク家に拉致（らち）されひたすら拷問を受け続けた。

陽の当たらない空間で何日も心と体を痛めつけられた。食事を抜かれ、睡眠も妨害され、それが心が折れるまで続いた。

もっとも奴隷契約を行えば取り調べはすんなり終わる話だったのだが、今回の拷問は交渉屋のせいでギレウスを殺したことの罪悪感を抱くようになったことへの憂さ晴らしと今後のことを考えて上下関係を分からせるために行われたのだ。

心が折れ、こちらに従順になったのを確認し、取り調べを行う。

交渉屋を取り調べて衝撃の事実が明らかになる。

「ほう、お前に大量に魔物を放つように依頼したのはライナナ教会か」

第4章

原作イベント『野外演習』

This man has the charisma of absolute evil and
will be the strongest conqueror.
"Yes, I am a scoundrel. The best in this country."

That is needed for
a villainous aristocrat

「ほう、お前に魔物を放つように依頼したのはライナナ教会か」

「はい、正確には仕入れと搬入を任されていました。依頼人は不明でしたが依頼のバックボーンを調べたらライナナ教会だと判明しました。僕が魔物を他国から交渉して手に入れ、転移を使って搬入した後、教会が強化して時が経ったらなんらかの手段で放つ予定らしいです」

(原作では交渉屋が主犯になっていたが、黒幕は教会だったのか。恐らく聖女のスキルを使って強化するか何かしらの手段で魔物を操るかだな。


ターゲットは恐らくアブソリュートである私。もしくは、アーク家派閥の者か。でも、クリスティーナも確か死んでいたし、まだ分からないな。とりあえず、アーク派閥の全滅と仮定して動くか)

魔物はもう教会の手にあり遠征まで時間もない。止めようにも発言力の低いアーク家では証拠も交渉屋の証言だけなので説得は不可能である。

聖女や教会への対策をアブソリュートは考える。


「交渉屋、現段階でこの計画はどこまで進んでいる?」

「僕の仕事は仕入れて指定の場所に転移で魔物を搬入するまでなのでそれ以上は分かりません。恐らくもう魔物を別の場所に移して強化していると思います。放つ時は恐らく教会側も転移に近い手段を持っていると思います」

(私やアーク家派閥の者たちに大量の強化された魔物が襲い掛かり、もしかしたら他家にも被害が出る。元々、交渉屋が捕まらなければ一人で魔物を殲滅(せんめつ)して最悪の場合、自分の派閥だけでも守るつもりだった。アーク家の力はまだ使えないし、実際に起こるかも分からなかったからな。証拠もコイツの証言だけでは弱いな。教会は無駄にセキュリティが高いから今から調べていたら間に合わない。やはり当日なんとかするしかないな）

アーク家はライナナ国の闇組織のトップであるがまだ当主でないアブソリュートはこの力を行使することができない。だから自分の力だけで切り抜けなければならない。

今回の件を仮に相談するにしても、アブソリュートは父や傘下の者たちを信頼はしているが信用はしていない。父は国王と近すぎる、傘下の者たちは一部原作でアブソリュートを裏切っているためまだ信用できないのだ。国王なんていつでもアーク家を切ることのできる立場であり、敵であるミカエルに甘いのでもっとも信用できない。

交渉屋を突き出せば父のヴィランを説得できるかもしれないが、その場合交渉屋は死ぬだろう。アブソリュートの目標は仮に国や勇者と戦う事になった場合でも勝利し生き残ることだ。そして原作アブソリュートや今の自分の矜持を守ること。交渉屋のスキルはレアだから今後必ずアブソリュートの役に立つ。

なんとしても手に入れておきたかった。

「元はと言えばお前が蒔いた種だ。最後まで付き合ってもらうぞ。交渉屋」

（交渉屋が手元にいればアーク派閥を守ることも教会に嫌がらせもできる。勇者の時の借りを返さないとな……聖女エリザ）

教会の悪意と戦うためにアブソリュートは動きだした。

✿

ギレウスの討伐から数日が経ち、アブソリュートはいつも通り学園で授業を受ける。

朝のHRでは担任のティーチから野外演習についての詳細が聞かされる。

「来週一年生は野外演習を行う。君たちにはクラス内でグループを組んで、ライナナ国南部に位置する魔物の生息する森で魔物を狩ってもらう。期限は三日間。成績は狩ってきた魔物がドロップした魔石のランクや数で決める。狩る魔物の数が少なかったり、生徒同士の争いは当然減点だが、だからと言って無理はするな。全員しっかりと準備をしておけ。一応はいないとは思うが、準備が間に合わずに丸腰で当日を迎えるなんてことにならないように」

ライナナ王立学園の授業の一環として行われる野外演習。クラス内でグループを組み三日間魔物の生息する森で魔物の討伐を行う。

討伐した魔物の魔石の数やランクによって成績が決まる授業だが原作でこの野外演習は犠牲者が大勢でるイベントになっている。その原因として異常な数の魔物に想定以上の強さが上げられる。戦闘経験を積むための演習でいきなりの非常事態に対処できる生徒は少なく、多くの生徒の命が失われた。かなり危険のあるイベントである。

ティーチからの説明が終わると次はグループの発表に入る。グループ分けは基本的に同じ派閥同士で組まれる。

他派閥に手の内をなるべく見せたくない生徒への配慮として人数差はあれど同じ派閥でグループが作られるようになっている。

「グループ発表に入る前に、一つ確定事項がある。

ミカエル殿下はトリスタン・カコと、レオーネ王女はアブソリュート・アークと組むことが確定事項だ」

レオーネ王女から質疑の手があがる。

「あの……ティーチ先生、その理由を教えていただけますか？」

「レオーネ王女、貴女に万一の事があればライナナ国としても問題がありますし、だからといって王族だけこの授業を受けさせないという判断は会議では上がりませんでした。

なので、このクラスでもっとも実力がある二人に王族についてもらう形で協議しました。これもレオーネ王女を守るためです。納得していただけますか？」

「……分かりました。立場を考えずに我が儘を言ってしまい申し訳ありません」

レオーネ王女はひとまず納得してその場は引いた。

その後、派閥ごとにグループ発表がスムーズに進む。
①ミカエル、トリスタンを含む王派閥グループ

②聖女をリーダーとした教会グループ

③アリシアを中心とした女子グループ

④クリスティーナをリーダーとした貴族派閥グループ

⑤アーク派閥とレオーネ王女グループ

派閥同士の者たちで固まるため、この五つのグループに決まった。

発表が終わった後、グループごとに分かれて話し合いの時間が設けられる。

アブソリュートはレディ、オリアナ、ミストのAクラスにいるアーク派閥にレオーネ王女を交えてグループ作成について協議をする。

「さて、話すのは初めてだなレオーネ王女。アブソリュート・アークだ。そしてコイツらがウチの派閥のメンバーのレディとオリアナ、ミストだ。戦闘面に関しては心配はいらない」

「レディ・クルエルです。同じグループになれて光栄ですわ、レオーネ王女様。微力ながら頑張らせてもらいますわ」

愛想よく挨拶をするレディ。

学年でも一、二を争う顔面偏差値を誇る彼女の笑顔は、たとえ愛想笑いでも心に来るものがあった。

アーク派閥の中でもコミュ力が高い彼女は安心して見てられる。彼女にならこの演習の間王女を任せても問題ないだろう。

「……オリアナ・フェスタです。レディに右に同じです」

挨拶する気のない挨拶をするオリアナ。

だが悪気があるわけではないのは知っている。

彼女は根っからのコミュ障なので話したことのない王女に萎縮したのだろう。

王女も特に気にしてないようだから問題ないだろう。

「どうもミスト・ブラウザです。二人と全く同じ気持ちです。よろしくお願いします」

軽い挨拶で済まそうとするミスト。

こいつはよくわからん。

恐らく挨拶の内容に困って前のオリアナがいけたから自分もいけるんじゃね？　とかおもっていそう。

「……いや、二人とも挨拶くらいちゃんと考えなさいよ」

やる気のない自己紹介にツッコミをいれるレディ。

「あはは、皆さん仲がいいのですね」

そしてそんなやりとりを笑って見守るレオーネ王女。

かなり人柄はいいように感じる。

「皆さまよろしくお願いします。レオーネ・スイロクです。魔法は得意ではありませんが剣なら自信があります。共に頑張りましょうね」

(さすが王族だな。挨拶だけでも品を感じさせてくれる。ウチの王族も見習ってほしいものだ)

「さて、挨拶も済んだところでレオーネ王女よ」

「っ?! な、なんでしょう?」

アブソリュートに声をかけられ、わずかに怯える王女。

(王女の仮面が剝がれるくらい怖がられているとはなぁ。怖がられているのは慣れてるけど毎回しっかり心抉ってくれるな)

原作でもたまに気が弱そうな描写があったのは知っている。それがアブソリュートを目の前にして顕著に出はじめたのだろう。

アブソリュートは気にしないようにして話を進める。

「悪いがお前の身を預かる上で約束してもらうことがある。

一つは私の指示に従うこと。

二つ目は決して一人にならないことだ。

三つ目は貴女の側に置く侍女にウチの侍女も置かせてもらう。いざという時盾になるし、かなり腕もたつ。

悪いがこれを守らないのなら私のグループからは外れてもらう。私たちもお前のせいで変な責任を負いたくないのでな」

（魔物の対処に王女の世話……。これは面倒臭いことになったな。原作でレオーネ王女は勇者のグループに入っていたが恐らく勇者がいないから消去法で私の所になったんだろうな）

レオーネ王女は何か言いたげな顔をしているがアブソリュートのことが怖いのか目を合わせずに答える。

「ア、アークさんのグループにお邪魔させてもらう形になるので勿論その三つの条件を呑みます。……ですが、国の方針で侍女は必ず付けるように言われていますのでそこはご留意いただけますか？」

「構わない」

（とりあえず、マリアをこの班に入れることには成功だな。王族の世話のためなら侍女が二人いても怪しまれないだろう。マリアを入れておけば最悪私がいなくても生き残れる。Ｂクラスのクリスたちのことも見なくてはならないし、戦力はいくらいてもいい）

「それでアブソリュート様。この演習の方針はどうなさいますか？　ぶっちぎりでトップを狙いますか！　このレディ、アブソリュート様のためなら命を懸けて大物を狩って参りますわ。勿論オリアナも！」

レディの後ろでぎょっとした顔を見せるオリアナ。

自分が頭数に入れられるのが解せないようだ。

「……アブソリュート様がどうしてもって言うなら………狩ってきます。今までありがとうございました」

体張る気満々のレディに死ぬ気満々のオリアナ。

アブソリュートの目の前でノーとは言えないのだろう。

「そうか、だが今回はそこまで頑張る気はない。理由として演習は三日間もある。だから初めは体力を温存していくことにする。レオーネ王女やレディも野外での長期訓練はしていないだろう？　まずは環境に慣れることに時間を割こう。魔物は二の次だ」

（どうせ、演習中は教会の放った魔物と嫌というほど戦うことになる。レディたちも念のために休ませながらいくことにしよう）

「……アブソリュート様、私のことを考えてくださるなんて……。アブソリュート様のお心遣い痛み入りますわ。早く環境に慣れるよう善処いたしますわ」

「アークさん。すみません、早速足を引っ張ったみたいで……。私もやれることは精一杯やらせてもらいます」

アブソリュートが、二人のためを思っての方針と勘違いして、気合いを入れ直すレディとレオーネ王女。

「少々よろしいかしら？」

ふと後ろから聞きたくない声が聞こえてきた。

思わず顔を顰(しか)めてしまう。

「ご機嫌よう、アブソリュート君。早速ですが私たちのグループと組みませんか？」

声をかけてきたのはクリスティーナだった。いつもの勝ち気な佇まいでこちらを見つめている。

「どうでしょう？　私とアブソリュート君が組めばこの演習トップも間違いないと思いますが？」

「またお前か……。私のグループは誰とも組む気はない。それにお前はミカエルの婚約者だろう？　ミカエルとでも組んでろ」

（ほらミカエルを見てみろよ。凄い顔でこっちをみてるぞ。）

「ち・が・い・ま・す‼　候補です、候補。勘違いしないでください。まぁ、アブソリュート君にも事情があるだろうし組んでくれるとは思ってませんでしたが。それなら勝負しませんか？　魔物を狩った数とかで競いません？」

クリスティーナは何かにつけてアブソリュートと競い合おうとしている。アブソリュートも何度も誘われ続けうんざりしていた。

「……気が向いたらな」

「アブソリュート君はそればかり言って相手にしてくれませんね。ブラウザを盾にしてやり過ごしたり私悲しいですわ。ヨヨヨっ」

クリスティーナがわざとらしく嘘泣きをかます。その様子をどこか寂しげに見つめるアブソリュート。

（……クリスティーナと話すのもこれで最後になるのかもしれないな。正直コイツの魔法の腕はかなり強いしグループで動くなら危険はないと思うがなぜ原作では命を落としたんだ？　コイツと組んだら命を救えるか？　いや、その場合クリスティーナのグループにも魔物が襲い掛かる。

……考えるのはやめよう。クリスティーナには悪いが優先するべきは教会の放った魔物の討伐だ。これを放っておくのがもっとも不味い。高い確率で私や傘下の者たちに襲い掛かってくるはずだ。優先順位を間違えるな。

私は悪だ、正義の味方ではない。全員を救うことはできないんだ）

アブソリュートはクリスティーナのことは好きではないが死んでほしいとまでは思っていない。

もし目の前でクリスティーナが危なくなったら恐らくだが助けるだろう。だが、どういった理由で死ぬか分からないクリスティーナを気にかける余裕はなかった。

「クリスティーナ・ゼン」

アブソリュートは彼女の名を呼ぶ。

名を呼ばれたクリスティーナはアブソリュートを見つめる。どこか期待のこもった眼差(まなざ)しだった。

クリスティーナの無邪気な目を見てアブソリュートの罪悪感が増す。

「………悪いな」

アブソリュートの口から謝罪の言葉が漏れる。これから死にゆくかもしれない彼女を救えない故にでた言葉だが、それを彼女は理解していない。

「…………？　どうしたのですか、貴方らしくもない」

「悪いな、私は忙しい身だ。遊ぶ相手が欲しいなら、ミストを貸してやる」

　先ほどの謝罪を誤魔化すように話を変える。

（らしくないことを言ってしまった。もしかしたら私が魔物を全滅できたらクリスティーナも助かるかもしれないではないか。まだ死ぬと決まったわけではない。一人で悲観的になるのは止めにしよう）

　またか……とでも言いたそうな顔をしているミスト。

「アブソリュート様…………マジで勘弁してください。俺この前クリスティーナさんに服二着も燃やされたんすよ」

　切実に訴えてくるミスト。

（一着目が燃えた時点でやめてあげればいいのに……。恐らく二着目はわざと燃やしたな）

「ごめんなさい、ブラウザ。私はアブソリュート君と勝負したいの。強くなって出直してきてね」

「俺が振られたみたいな言い方止めてくれません！」

　その後特に話の進展はなく会議は終わった。後は本番を迎えるのみである。

屋敷に戻ると交渉屋はマリアやウルにこき使われていた。命を奪わないかわりに今後アブソリュートの足として仕える契約だ。もちろんアーク家に敵対や転移を使って逃げ出さないように契約魔法を使って行動や言動を縛り、必ずアブソリュートの元に戻るようになっている。

ちなみに交渉屋は今、ウルと共に屋敷の庭の草の掃除をしている。交渉屋は他国での活動がメインだったためにアーク家には顔バレしていない。それを有効活用して、新しい奴隷兼使用人として屋敷に置くことにしたのだ。

「新入り、雑に掃除をするな!! よく聞くの、人生頑張って必ず結果が出るものと言ったら掃除だけよ! だから掃除だけはしっかりとやりなさい」

ウルのことを知っている身としては非常に重みのある言葉だ。

ウルの屋敷での仕事は掃除だけだ。昔は皆辛抱強く他の仕事を教えたものだが人間どうしても向いていないこともある。料理に洗濯等どうしても不器用な彼女にはできなかったのだ。だが掃除は違った。言い方はあれだが誰でもできるし、やればやるほど結果は目に見える。

先ほどの言葉は彼女がアーク家にきて学んだ教訓でもあるのだ。故に彼女は掃除にだけはうるさいのだ。

「分かりましたけど、ウルさんそんな悲しいこと言わないでください。まだ若いんだから」

ウルの説法を聞いているとウルがアブソリュートに気づきアブソリュートの側まで近づく。

「おかえりなさいご主人様、この男なかなか便利なの。屋敷と学園を転移で往復できるし、仕事も覚えが早いです」

ウルは自分に後輩ができたことが嬉しいのか交渉屋に積極的に仕事を教えていた。

「ウルよ。この男をしばらく借りるぞ？」

アブソリュートと交渉屋は防音対策のされている部屋に入る。以前ウルの聴覚をみくびり情報を抜かれたために作られた部屋だ。部屋自体に魔法がかかっており音が漏れ出さないようになっている。

「アークさん僕の待遇なんとかなりませんか？　僕の本職は使用人じゃなくて交渉屋なんですけど。一日中掃除は勘弁してくれませんか。腰がやばいんですよ」

切実に訴える交渉屋。

以前とは違い仮面をしていない。その素顔は意外にも可愛い系の童顔男子であった。年齢は二十代後半らしいが同い年といわれても驚きはしないだろう。

そんな男からの切実な嘆願を一蹴する。

「ならんな。お前は金次第でなんでもやってきたんだろ？　なら文句を言わず従え。悪が仕事を選べると思うなよ。それよりこれから仕入れに行くから早く転移しろ」

「本気でやるんですね……貴方は悪魔です」

「勘違いするな。私は悪だ、だから敵は容赦なくつぶす。いくぞ」

アブソリュートは演習の準備のため、交渉屋を連れて転移で屋敷を離れた。

来週波乱の野外演習が始まる。

ライナナ王国南部エレエメ領。

ここはライナナ国の中でも魔物が最も多く生息する魔境となっている。

学園を出発してから、エレエメ領まで揺られ続けること約半日。

ようやく目的地の森の前に到着し、次々と生徒たちを乗せた馬車が停まっていく。

「着いたか……意外と早かったな」

公爵家用の馬車は居心地が良かったので時間が過ぎるのを早く感じる。だが、表情はいつもより険しく見え周りの生徒も萎縮してしまっている。

「ご主人様、怖い顔をしていますよ」

「生まれつきだ放っておけ」

同じ馬車に乗っていたマリアに指摘され緊張していることに気づき少し肩の力を抜く。

（ついに来たか。命が懸かっている場面は何度体験しても慣れないな）

「全員、中央に集合！」

　引率の教師の号令で生徒たちが集まる。

「事前に説明したように、これから君たちにはこの魔物の生息する森で魔物を狩ってもらう。期限は三日間だ。途中、怪我などで演習の続行が不可能だと判断した場合には空に魔法で合図を出せ。私たち教師はここの本部にて待機しているからいつでも駆けつける。

　それと大物を倒したグループには特別に成績を上げることを約束しよう。だが、功を焦って無茶をすることだけはするな。あくまで今回の目的は森の中での実戦と魔物の討伐だからな。質問がないなら演習を開始する。

　森に入るルートはトラブルにならないよう教師陣であらかじめ決めておいた。それぞれのグループに割り振られたルートで進むように。以上、演習始め！」

　教師が号令を出すと、生徒たちはそれぞれ自分の班の元へと向かうために散っていった。

「アブソリュート様、お待たせしました」

　教師からの説明が終わり、他の班と同じようにアブソリュートも班のメンバーが集まるのを待っていると、Ｂクラスのアーク派閥のクリスがこちらに来る。

「いいや、直前に悪いなクリスよ。お前らはどこのルートで森の中に入る？」

　アブソリュートは魔物の襲来に備えてすぐに動けるように身内の位置を把握しておきたかっ

た。ルートによっては進行速度を上げねばならないし重要な事だ。

「僕らはＦルートですね」

「Ｆか。私らはＤだからそこまで遠くはないか」

　およそ数キロほどしか離れていない事に安堵(あんど)するが逆に考えればまとめて襲われる可能性があるということだ。油断は許されない。

「クリス、念のために言っておくが異変を感じたらすぐに魔法を空に上げろ。私が瞬時に其方(そちら)に向かう」

「ありがとうございます。では行ってきますね」

　離れていくクリスにアブソリュートは気づかれないように精霊のトアを付けておく。これでクリスたちの位置や危なくなったらトアの力を使ってアブソリュートがくるまで耐えられる。

「アブソリュート様、俺らも準備できましたよ。」

「あぁ、分かった。レディ、何かあればお前が空に魔法を上げて異変を伝えろ。私とお前以外魔法は得意ではないからな。マリアはレオーネ王女から離れるな。ミストとオリアナは先頭だ。行くぞ」

　アブソリュートたちは森の中に足を踏み入れたのだった。

ライナナ国物語の世界の魔物は大きく分けると二種類に分かれる。

それは人型と異形型だ。人型の魔物は姿や大きさが人間に近いほど危険度が上がる。それはオーガやドラゴンニュートなど、人型に近い魔物ほど知能が高くなるからだ。知能が高くなるにつれ人型は力を求めて人間だけでなく魔物も襲うようになる。魔物が強くなるには戦って喰らうことが効率的だと理解するからだ。

逆にそれ以外の異形型の魔物はサイズが大きいほど危険度が上がる。知能は人型と比べて劣るが純粋にサイズが大きいほどパワーがあるので危険だからだ。加えて本能によって動き群れを形成し数も多いためこっちも厄介である。

アブソリュートたちの入った森に危険度の高い魔物はあらかじめ討伐されている。だが、弱い魔物でも人間には害になる存在だ。

この野外演習には身をもってそれを体験することも目的の一つなのである。

教師たちによってＤルートを進んでいたアブソリュートたちは何度も魔物に遭遇し戦闘を繰り返し、現在は二十匹ほどのゴブリンの群れと戦闘をしている。

「レディ、魔物そっち行ったぞ！」

自慢のナイフ捌きで魔物を一突きで仕留めるミスト。

「了解ミスト！　アイスランス！」

遠距離攻撃で魔物を狙い打つレディ。

「……こっちも終わった」

格闘術を駆使して堅実に魔物を仕留め近距離が苦手なレディの護衛もこなすオリアナ。

「私も終わりました。まだ入って間もないのに随分と魔物が多いですね」

圧倒的な剣捌きで一番の討伐数を記録したレオーネ王女。

正直気の弱い彼女を戦闘に参加させて大丈夫かとも思ったがそれは杞憂だった。

王女とは思えないほどの洗練された太刀は達人のそれであった。

森に入ってアブソリュート・グループは魔物の多さに戸惑いながらも順調に討伐を進めていた。

アブソリュートを除いては。

（さすがにこのレベルだと何匹いても楽勝っぽいな。それにしても教会の連中はさすがにまだ魔物は放っていないか。私なら夜に放って油断しているところを狙う。それまで大丈夫かな？しかし、正直レオーネ王女のことは心配していたけど結構強いな。レベルじゃなく技術や練度が高い感じがする。恐らく幼い頃から真面目に訓練を積んできたのだろうな。……暇だな。闘おうとしたらミストたちに経験積みたいから後ろでゆっくりしとけって言うからずっと見てるけど、ここまで何もしなかったら正直申し訳なく感じてきたわ。魔物退治は人殺しほど良心は傷まないけど、ゴキブリを殺した時のような忌避感を抱くから初めは正直ありがたい申し出だったけどここまで空気だとは。レオーネ王女も何か言いたげな顔してるし)

ミストたちに言われ後ろで待機していたアブソリュートだったが戦場を共にし、よい関係性を築いている仲間たちを見て疎外感を覚え、非常に居心地が悪い。

「アークさんも次からどうですか？　見ているだけでは退屈でしょう？」

(心なしかお前も戦えと言われているように感じるのは気のせいではないよな。側から見たら傘下の者にだけ戦わせている嫌な奴だもんなぁ)

「そうだな次からは私も……「いやいや、この程度の魔物は私たちだけで充分ですわアブソリュート様。暫くは私たちに花を持たせてください」」

「そうっすよ。アブソリュート様がやったらすぐ終わるから演習にならないし、俺らに任してください」

(コイツら血に飢えてるのか？　ウチの奴らはいつからこんなに好戦的になったのやら)

「そうか。だがお前ら疲れてないか？　次魔物が出たら変わるぞ？」

「大丈夫ですよ？　アブソリュート様はどっしり構えててくださいまし。雑魚くらい私たちが相手しますわ。あっ、のど渇いてませんか？　レディ水飲みます？」

アブソリュートが気を遣ったと思ったのか逆に気を遣われてしまった。

レディ水を貰い一息つく。常温で出してくれる気遣いが嬉しい。

「あっ、王女様もよかったらどうぞ」

「ありがとうございます。……あら？　この水とてもおいしいですね。自然の中で何度もろ過され不純物を取り除いたようなスッキリとした味わい。これってどこの水ですか？」

「レディ水ですわ」

「レディ水？」

「ええ、私から（水魔法で）出た水なのでレディ水です」

レオーネ王女の顔が青くなる。

他人から出た水と言えば、あれしか思いつかないからだ。

（レディの奴、わざと言葉足らずに喋（しゃべ）っているな。見た目は可愛いのに下ネタもいけるとかモテるわけだ）

恐らく狙ってやっているであろうやり取りに既視感を覚える同派閥の面々。

ツッコミを入れる準備をしていた。

「私が……？　出した？　もしかしてこの水って、おしっ「いわせないぞ？」」


その後、レオーネ王女の誤解を解き、全員で一息つく。

休憩したのち、アブソリュート・グループはそのまま進み戦闘を繰り返していった。だがあまりにも魔物が多いので本当はもう少し森の奥に行く予定だったが一日目はあまり進めずに終わる事になる。

森に入ってから数時間が経過し、空も暗くなってきたのでこれ以上の探索は危ないと判断して明るいうちに見つけておいたキャンプ予定地でアブソリュートたちはキャンプの準備を始めた。

レディとオリアナは薪や水の補給。

マリアは辺りを警戒
レオーネやメイドで天幕の設置
アブソリュートの魔法で辺りの木々を薙ぎ倒してスペースを確保
ミストにはブラウザ家の固有魔法【結界】を使用して、魔物避けの結界を張ってもらっている。

「……！　……！　……！」

天幕を張り終えた後、精霊のトアから緊急信号が送られてきた。この信号はクリスたちに向かって大量の魔物の襲来を意味していた。

少し遅れてクリスたちのいる方向から空に魔法が上がる。

(ようやく動いたか。私たちの方にはまだ来ていないし、ミストの結界があれば十五分は稼げるはずだ。距離はそんなに離れていないし全力で行けば間に合うな)

「ミスト、私は一五分ほど席を外す。それと結界を厳重に張っておけ。何かあれば予定通りレディに魔法を空に上げさせろ！」

「えっ？　アブソリュート様！」

それだけ言い残してアブソリュートは一瞬でその場から姿を消した。

その場に取り残されるミストと天幕を張っていたメイドやレオーネ王女。


「行っちゃいましたか、仕方ない人っすね……」

そう言いながら苦笑いを浮かべるミスト。

アブソリュートとの付き合いも長い彼にしてみればこういう状況はよくあることだった。

（アブソリュート様は魔法の上がった方に向かっていったな。このタイミングでグループを離れるなら恐らく救援に行ったのだろう。アブソリュート様が行かなければならないほどならかなり危険な状況だと理解できるし、なんの躊躇いもなく動いたのだからアブソリュート様は恐らく何かしら異変の情報を摑んでいた？）

ミストたちはアブソリュートからは何も知らされていない。無用な混乱を招かないためか、それとも自分たちが信頼されていないからなのかは分からない。

長い付き合いの自分らに相談してくれなかったことに一抹の寂しさを感じる。

「あのブラウザさん。少しいいですか？」

仕事を終えたレオーネ王女がミストに声をかける。

「なんすか？　王女様」

「アークさんの事なんですが、貴方たちはどう思っているんですか？」

「ん？　どういう意味合いですかね？」

「正直私はあまり彼にいい感情を持っていません。

　勇者を倒すほどの実力、それは認めています。ですが先ほどまで彼は自分で戦わず貴方たちに戦わせてましたよね？　正直言って失望しました。あの力がありながら貴方たちを盾にして踏ん反り返っている彼に！」

「……」

　ミストは何も言わずにレオーネ王女の話を最後まで聞いている。

「もし彼によって苦しめられているなら私が力になります。今日一緒に戦ってみて貴方たちは悪い人ではないと思いました。他国ではありますが、私は王女です。貴方たちを救う助けができるかもしれません」

　レオーネ王女なりにミストたちを慮(おもんぱか)っての言葉なのだろう。

　ミストたちを助けても彼女にメリットはないのだから。

　話を聞き終えようやく口を開くミスト。

「えっと、王女様？　その話はレディやオリアナにもするつもりですかね？」

「ええ、貴方の意見を聞いてみてから聞こうと思っています」

「んー…。それは止めといた方がいいすよ？　アーク家派閥の女子組は皆アブソリュート様にぞっこんですから、悪口言ったら暴れちゃうかもしれません」

ミストの予想は当たっている。もしレオーネ王女がミストではなくレディに先ほどの話をしていたとしたら修羅場になるのは確定だろう。

「分かりませんね。あんな扱いを受けてどこをしたっているのやら。それでブラウザさん質問に答えてもらっても？」

「んー……」

どう答えたものか頭を悩ませる。

アブソリュートをどう思っているか。単純なようで難しい質問に感じる。

レオーネ王女はアブソリュートの【絶対悪】のスキルも重なって悪い印象しか持っていない。ミストは今更彼女のアブソリュートへの誤解を簡単に解けるとは思っていない。

ミストはあまり口がうまい方ではないので素直な気持ちを語ろうとする。

「……英雄ですかね？」

「英雄？」

「いや、なんでもないっす。アーク派閥は皆アブソリュート様のことは好きっすよ。勿論俺も含めて。戦闘だって俺たちが進んで引き受けたことですし」

勿論これは本心だった。

子供の頃ならまだしもこの年になってアブソリュートのことを悪く言うものは派閥内にはいない。

「なぜ庇（かば）うんですか？　もしかしたら現状の待遇が少なからず改善するかもしれませんよ？」

「嘘かと思うかもしれませんけど、一応本心っす。レオーネ王女、アブソリュート様は戦いが嫌いなんですよ」

「はぁ？」

レオーネ王女にとっては寝耳に水な話だった。

冗談のような事を言われたので理解が追いつかない。

「えっ？　いや何を言うかと思えば嘘ですよね？　勇者を倒すほどの力を持っていて戦いが嫌いなんて」

嘘だといわれても仕方ないだろう。

誰があの悪名高いアーク家の跡取りが戦いが嫌いだと思うだろうか。

レオーネ王女の疑問にミストは苦笑いしながら答える。

「別に力を持っていても戦いが嫌いな人はいるでしょう。アブソリュート様は正にそういうタイプの人です。身内や家のために仕方なく力を使っているんです。まぁ、本人は認めないだろうし俺の臆測ですけどね」

「少し自分の話をしますね。俺らアーク派閥は皆この国ではグレーな仕事をしている貴族です。この国はそういう仕事に対して風当たりが厳しいんで貴族の間で俺らは嫌われてるんすよ。初めて王都のパーティーに行った時なんて高位貴族の子息たちがお前らは汚らわしいって言って俺らを囲ってリンチっすよ。酷いもんでしたよ……」

「同じ国にいる貴族なのに……酷い話ですね」

レオーネ王女は同情し顔に悲しみを滲ませる。

(真面目で善良な人っぽいすね。まぁ人としては好ましいと思いますけど)

「この国だとそんなもんですよ。んで、そんな俺らを助けてくれたのがアブソリュート様っす。俺らも最初は怖くて正直アブソリュート様のことは苦手でした。同い年なのに威圧感凄くて怖いし、嫌な感じがするしで誰も近寄りませんでした」

罪を告白するように話すミスト。

今でも彼はアブソリュートを遠巻きにしていたことを後悔しているのかもしれない。

「でも──アブソリュート様は俺らを大勢の貴族の子息たちから守ってくれました。アブソリュート様を孤立させていた俺たちをですよ。『今後は私の側を離れるな』とまで言ってくれて、こんな俺らのために今でも自分を盾にして守ってくれてんすよアブソリュート様は……」

「……貴方たちがアークさんを慕っているのは分かりました。それでも貴方たちに戦わせるのは間違っていると思います。仮に貴方が言うように戦いが嫌いだとしてもです」

ミストは困った顔をして頬をかき話を続けた。

「さっきの話の続きなんすけどね、アブソリュート様が俺らを守ってくれた時から結構交流が増えたんすよ。俺もそっから家の事情でアブソリュート様の側にいる事が増えて、それであの人を近くでずっと見てきました。いっつも眉間に皺寄せて、嫌そうな顔で周りのために戦うアブソリュート様の姿を。戦う時だけなんですよ……あの人があんなに感情を表にだすのは。だから、皆で話し合ってせめて俺らで代われる範囲の戦いは俺らでやるように決めたんすよ。アブソリュート様が少しでも嫌な思いしないように」

ミストはアブソリュートのことを誰よりも見てきた。

怖くて無愛想でよく面倒なことにはミストを身代わりにするが、それでも……優しいのだ。

そんなアブソリュートがミストは好きなのである。

「……なぜ私にそこまで話してくれたのですか？」

「こんなこと言うとアブソリュート様に怒られるかもしれませんけど、あんなに優しい人が嫌われたままでいるのが俺は悔しいんです。俺はアブソリュート様には幸せになってもらいたいんですよ。それだけです」

「……本当に慕っているんですね。正直意外でした。ブラウザさんは意外と忠臣なんですね」

レオーネ王女が一番最初にミストに声をかけたのは彼が忠誠とは程遠い見た目や振る舞いをしていたのが大きい。

にもかかわらず意外な忠誠心を持つミストに対して評価を大幅に変えるのだった。

「よく裏切りそうって言われますよ。でもアブソリュート様は人を中身で判断する人なんで見た目で判断せずに接してくれます」

「確かに先ほどの私のように人を先入観だけで判断するのはいけませんね。アークさんが帰ってきたらもっとお話してみようと思います。すみません、貴方の主人を悪く言うようなことをしてしまって」

「そうしてくだ……」

ズドォォォォォォォオオオオン！

ミストたちの近くで謎の音が響く。

まるで重量のあるものが空から降ってきたような音だった。

「こ、これはなんの音です！」

レオーネ王女が、狼狽(ろうばい)していると木の向こうから人影がこちらに向かってくる。

「ハァハァ……、ミスト！　結界が破られた！　ヤバイ魔物がこっちに向かって来てる！」

慌てて戻ってきたのはいつものマイペースな口調とは変わり、焦りを感じさせるオリアナと気を失いオリアナに担がれているレディの二人だった。

演習の数日前

ライナナ教会王都大聖堂の最奥の部屋、この部屋に入れる者は教会の中でもごく一部のみであり主に盗聴に気を配る必要のある話をする時に使われる。

現在この部屋にいる者は三人

ネムリア枢機卿
一見温厚そうな老人に見えるが過激な思想の持ち主である。信仰対象である初代聖女マイハを狂信しており、その思想を元に悪に対して非道な裁きを下している。
ライナナ教会において聖女エリザに次いでの地位にいるが実質的な実務は彼が行っている。

聖女エリザ
ライナナ教会のトップの地位である聖女。自身のスキルである『再生』を使い多くの人々を救ってきた。

ミカエル・ライナナ
ライナナ国の王子であるが王位継承権と王太子の座をアブソリュートに手を出したことにより剝奪されている。

ライナナ教会の上位の地位にいる二人に加えて王族であるミカエル・ライナナの三人で行われる。
三人が席につき初めに口を開いたのはネムリア枢機卿だった。
「まずは、アーク派閥の討伐への協力を受けてくださり有り難うございます。ミカエル様」
ミカエルへ向け、頭を下げて感謝を述べるネムリア枢機卿。

ライナナ教会は学園行事の演習中に事故に見せかけて、アーク派閥の者やあわよくばアブソリュートの殺害を狙っている。だが、ライナナ教会だけでは学園への根回しやアーク派閥の情報を用意するのは不可能だった。故にアブソリュートに恨みを持つ王族ミカエル・ライナナに協力を要請したのである。

「礼などいらないさネムリア、俺と貴方の仲だ。幼い頃俺に教師として様々なことを教えてくれた恩もある。素直に頼ってくれたことが嬉しいよ。とはいっても、王太子の座から離された身としては学園への根回しに、アブソリュートへの妨害やアーク派閥の情報提供くらいしかできないけどね。打ち合わせ通りアブソリュートのグループにはレオーネ王女を入れ、進行ルートもあらかじめこちらで決めておいた」

ミカエルは、幼少の頃まだ当時大司教だったネムリアに教えを受けていた。ミカエル自身はライナナ教会を知るにつれてどこか狂気のような危うさを感じ、最近は疎遠になっていたがネムリア自身のことは嫌いではなかった。

「充分ですよ。契約通りこの件が終わり次第、ミカエル様の王太子復権への協力を改めて誓います」

「ありがとうネムリア」

ミカエルは笑みを浮かべる。アブソリュートへの復讐（ふくしゅう）に王太子への復帰の二つがミカエルの目的であり、そのためにこの協力の要請を受けたのだ。

「私たちライナナ教会には善人こそが、女神に選ばれた存在であるという概念があります。悪人であるアーク派閥の討伐は、よりよい世界を作るために必ず必要な事なのです。加えてアブソリュート・アーク……彼の力は危険すぎます。現時点で勇者を超える力を持つ悪を野放しにしておくと将来取り返しがつかなくなる。その前に彼の力を削ぐ必要があるのです」

「アブソリュート・アークについては同感だ。アイツは将来ライナナ国の潜在的な脅威になる。早いうちに手を打てるならそれに越したことはない」

ライナナ教会は数百年前に勇者と共に世界を救った初代聖女マイハを神として信仰している一神教、一人の神を信仰の対象としている宗教である。

かつての初代聖女のように人々の間に善を普及させ、悪をなくすことをライナナ教会は目的としている。

だが、ライナナ教会の怖いところは全部自分たちの思うようにしたいという部分である。善と悪に明確な判断基準を持ち、悪人を殺したとしてもその魂を救済するためにやったと言うのだ。

ネムリア枢機卿が言っていることも決して人を殺す事の罪悪感はなく、彼らはよい行いをしているつもりなのだ。

ミカエル自身もライナナ教会の善を説きながら結局は自分の都合のいいようにするため、善を武器として使うやり方に危うさを感じている。いつかその武器が自分や、なんの罪もない国民にまで及ぶのではないかと考えるとかなり危険に感じるのだ。

アブソリュートへの復讐のため仕方なく協力しているが、できればライナナ教会とはあまり関わりたくなかったのがミカエルの本音だった。

ミカエルは強引に話を変える。

「それで準備はどうなっているんだ？　計画についても聞いておきたい」

ここで今まで黙っていた聖女エリザが口を開く。

「計画については私から話させてもらいます。予定通り魔物の準備ならびに洗脳が終わりました。後は当日放つだけとなります」

「分断されているアーク派閥を片方のグループに魔物の大群で襲わせ、アブソリュート・アークがグループを離れて助けに向かったところで本命をぶつけて同じグループのレオーネ王女を殺害、もしくは回復魔法では治らないほどの大怪我を負わせます。そうしてその場を離れていたアブソリュート・アークの責任問題に発展させ、アーク家をつぶします。他国の王族を守れなかった過失ですから処刑も考えられますね。もし助けに行かなかったとしても、魔物の大群に傘下の者たちが殺され派閥の力を削ぐこともできる。という計画になっています。当日の魔物の搬入についてはアーク派閥の進路にライナナ教会の司祭を待機させて、夜になったところで教会に伝わる固有魔法を使って魔物を放ちます」

「ほぉ……悪くない。だが、アイツがわざわざ傘下の者を助けるために動くのか？　そこが疑問だ」

ミカエルはアブソリュートに対してかなり冷酷で冷たいイメージを持っている。アーク派閥の者からアブソリュートは身内に甘いと聞いてはいたが、にわかに信じられないのだ。

「半々といったところですね。情報を鵜呑みにできるほど判断材料がなかったものですから。ですので、どちらに転んでもいいように計画を練りました」

ここで黙ってきいていたネムリアが話に参加する。

「計画については聖女様と私ネムリアが何度も擦り合わせて作りましたので問題ないかと。値段はかなり高額でしたが、魔物も騎士でも勝てない〝上位種〟を何体か用意していますのでご安心を」

魔物は強くなるために他の魔物を喰らうようになる。その過程で生まれるのが〝上位種〟だ。通常の魔物と姿が変異し能力が飛躍的に上がる。

「なるほど、アーク派閥の殲滅に関しては言うことはないが……レオーネ王女は悪ではないだろう？　それに他国の王族を殺すのは問題だから止めてくれ。戦争に発展して犠牲者を増やすのは教会としても本意ではないだろう？」

ミカエルはレオーネ王女に何かあれば責任問題がアーク家だけでなく、王家や国へ飛び火するのを恐れている。他国の王族がライナナ国で亡くなれば、国家同士の問題になり戦争は免れないだろう。

「いいえ、彼女も悪です。スイロク王国の王族は闇組織と繋がり裏で国民を売買しています。アーク家同様決して許せるものではありません。ですが、仮にも他国の王族をライナナ国で亡くしたとなれば確かに問題になりますね。今回は彼女の命だけは助けることにしましょう」

随分とあっさり引き下がったな、とミカエルは思ったが聖女は初めからレオーネ王女を殺すつもりはなく、初めから回復魔法で治らないくらいの大怪我を負わせる事を狙っていたのだ。

あえて通らないであろう意見を先に出し後者の意見を通しやすくしたのだ。

回復魔法で治らないならその上をいくスキルを持つ聖女を頼るしかない。強かにも他国の王族に恩を売ろうと聖女は考えていた。

「それにしても正直意外だな。聖女のお前がアブソリュートに敵対心を見せるとは思わなかった。しかも、たまに見せるその憎しみのこもった目……。教会の教えだけでそこまで恨めるものではないだろう、何をされたんだ？」

ミカエルは学園でも聖女と顔を合わせているが彼女がそんなにアブソリュートを憎んでいるとは思わなかった。そんな彼女に何があったのかわずかに興味を覚えた。

「申し訳ありません殿下。女性の過去を詮索しないでもらえますか？　あまり思い出したくもない事なので……」

「そうか、それは失礼したな聖女」

聖女はミカエルの質問を笑って受け流し、ミカエル自身もそれ以上追及しなかった。復讐と王太子の復帰が叶うなら彼女の過去などどうでもいい。

ミカエルは幼い頃から優秀なアブソリュートと比較され劣等感を募らせてきた。そこから誕生記念パーティーや王城での殺人未遂事件、それに加えてアブソリュートのスキル【絶対悪】による悪印象など悪い要素が絡み合い一つの悪意が生まれた。

子供の頃のようなお遊びではなく、明確にアブソリュートを追い込もうとする悪意をミカエルは持っているのだ。

　聖女がミカエルに付け足して説明をする。

「一応注意事項を言いますね。演習初日の夜にアーク派閥のいるルートに魔物を放つ予定ですので彼らの側に近づかないようにしてください。洗脳しているといっても所詮は魔物ですので襲い掛からない保証はありません」

「そこは心配ない。俺のグループのルートはアブソリュートたちから離してある」

「それは重畳ですね。洗脳はテイマーのスキルを持つ司祭が行いました。私でも強化はできますが言うことを聞かすことはできません。また、ないとは思いますが彼に何かあるとスキルが解けて制御不能になります。一応司祭の側には私のグループが護衛として付きますので、心配ないとは思いますがもしもの時は合図を出します。その際は撤退された方がいいと思います」

「理解した。そこはお前らライナナ教会に任せよう」

　その後いくつか確認し、この会はお開きとなりミカエルは王城に戻った。

　ミカエルは自室の窓から外を眺める。中庭しか見えないがアブソリュートやアーク派閥の人間が魔物に襲われ蹂躙(じゅうりん)されるのを想像し、嘲笑(あざわら)う。

「さぁ、楽しんでくれよ。アブソリュート・アーク」

第5章

悪意襲来

This man has the charisma of absolute evil and
will be the strongest conqueror.
"Yes, I am a scoundrel. The best in this country."

That is needed for
a villainous aristocrat

謎の衝撃音が響き、何事かと動揺していたミストたち。

すると、木々の向こうから気を失ったレディを担いで戻ってきたオリアナはミストたちに言った。

「ミスト、結界が破られた！　やばい魔物がこっちに向かって来てる！」

「ハハ……、マジすか」

思わず乾いた笑いが出るミスト。

（よりにもよってアブソリュート様がいない時に……。それにブラウザ家の結界を破るほどの魔物ってなんだよ！）

ブラウザ家の固有魔法【結界】はあらゆる効果を持った結界を作成できる。今回作成した魔物避けの結界は、魔物が入らないように外側をかなり強固に作成していたのだ。

頑丈さに信頼を置いていた結界を破るほどの魔物がいることにミストは動揺を隠せない。

「落ち着けオリアナ、レディは大丈夫か？　意識がないようですけど？　それと何があったのか詳しく教えてください」

混乱したオリアナを宥(なだ)めるように問いかけるミスト。

目の前の冷静な人物を見て安堵(あんど)するように心を落ち着かせ、何があったか話し始める。

「……遠くからでよく見えなかったけど、人型の魔物が岩？　のような物を結界の外から私たちに投げて結界を壊したの。私もレディちゃんもなんとか回避できたけど、レディちゃんはその時バランス崩して頭打っちゃって」

「なるほど……状況は最悪っすね。レディが倒れたら空に魔法を放てる人がいない。これじゃあアブソリュート様や先生の助けを呼べない……」

ミストは一瞬考えるとすぐにオリアナに向き合った。

「オリアナ聴いてほしい。アブソリュート様は今出られていて十五分ほど戻らない。だから俺たちだけでどうにかしなきゃいけない」

「……終わった……」

ミストの話を聞きオリアナは放心しかける。アブソリュートがいたならこの状況でもなんとかなっただろうが今はそれがいないのだ、無理もない。

「何か来てる」

森の奥から何かが近づいて来る気配を感じる。

気配のする方を見ると、先ほどオリアナが通ってきた方から二メートルを超える黒い肌をした巨大な人型の魔物が姿を見せる。ミストたちが合流し、状況を確認している間に魔物はオリアナを追ってミストたちの元へ来てしまったのだ。その魔物は逃げたくなるほどの威圧感をだしており、その実力差を肌から感じさせる。魔物は赤い眼でミストたちを舐めるように一瞥した。

まるでアブソリュートの威圧を受けた時のような圧力を感じ、ミストたちは即座に武器を構え見すえる。

「なんすかあの魔物は？」

見たことのない魔物だ。

それに今日討伐した魔物とは段違いの覇気。

明らかにここにいる四人より格上だ。

ミストの呟き（つぶや）にレオーネ王女が答える。

「アレはオーガです。それも『上位種』の……。何年か前にスイロク王国で討伐された個体を見たことあるので間違いありません」

オーガの上位種と聞きミスト、オリアナ、は息を呑む。

人型の魔物は人間に近いほど知能が高く、知能の高い魔物は強くなるために他の魔物を喰らうようになる。その過程で生まれるのが上位種だ。通常の魔物から姿が変異し能力が飛躍的に上がる。

通常のオーガでもその強さはレベル約30程度である。それの上位種ともなるとその強さは想像に難くない。

「王女様、レディを連れてここから離れてください。オリアナはマリアさんを呼んできてほしい。あの人なら上位種でも問題ないはず」

この状況でオーガから逃げて脱出するといった考えはない。相手は魔物であり確実に追ってくるだろう。ならここでマリアが来るまで時間を稼ぐのが得策だと考える。マリアはあのアブソリュートが王女の護衛のためにと連れてきた実力者だ。ミスト自身もマリアとは過去に何度か模擬戦をしてその実力を理解している。上位種の魔物でも彼女なら勝てるはずだ。

（時間稼ぎぐらいならできる……はず。こういう時のためにアブソリュート様に鍛えてもらったんですから）

レオーネ王女を後方に置いたのは彼女に何かあったらアブソリュートの責任問題になると考えたからだ。

ミストはレオーネ王女に後方待機をお願いするが、それに逆らうようにレオーネ王女は剣を抜く。

「いいえ、貴方だけに戦わせません。レディさんはウチの侍女に任せますのでご心配なく」

「イヤイヤ、貴女に何かあるとアブソリュート様の責任になるんすよ」

「大丈夫ですよ、何かあったらちゃんと庇いますから。それに非常時には体を張って民を守るのがスイロク王家と教えられています。貴方たちは民ではないですが今日共に戦った戦友、一人で戦わせはしないわ」

ミストは今日一日同じグループとしてレオーネ王女の戦いを見ている。確かに正々堂々やればミストよりは強いだろう。

ミストは頭をガシガシ掻きながら考え結論を出す。

「――あぁっもう！　自分の命を最優先でお願いしますよ。貴女の命がこの中で一番重いんですから。では、魔物はマリアさんが来るまで俺とレオーネ王女でやりましょう。オリアナはマリアさんを呼んできてくださいっす」

「……了解」

「一応頭の隅に置いておきますよ。あとブラウザさん、時間稼ぎなんて言わず倒す気持ちで臨まないと死にますよ！」

ミストとレオーネ王女はオーガと向き合い、その二人を背にオリアナはマリアを呼びに駆け出した。

初めに動いたのはレオーネ王女だった。オーガに向かって駆け出し仕留めにかかる。オーガの体を横から剣で斬りつけ意識をレオーネ王女自身に集中させる。

オーガの赤い瞳がレオーネ王女を捉える。次の瞬間、オーガはレオーネ王女の元へ距離を詰めその剛腕を振り下ろした。

「――っ！」

レオーネ王女は瞬時に地面を蹴って回避する。オーガの剛腕が地面に振り下ろされ凄まじい衝撃が空気を伝って離れた位置にいるミストに伝わる。

「レオーネ王女、無事ですか？」

「私はいいから、自分の心配をしてください！」

レオーネ王女はミストに叫び返した。

「一撃当たっただけで死んじゃいますね。とりあえず地道に削っていきましょう！　今度は俺が気をひくんでその隙に攻撃してください」

ミストはオーガの注意を引くように距離を詰めてナイフで足を切り付ける。レオーネ王女も援護するようにオーガの死角をついて、自慢の剣捌きで何度も斬りつけ確実にオーガにダメージを与えている。

（さすがですね……俺なんかより遥かに強い、嫉妬しちゃいますね。それにしてもこいつさっきから俺の攻撃の時だけ全く動かない？　……まるで俺なんか初めから眼中にないようなそんな感じがする。何か魔物らしくなくって不気味っすね）

オーガが動いた。オーガは切り付けたミストを一瞥もせずにレオーネ王女に狙いを定める。

「レオーネ王女！　コイツ貴女を標的にしてます！」

なんとか対象をこちらに変えようと後ろから何度も斬りかかるが、皮膚が硬くどうしてもダメージが通りづらい。オーガは止まる気配はなく直進する。

「大丈夫です、【強化】発動」

レオーネ王女はスキルの【強化】で、強化した身体能力と努力で磨いた剣捌きを用いて戦闘をする。強化種のオーガと比べるとパワーは劣るが強化を使えば充分渡り合える。

スキルで体を強化したレオーネ王女がオーガを迎え撃つように駆け出すと、上段の構えから振り下ろすようにオーガの体を切り裂いた。切り裂かれたオーガの体から血液が噴き出す。レオーネ王女自身も手ごたえを感じる。

だがオーガはまだ死んではいない。オーガはレオーネ王女に対して無造作に剛腕で薙いだ。

「ぐっ……」

オーガの攻撃が体に当たりレオーネ王女が弾き飛ばされる。

「レオーネ王女ッ⁈」

「……大丈夫だから……自分の心配をしなさい」

剣を支えになんとか立ち上がるレオーネ王女。

体を強化していたので見た感じ大怪我はなさそうだ。だがダメージは受けているのでまだ充分に動くことができない。

ミストはレオーネ王女がオーガにつけた傷を観察する。かなり深く斬り込まれていて決して浅くはない。

(あの傷なら一気に決められるのでは？)

ミストは勝負所と判断してレオーネ王女とオーガの間に入り、レオーネ王女が付けた傷にナイフを深く突き立てる。先ほどとは違い確かにダメージを与えている感覚がする。

(いける！　オーガを倒せる！　このままいけば……)

オーガはミストを敵として認識していないが、レオーネ王女の前に立ち塞がるミストを排除しようとミストに向けて何度も拳を振り下ろす。

ミストはオーガの攻撃をギリギリで回避しつつ命懸けで何度もナイフを突き立てる。だが、何度も致命傷を与えられてもなおオーガは生きていた。

何度も攻撃しているとナイフがオーガの筋肉の繊維に挟まり抜くのに一瞬、手間どってしまった。その間にオーガがミストめがけて拳を振るう。

（あっ避けられない……死んだ）

オーガの攻撃がゆっくりに見えるが体が動かない。ミストはただ自分の死を待っていた。

「危ないっ！」

オーガの攻撃がミストに当たる瞬間、レオーネ王女がミストの体を庇うように突き飛ばした。

だが、ミストの代わりにレオーネ王女がオーガの攻撃をもろに受けてしまった。

ミストはレオーネ王女の元へ駆け寄り体を担いで、オーガから距離をとる。

レオーネ王女は内臓にダメージを受けたのか吐血しているが、強化の魔法を使っていたので命の心配はない。だが、腰を強く打ったのかうまく立つことができず地面に体を委ねたままの体勢になっている。

「レオーネ王女⁈　なんで……何で俺を庇うんすか！　自分の命を優先してって言ったのに！　俺みたいな悪人……助ける価値なんて」

レオーネ王女はミストに力なく笑う。

「……ブラウザさんあまり自分を卑下しないでください。貴方はアークさんの幸せを心から願える優しい人です……悪なんかじゃありませんよ」

ミストはレオーネ王女の言葉に胸を痛める。

（違う、俺はそんな綺麗な人間じゃない……俺みたいな死体処理するだけの汚れた人間を助ける価値なんてないのに……）

傷ついた二人の前に立ち、止めを刺そうとするオーガ。

さすがにダメージを受けたレオーネ王女を庇いながら勝てる相手ではない。オーガが拳を振り下ろし、ミストたちが覚悟を決めた瞬間、いきなりオーガの体が二つに切り裂かれ絶命する。

グシャッ

切り裂かれたオーガの先に見慣れたメイド姿の女性がいた。

いきなりの展開に頭がついていかないミストたちに声がかけられる。

「遅くなってすみません。オリアナさんから状況は聞いていますが大丈夫ですか？」

その声の主はマリアだった。遅れてオリアナの姿も確認する。

マリアは全身が血塗(まみ)れの姿で一瞬驚いたが、助かったと分かると安堵でミストは体の力が抜けていく。

「ありがとうございます、おかげで助かりました。マリアさんこそ大丈夫ですか？　血塗れじゃないですか」

彼女自身はピンピンしているが彼女の顔や髪、そしてメイド服までが血に染まっていた。

ここに来るまでに一体何があったのだろうか。

「ご心配ありがとうございます。ここに来るまでに先ほど闘った黒いオーガと何体も戦闘になりまして……お見苦しい姿で申し訳ありません」

（あれだけ苦戦した上位種を何体も？　……やっぱ半端ないですねマリアさん）

「俺は大丈夫ですけど……レオーネ王女が俺を庇って負傷しました。すみません」

自分を庇って怪我をしたレオーネ王女を見ると罪悪感でつぶれそうだった。

　マリアは倒れているレオーネ王女の元へ駆け寄り傷の具合を確認する。

「見たところ腰を痛めているようですが命に関わる怪我ではないようですね。この状況です、生きているなら幸運でしょう。それより早くこの場を離れましょう。魔物の大群がこっちに向かってきます」

「魔物の大群とは？」

「私もここに戻る前に魔物と何度も戦っていました。どうやらアレは第一陣のようなものであちらの大群が第二陣のようですね。あれだけの数がいきなり現れました。黒いオーガ同様になんの予兆もなく」

　ミストとマリアは突然現れた魔物の大群や上位種の出現に違和感を覚える。

（上位種の魔物が何体もこの森にいたとは考えにくい。それにこの追い打ちをかけるようなタイミング……あまりにも作為的だ）

「早く撤退しましょう。さすがにあの数では守りきれない」

　ミストは状況を確認しようと近くで一番高い木を登って木の上から辺りを見下ろす。すると、ミストの糸目がわずかに見開きその瞳が驚愕に揺れる。

「これは……凄い数の魔物が集まっている。あれだけの数が一斉に襲ってきたらひとたまりもないですよ」

　ミストの視界には数百を超える魔物の群れが見える。確認を終え急いで木から下りる。

「あの数に怪我人を守りながら相手するのは私でも無理です。私が殿(しんがり)を務めますので全員撤退を」

マリアは額に汗を滲ませながらミストたちに告げる。この状況では一人であの数に立ち向うのはマリアといえど厳しい。

（レオーネ王女は必ず生きて返さねばならない。それにはマリアさんの力が必ず必要、殿にするわけにはいかないっすね）

ミストは覚悟を決めて行動に移した。

地面に手をつき固有魔法を発動させる。

「【結界】作成」

魔物の大群とミストが結界内に、マリアたちが結界外に追いやられる。

「この結界は発動者を中心にして獲物を閉じ込めるための結界っす。魔物の群れは俺が結界で抑えます。マリアさんはレオーネ王女たちを連れて本部まで退避してください。幸いにもここから本部までそう離れていませんからそれぐらいの時間稼ぎぐらいはできるはずです」

「ミスト！　貴方だけでこの数を相手にするなんて無理よ！　貴方死ぬつもりなの！」

オリアナがミストに向けて叫ぶ。

彼女が声を荒げる姿をみるのは初めてで少し新鮮だった。

「死ぬつもりは毛頭ないすけど、ここは誰かが食い止めないと被害が酷くなりますよ。それなら結界で魔物を閉じ込めることのできる俺が一番この中だと適任です。それに一番強いマリアさんにはレオーネ王女の護衛、オリアナはレディを担がなきゃいけないでしょ？　レオーネ王女が死んだらアブソリュート様の責任になるんですから、無事に送り届けてください」

「ブラウザさん……止めてください。皆で逃げましょう」

なんとか引き留めようとするレオーネ王女。

自己評価の低い彼女にとって自分のために誰かが死ぬなんてことをしてほしくはなかった。

「あの数を逃げきるのは厳しいっすね。それにさっき助けてもらったんですから借りは返さないと。なぁに大丈夫っすよ、あと十分もすればアブソリュート様も戻ってくるはずですから勝算はあるつもりっす。でも……もし俺に何かあったらミストはカッコよかったって皆に伝えておいてください。ほら、行った行った」

共に戦った仲間を犠牲にしてしまう。レオーネ王女は自分の無力さが悔しかった。

「……ミスト、貴方がカッコよかったなんて……皆に伝えるのは私には無理。私嘘はつけないから……だから必ず生きて帰ってきて」

軽口を残して気を失ったレディを背負い、その場を離れるオリアナ。

「ミストさんご主人様は必ず来ます。ですが危なくなったら迷わず結界を解いて逃げてください。……皆さん行きますよ！　レオーネ王女様！　ミストさんの献身を無駄にしないでください」

アブソリュートが来る事を信じてやまないマリアはレオーネ王女を担ぎその場を離れる。

「……ごめんなさいごめんなさいごめんなさいごめんなさい」

マリアに担がれながらレオーネ王女は涙を流しながら絞り出すように何度も謝罪する。

レオーネ王女の声は足音とともに森の奥へと消えていった。

レオーネ王女たちが無事に離脱できたのを確認してから、ミストはこっちに向かってくる魔物の群れに向き直る。

先ほどのような上位種はいないがどこか統率されているように感じている。

「強がっては見たものの……さすがにこの数は詰みっぽいですね。十分もつかな？　まさかこんな所で死ぬかもなんて思わなかったっすけど、仕方ないっすよね。アブソリュート様の言葉を借りるなら『悪が死ぬ場所を選べると思うな』ってところですかね」

アブソリュートならこの状況でもピンチとは思わずに乗り越えるのだろう、そう思うとミストの表情が緊張した顔から苦笑いに変わる。

（アブソリュート様のように殲滅(せんめつ)とはいきませんが最低限時間稼ぎぐらいはしませんとね）

「スキル【霧】発動」

ミストは自身のスキル【霧】を使い結界内に濃い霧を発生させる。このスキルに関して使い勝手が悪く、ミストは目眩(めくら)ましぐらいしか使い道がないためあまり使用しないが今はこのスキルを授かったことを心から感謝した。

「さぁ、足掻(あが)きましょうか」

一対数百、ミストの孤独な戦いが始まった。

Mist Browser

Status Table

ミスト・ブラウザ（15歳）

⑪

（スキル Skill）

霧	v7	_ 辺りに霧を発生させる _ レベルにより範囲が広くなる

（固有魔法 Special magic）

『結　界』		_ 自身を基点に効果を持った結界を作成

（ステータス Status）

レベル	28	魔　力	24
身体能力	50	頭　脳	45

（習得魔法 Mastered magic）

風

（技術 Technology）

隠密　証拠隠滅　暗殺技　剣術

Name: Mist Browser　Age: 15

That's needed for a villainous aristocrat

第6章

悪の結末

This man has the charisma of absolute evil and
will be the strongest conqueror.
"Yes, I am a scoundrel. Thc best in this country."

That is needed for
a villainous aristocrat

子供の頃に英雄譚を読み自分も物語に出てくる彼らのようになりたいと、男なら誰もが一度は思ったことがあるはずだ。

例えば、数百年前魔物を統べる魔王から初代聖女や賢者と共に世界をめぐり魔王という存在から世界を救った初代勇者の冒険譚。

今より魔物が多い時代にスキルや魔法も使えない人間が己の剣技のみで万を超える魔物を斬り殺し生存圏を拡大させた女剣士、人や魔物からも恐れられたアースワン帝国の伝説〝剣聖アイラの伝記。

仲間と船で世界を渡り歩き浪漫を求め続けた海賊。海の上で一時代を築いた海の覇者。〝海賊ドレイク〟の航海日記。

仲間の仇を討つために単独で竜種の魔物に挑み、討伐に成功した史上初単独のドラゴンスレイヤー。S級冒険者竜人ブライゼルの回顧録。

一人で一国を落とし、世界を混乱させた勇者。すべての悪意から聖国の大聖女を守り続けた英雄。あまりの強さにその実力は大陸最強と噂されている『空間の勇者』の偉業を記した記録書。

毎日英雄譚を読み込んでその度に胸を弾ませ、英雄たちに憧れた。自分も頑張ったら将来彼らのようになれると思い込んでいた。

だが、ある日気づいてしまった。自分には才能がない、さらに自分は悪者側の存在であり自分は英雄になれないと。

ブラウザ家は代々アーク家というライナナ国で一番の悪党と言われている貴族の傘下に入っており、つまりは自分も悪党の仲間だ。

悪党の仲間である自分は英雄にはなれない。そもそも魔法もスキルも特別なものは何一つないと何度も自分に言い聞かせた。元から自分には無理だったと気持ちにふたをした。

アーク家は代々国のために国の脅威になる組織や個人、他国から来た闇組織等を始末している。ライナナ国が健全な国を維持するためにすべての闇を背負っている。

ブラウザ家はそんなアーク家を補佐するために作られた貴族だ。役割としてアーク家が殺した遺体の処理や証拠隠滅、現場に人払いの結界を張り、撃ち漏らしがあればそれの処理もする。当時まだ十歳のミストは、アーク家の次期当主であるアブソリュートが裏の国防任務を行うのに合わせて同行することになった。まだ未熟なミストが任されたのは遺体処理だ。

現場に来て初めて触れた人の死。

ミストは死んで間もない悪人の死体を見て体が震えてしまい動けなかった。死体が怖いのではない、悪人の死体を通して自らの死を連想してしまい恐ろしくなったのだ。

まるで悪の仲間である自分の将来の姿を見ているようで、ミストは足がすくんで動けなくなった。

(早く、早く処理しなければ……でも体が思うように動かない)

ミストは体が動かせず固まったままだった。そんな時に見かねて動いてくれたのがアブソリュートだった。

「ダーク・ホール」

アブソリュートはミストが処理するはずだった死体を自ら闇の中に葬ってしまった。ミストは訳もわからずアブソリュートを見つめた。

アブソリュートはミストに背を向けたまま言った。

「……本来なら殺した私がやるべきことだ。だからこれから遺体は私が弔うことにする。お前は他の仕事を教えてもらえ」

徐々に混乱から覚めて、ミストはアブソリュートが自分を気遣ったのだと理解した。

「す、すみません。でも、ブラウザ家の仕事をアブソリュート様にやらせるわけには……」

「前から考えていたことだ。私は……お前らの善意に甘えてしまい罪悪感を少しでも軽くしようとしてしまった。殺したのは私だが、お前らも同罪で私だけが悪いんじゃないと……。殺しているのは私なのに可笑(おか)しな話だ。今日のお前を見て確信した、やはりこいつらは殺した私が弔うべきだとな。だから気にするな」

アブソリュートの覚悟と哀愁を宿した瞳を見て、ミストは何も言えなくなった。

（分からない……殺した悪人やそれを処理するブラウザ家になぜ罪悪感を抱いているのか。相手は国に仇を成す悪人とただの下位貴族だ。アブソリュート様のような上位の人間が気に病む必要はないのに）

それからもミストは何度も任務に同行した。アブソリュートはいつも通り淡々と任務をこなしていき、ミストも少しずつ人の死に慣れて耐性ができてきた。だが、アブソリュートが死体処理を自分でしてしまうようになったため、少し任務に余裕が生まれた。

代わりにアブソリュートと過ごす時間が増えた。ミストはアブソリュートが人を殺すところを何度も見てきて思ったことがある。なぜあれだけの力がありながらアブソリュートはあんなに険しい顔をしているのだろう？

二人でいる時にアブソリュートの心情を聞いてみた。アブソリュートは少し考える素振りを見せながら話し始める。

「国のために人を殺すのはライナナ国では正しいのだろう。だが、どんな正当な理由であれ人を殺(あや)めた者は悪だと私は考えている。次期アーク家の跡取りとして父に言われてやったとしてもな。命とは重いものだと……そう考えている。いや、これまで何千の命を奪ってきた奴の言葉ではないな、忘れろ。ただの戯言(ざれごと)だ」

（アブソリュート様の価値観はどこか歪(いびつ)だ。幼い頃から人を殺してきたはずなのになぜまだそこまで純粋に命に価値を感じることができるのか……。任務経験の少ない俺ですら悪人の命はそこいらの動物くらいにしか思えないのに。そう、アブソリュート様は優しすぎる）

「アブソリュート様の心情は正直理解できないっすけど、この国にいることはあまりよくないと感じますね。将来、アブソリュート様が当主になったら傘下の貴族たちをつれて独立でもしますか？」

勿論軽い冗談のつもりだ。そんなことをしてしまえばライナナ国だけでなく周辺国も黙っていないだろう。

「すべて片付いたら、それも悪くないな」

「えっ？　いや、冗談ですよ……」

アブソリュートは冗談を言わない人だ。ミストは背中に冷や汗が流れる。

「もし独立したらお前も遺体処理をしなくて済むな」

「……っ⁈」

ただの冗談かもしれない。でも自分のためとも言えるこの言葉がとても嬉しかった。

「前向きに検討するとしよう、これは二人だけの秘密だぞ？」

「っ！　はいっす！」

秘密の共有それだけで仲が深まったように感じてミストは嬉しかった。それからも二人は語り合い、ミストは幼い頃英雄になりたかったこと、アブソリュートはアーク領には年寄りしかいないと愚痴ったりとたわいもない会話が続いた。

普段は上下関係のある二人だが、語り合っている二人の姿は確かに友人のそれであった。

ミストは懐かしい思い出から現実に意識を戻した。

全く逆転の道筋がない現実にため息すら出なかった。こんなことならまだ思い出に浸っていたかった。

「こんな時に思い出すことじゃないっすけど、これはいよいよヤバいってことすかね」

マリアたちを自らが殿（しんがり）になる事で魔物の大群から逃すことに成功した……だがミストは現在死にかけていた。

スキル【霧】を使い、ミストのいる周辺にだけ山に雲がかかったかのように辺り一面を白く染め上げ、魔物たちの視界を封じて少しずつ数を減らしながらアブソリュートが来るまで耐えきるつもりだった。勿論ミスト自身はスキルの影響を受けずに視界をクリアに保っている。

数百対一なら勝ち目はない。だが、一対一を数百回ならまだ分からない。

細い糸を辿（たど）るような無謀な策に思えたが、初めはそれで上手くいっていた。しかし、一度で決めきれなければ相手に居場所を教えているようなものであり、現に何度も失敗しかなりのダメージを負ってしまった。

数百の魔物に追われ、追い詰められたミストは現在四方を囲まれ窮地に陥っていた。

死ぬのは怖くない……だが心残りはある。

ミストのナイフを持つ手に力が入る。この状況で取れる手段は三つ、逃げる、そして自害か戦って食われるかだ。

ミストの答えは決まっている。アブソリュートなら逃げない。アブソリュートならたとえ一人でも最後まで戦い続けたであろう。

アブソリュート様なら……。

アブソリュート様なら……。

アブソリュート様なら……。

諦め、折れそうになる心を鼓舞する。

ミストは立ち上がり再び武器を握り魔物の中に飛び込んだ。

「うおぉぉぉぉ！」

気合いを入れるように声を上げつつ魔物に向かってナイフを振るう。魔物の急所に刺さるがその魔物が倒れるより早く、周りの魔物が続けて爪で襲い掛かる。

爪で切り裂かれ体の至る所が痛みミストの顔が歪む。

全身が熱を持っているように熱く感じる。

ナイフを魔物に突き刺しとどめを刺す。

「次ぃ！」

次の標的に目標を定め急所をめがけナイフを振るう。

「グウウ……」

視認できない魔物はうめき声をあげながら倒れる。

「次」

ナイフを抜いてまた刺してを繰り返していくがその度にミストの体も傷ついていく。血が多く流れすぎて頭の中がぐらぐらと揺れているような感覚になる。

体から任務の時によく嗅ぐ死の匂いがする。

ついに力が入らなくなりその場に倒れた。

（あっこれやばい）

視界も徐々に暗くなり意識が朦朧（もうろう）としてきた。

最後に見たのは魔物ではなく、人とは思えないほど美しい姿をした女性のような存在がミストを守るように立っていた。

「よくやったミスト、後は任せろ」

聞きたかった人の声が聞こえた気がしたが、そこでミストの意識は途絶えた。

＊

「起きたか？」

ミストは目を覚まし、現在背中におぶられている状態である。

「アブソリュート様？」

ミストは状況を理解し、どうやら自分は助かったようだと安堵した。

「ようやくお目覚めとは、遅すぎるぞ。不遜にも程がある」

怪我人に対してこの情けのない対応、正しくアブソリュート・アーク本人である。

先ほど修羅場を体験した身としてはこんな対応でも不思議と嬉しく感じてしまう。

「いや、さっきまで死闘を繰り広げていた俺にかける言葉ですかね？　まぁ、アブソリュート様らしくてどこか安心してしまう俺も慣れたもんですけど」

ミストはアブソリュートの背中から降りようとするが、アブソリュートによって制止された。

回復魔法で治療したとはいえ体力は戻らないのだから無理はするなと。

アブソリュートの言葉に甘えて暫くおぶってもらうことにした。

「助けてくれてありがとうございます。よく間に合いましたね」

アブソリュートが出て行ってから十五分も経っていないはずだ。

なぜミストの元へ駆けつけることができたのか分からなかった。

「お前のスキルのおかげだ。あれは外から見たら嫌でも目立つ。あれを見て非常事態と知り駆けつけることができた、スキルを使ったのは英断だったな。それで目覚めたばかりで悪いがお前の話を聞かせてくれ、何があった？」

ミストはアブソリュートが離れた後の事を話した。結界が破られ上位種の魔物に襲われたこ

と。レディが気を失って助けが呼べなかったこと、レオーネ王女と共に上位種のオーガと戦ってマリアに助けられたこと。その後魔物の大群が現れて自分が殿になってマリアたちを逃がした事。

「そうか……お前の結界が破られたこと、レディの件、不可解な点はあるが状況は分かった」

「アブソリュート様聞いてもいいすか……」

「なんだ?」

「今回上位種の魔物が結界を破って急に襲ってきたり、倒したと思ったら魔物の大群が来たりとおかしいことが続いています。自然発生とは考えきれない。どこか作為的に感じるんすよ。もしかして何か知っていたりします?」

「……」

「別に責めているわけではないです。でも……」

アブソリュートは喋らない。ミストは声を震わせながら続ける。

「でも、こんな時に頼ってくれなかったのは悔しいです。俺ら任務の時もずっと一緒にやってきたじゃないすか！　仲間じゃないんですか。こんな時くらい頼ってくれても……」

ミストはアブソリュートのことを信頼していたが、アブソリュートはミストのことを信頼していなかったと思うと涙が止まらなかった。

アブソリュートが口を開き言葉を紡ぎだす。

「悪かったな……許してくれとは言わない。だがこれは必要なことだった」

アブソリュートは続ける。

「情報源は言えないが、今回の件は教会が前から計画していたことだ。恐らく学園や、もしかしたら身内の中にも協力者がいる可能性があった」

「教会がアーク家を目の敵にしているのは勇者の件で知っていましたが、アブソリュート様は俺らの中にいるかもしれない協力者を警戒していたと？」

「仮に協力者がいて私が計画を見抜いていると知られ、計画を変えられたら今頃被害が大きくなっていたかもしれない。故に情報を知る者を最小限に抑えておきたかった」

原作の中ではアーク家傘下の者の中でミカエルや勇者たちに、アーク家や派閥の情報を売った者がいる。そのことが胸の中でシコリとして残りアブソリュートは仲間のことを信用はできるが信頼まではできなかったのだ。

「マリアさんも知らなかったのは？」

「あれは意外と嘘をつくのが下手だからな」

アブソリュートは小声で考えを整理するように呟く。

「転移阻害の魔道具をマリアに持たせて結界内の転移を封じたが、まさかブラウザ家の結界を破って突入するとは思わなかった。オーガの上位種ぐらいで結界は破れないはずだがどうなっているんだ？」

思ったより根が深い問題のようでミストは驚いた。確かに誰が味方か分からない状態では打ち明けられないだろう。一応はそれで納得することにした。

「でも、いいんですか？　聞いといてなんですけど俺にそんなこと話して」

ミストが協力者だとしたら、どこかで得た情報源の存在をバラしてしまう可能性があるはずだ。次から情報源が使えなくなるかもしれない。

アブソリュートは鼻で笑って答えた
「フンッ。お前が敵の協力者だったらな。だが、私はそう思ってはいない」

「？」

「お前は傍(はた)から見たら軽薄な態度が鼻に付く薄っぺらい奴だ」

「……酷い言われようっすね」

「だが、お前は自分を犠牲にして仲間を守った。仲間を守るために自らの命をかけて魔物の大群に立ち向かったお前を私は疑わない」

「アブソリュート様……」

「ほら着いたぞ」

アブソリュートの背中から降りて辺りを見渡す。

気づいたらミストたちは本部まで来ていた。本部にはBクラスのクリスたち、先に避難していたオリアナや治療を受けたレオーネ王女たちの姿があった。

「ブラウザさん⁈」

レオーネ王女はミストの姿を見ると側まで駆けつけた。

「ブラウザさん、怪我はないですか！」

　レオーネ王女はミストの体をペタペタ触って怪我の有無を調べた。

「アブソリュート様に助けてもらいましたから大丈夫っす。レオーネ王女も無事で何よりです」

　ミストの怪我の確認が終わると、レオーネ王女はミストの体に腕を回してミストを強く抱きしめた。

「れ、レオーネ王女？　あの……さすがにマズイっすよ、皆が見てます」

　女性特有の柔らかい感触が体を包み込み、ミストの心拍数が速くなる。

　王女の体を触るわけにもいかず両手を上げた状態のミスト。

「貴方が私を庇って死んだと考えたら……本当に申し訳なくて……ああぁよかった、生きててよかったぁ！　ごめんなさい、貴方を置いて行ってごめんなさい」

　泣き出すレオーネ王女、ミストの体に回した腕の力が強くなる。ミストはどうしていいか分からず、目でアブソリュートに助けを求める。

「左手をレオーネ王女の腰に回して、右手で頭を撫でて落ち着かせろ」

　焦っていたミストはアドバイスに従いミストはレオーネ王女を落ち着かせた。

「レオーネ王女、貴女が無事でよかったです。でもさすがにこれはマズイんじゃ……」

「ミスト、お前は体を張って王女を助けた英雄だ……王女の抱擁を受ける権利がある。受け取っておけ」

　アブソリュートはミストに向けて言った。

（英雄……？　あぁ王女を逃したからか……）

幼い頃に夢見た英雄になる夢。魔物の大群から王女を守るために一人残って生還した英雄。一時だけで当事者しか知らないことだが確かに叶ったと言える。

「ありがとうミスト！　貴方が無事でよかったわ」

抱擁をしながらミストの顔を見上げる形でお礼を言うレオーネ王女。その笑顔は少し赤みがかっていてとても綺麗だった。

その笑顔だけで報われたように感じた。

クリスたちBクラスのアーク派閥グループも夜に森の中を彷徨くのは危険と判断して野営の準備を進めていた。

テントを張り終え、夕食をすます。

クリスたちは焚き火を囲んでまったりとした時間を過ごしながら、今日のことを振り返るように会話をしていた。

そんななか、木々の向こうから誰かがやってくるような気配がした。

さっきまでのクリスたちのなごやかな空気は一変し、張り詰めたものに変わる。

警戒するクリスたちの前に現れたのはまるで舞踏会にいるかのように髪を巻いている少女だった。

「貴女は……ゼン家のクリスティーナ様ですね？」

初めに切り出したのはクリスだ。

「ご機嫌よう、アーク派閥の皆さま。ええ、私はＡクラスのクリスティーナ・ゼン。こんな所で奇遇ですね」

クリスティーナは優雅にお辞儀をして答える。

ゼンと言えば上位貴族の公爵家であり当主はライナナ国の宰相を務めている家だ。クリスたちは上位貴族相手にあまりいい思い出がないので警戒心が高まる。

「初めまして、このグループの代表クリス・ホセです。ゼン公爵家の方が一人でいったいなんの御用でしょうか？」

まさか闇討ちということはないだろうが、いきなり上位貴族の令嬢が一人でアーク派閥である自分たちの元に現れたのだ。警戒しないわけにはいかない。

「そう警戒しないでいいわよ、ホセ。ただ近くを散歩していたら友人の傘下の者たちがいたから声をかけただけよ。他意はないわ」

「魔物がいる森を一人で散歩ですか、それはそれで怪しいと思うのですが……それに友人？レディやオリアナのことですか」

（Ａクラスにいるアーク派閥ならレディやオリアナが妥当だけど、見た感じ二人と相性は悪そうだ。レディは計算高い女、クリスティーナ様はガツガツいく女みたいな感じで正反対の性格だ。オリアナは自他ともに認める陰キャラだからクリスティーナ様のような派手で我の強そうな人とは口も利かないだろうし、もしかしてミストかな？）

「いいえ、アブソリュート君のことよ」

シーーーーーーン

アブソリュートの名前を出した瞬間空気が凍りついたかのように静かになり、クリスたちの警戒心はＭＡＸになる。

警戒した理由は一つ『アブソリュートに友達がいるはずがない』。

アブソリュートのスキル【絶対悪】は周りの人間すべてに作用する。あの嫌悪感を上回るほどの感情を抱ける人はそういない。それに傘下である自分たちさえ友人認定されているか怪しいのに、あの心の壁の厚いアブソリュートに友人がいるはずがないのだ。

「嘘ですね。アブソリュート様からは貴女のことを聞いたことは一度もありません。本当の目的はなんですか？　あんまりしつこいとアブソリュート様を呼びますよ」

まるで警戒心の強い女が何かあるとすぐ警察を呼ぼうとするかのごとく、アブソリュートを呼ぼうとするクリス。

「……そんな理由で呼んだら怒るんじゃない、彼？　後、本当に友人よ？　空いてる時間とかよく話をするしとても仲良くさせてもらっているわ」

クリスティーナの発言に間髪入れずに突っ込むクリス。

「嘘ですね。アブソリュート様は休み時間は本を読んだりして、ゆっくり過ごしたい感じの人なんです。貴女に口を利くはずがありません！」

　クリスはある意味でアブソリュートの一番の理解者である。裏の国防に携わること意外はほぼアブソリュートのことを把握している。誕生日に好きな食べ物から休みの日の過ごし方、屋敷の使用人の名前までしっかりとリサーチしているのだ。余念がない。

　実際、クリスの言っていることは当たっている。アブソリュートは何かと絡んでくるクリスティーナを初めは無視していたがあまりにもしつこいので嫌々対応しているのが現状である。

「本当なのに……まぁいいわ、別の目的があるのも事実ですしね。貴方たちの口からアブソリュート君の事を知りたいのよ」

　クリスティーナの目的を知りクリスの目が鋭いものへと変わる。

「アブソリュート様が言わないことを私たちに話せと？　そんな簡単に口を割る奴アーク派閥にはいませんよ」

「そうじゃないわ。貴方たちから見たアブソリュート君のことを知りたいのよ。彼あまり自分のことを喋らないじゃない？」

「アブソリュート様は寡黙な方です。ペラペラと自分を吹聴して回るような人ではありませんよ。質問を返すようで申し訳ないですが、なぜアブソリュート様について知ろうとするんです？」

　クリスの問いにクリスティーナはクスリと笑みを浮かべて答える。

「ふふっ、単純な理由よ。彼がどういう人間かを見極めるためよ」

「見極めてどうする気ですか？」

「どうもしないわ。私は友人としてライバルとして彼のことを知りたいだけよ。それで納得してもらえないかしら？」

彼女の話を聞きクリスは考える、彼女が信用できるかどうかを。

クリスが考えをまとめていると、後ろに控えていた同じグループの獣人の女子がクリスティーナの目の前に立つ。

「おいおいっ!! さっきから黙って聞いていたら、見極めたいからボスについて話せだぁ？舐めた真似してんじゃねぇよ、テメェなんのつもりだ、ぶち殺すぞっ！」

この粗暴な口調をしているのがアブソリュートに次ぐアーク派閥の問題児、ウリス・コクトだ。虎の特徴である鋭い爪と黄と黒の耳を併せ持つ獣人の彼女はかなり喧嘩っ早い性格をしており、あの器の大きいアブソリュートでさえたまに眉を顰めるほどだ。自分より爵位の高い貴族相手に平気で殴りかかるし、教員にも噛みつく問題児だが戦闘面に関してはAクラスにも劣らない頼りになる存在だ。

ウリスの実家コクト家は『蟲』という闇組織を運営しており、その上にアーク家がいるので彼女はアブソリュートのことを尊敬の念を込めてボスと呼んでいる。

「ちょっと！　ウリス落ち着いて！」

クリスは何とか彼女を落ち着かせようとするが一度スイッチの入ったら止まらないのがウリ

ス・コクトだ。

殺気ビンビンでクリスティーナに近づく。

「……貴女は確か以前ウチの派閥の者を痛めつけてくれたウリス・コクトね。噂に違わぬ狂犬ぶり……いや狂猫ね。貴女本当に貴族なの？」

クリスティーナの言葉に額に青筋を立てたウリスは彼女の胸ぐらを摑み、凄むように睨みつける。

「テメェさっきから喧嘩売ってんだろ……あーしはなぁ、同じ派閥でもねぇのにボスに付き纏う奴とあーしを猫扱いする奴には容赦しねぇぞ」

凄むように睨みつけるウリスに対して毅然とした表情を崩さないクリスティーナ。

一触即発の空気に外野の者たちは息を吞む。

「猫ちゃんその手を離しなさい。アブソリュート君の派閥に手荒な真似はしたくないけど、そっちがやる気なら私も上位貴族として格の違いを見せつけなければならないわ」

「やってみろよ、糞女」

二人は睨み合い空気が張り詰める。

クリスは睨み合う二人の間に入って、なんとか二人を仲裁しようと試みる。

「ストーーーップ！　二人とも落ち着いて……」

クリスは勇気を出して止めに入るがその声は届かなかった。

「皆！　魔物がきた‼　準備して」

見張りをしていたグループのメンバーが魔物の襲来を告げる。

爆発寸前だった空気が魔物の襲来で一変する。

クリスティーナやウリスも睨み合うのを止めて臨戦態勢に入った。

「チッ！　先に魔物から片付けるか……それで魔物の数は？」

「とにかくたくさん！　いきなり現れて既に私たち囲まれてる」

ウリスが辺りを見まわすと確かに魔物の大群に囲まれていたのだ。

「ああん？　どうなってんだ？」

いきなり現れた魔物の大群に驚くウリスたち。

(見張りが気づかず魔物の大群が現れるなんてあり得るか？　それにこの数、これは非常事態だ)

クリスは現状を非常事態と判断して空に魔法を打ち上げた。

「非常事態と判断したので救援を呼びました。これで先生たちやアブソリュート様が来てくれるはずです。クリスティーナさん申し訳ないですがそれまで力を貸してもらえませんか？」

「えっアブソリュート君が？」

クリスティーナはアブソリュートの名前を聞くと少し考え込んでから言った。

「構いませんが条件があります。貴方たちがいては戦えないので二手に分れましょう。私が貴方たちの逃げる道を作るので貴方たちは撤退しながら追ってきた魔物に対処をしてください」

無謀にも思える条件にクリスは目を見開く。

「えっ？　何を言ってるんですかクリスティーナさん。いくらAクラスの貴女でも無茶ですよ」

「いらない心配よ、私殲滅(せんめつ)なら得意分野なの。『バーニング』」

　クリスティーナが発動した波のような大きな炎が魔物の大群に襲いかかり、どんどん魔物の大群を呑み込んでいく。圧倒的な火力と炎の量で魔物たちを焼き払った結果、クリスたちの逃げ道を作ることに成功したのだ。

　でたらめな威力に高レベルの魔法。開いた口がふさがらない。

「これは上級魔法ですか……さすが公爵家ですね」

「ゼン公爵家は火に愛された家系。すべての火属性魔法を使うことができるのよ？　私は加減ができないから間違って燃やしても困るわ。ほら道ができたから早く行きなさい」

（凄い威力の魔法だ……固有魔法かな？　確かにこれなら一人でも応援が来るまで耐えられるかもしれない。だが……っ！）

「悪いけどあーしも残るからクリス、後よろしく」

「ウリス⁉」

「どうせ、この女一人残したら後々ボスや派閥に響いてくるとか考えてるんだろ？　だからあーしが残ってやるって言ってんだ。それにコイツがホントにボスの友人の資格があるのかあーしが見極めてやるよ」

　その通りだった。クリスティーナ一人残して自分たちが逃げて彼女に何かあった場合、責任はアブソリュートに行くのが目に見えていたが故にクリスは迷ってしまっていた。

クリスティーナはウリスの発言を興味深そうに聞いていた。

「ふぅん。ただの暴れん坊というわけではないようね。でも貴女も行ってくれた方が、邪魔が入らなくて楽なのだけれど？」

「テメェの理由なんか知るか！　魔物は半分に分ければいいだろうが！　あーしより先に全部倒したらボスについて話してやってもいいぜ？」

「そう……ならいいわよ。貴女の勝負受けてあげる」

「ウリス……」

「クリス何悩んでやがる！　今はテメェがリーダーだろうが！　しっかりしやがれ!!」

ウリスに背中を押されて、決断する。

「すみませんクリスティーナさん、ウリスをよろしくお願いします。行こう皆」

クリスたちはクリスたちに背を向けて走り出した。

横からクリスたちに魔物が襲いかかろうとしていたので、クリスティーナは炎でバリケードを作ってクリスたちの避難のサポートをする。クリスたちが無事逃げ切ったのを確認してから、彼女は再び魔物の大群と対峙した。

「こいつら殲滅したら演習一位間違いなしね。アブソリュート君も私を無視できなくなるんじゃないかしら」

「ハッ、やってから言いやがれ」

「そのつもりよ。それではコクト対戦よろしくお願いしますわ」

二人は互いに背を向け合い魔物に向かっていった。

（一応危なくなりそうなら助けてあげられるように見ておかないといけないわね。他派閥であってもノブリスオブリージュの精神は忘れてはいけないわ）

クリスティーナは自分の勝利を信じて疑わない。なぜなら自身が一番だと確信しているからだ。

クリスたちＢクラスのアーク派閥グループは、現在二度目の魔物の大群と遭遇しなんとか撤退を試みようとしていた。魔物の目的はクリスたちだ。魔物の半分以上がクリスティーナたちを避けてクリスたちを追ってきていた。何度か抗戦しつつその度に怪我人を抱え現在追い詰められていた。

「くそっ！　次から次へときりがない」

「クリス！　もう追いつかれる」

魔物はもう目の前まで迫ってきている。自分たちにはあの魔物の大群に抵抗できる力は残されていない。

ダメかと諦めかけた時、ようやく救援が駆けつけた。

救援に来たのはアブソリュート・アークだ。

「トア、魔物の大群を殲滅できるように魔法の範囲を拡張しろ」

契約している献身の精霊の支援を受け、魔法を発動する。

献身の精霊の能力の一つである『魔法範囲の拡張』によりアブソリュートの闇の魔力が視界に確認できない距離まで広がる。

「ダーク・ホール」

アブソリュートが来るまでクリスたちの元へついていた精霊のトアが魔法を補助し闇の魔力がさらに大きく膨れ上がる。先ほどまでクリスたちを追い詰めていた魔物たちが一瞬で魔力の腕に捕まり闇の中に引きずり込まれていった。

「お前ら生きているか？」

クリスたちはアブソリュートが来たことが分かると、張り詰めていた糸が切れたように崩れ落ちる。

「アブソリュート様来てくれたんですね！」

「あぁ、それより早くここから離れるぞ？　もう少しで本部に着く、クリスよく耐えたな」

「ありがとうございます。ですが、クリスティーナ様とウリスが僕たちを魔物から逃すためにまだ森の中にいるんです！」

「あの女とウリスが？」

（なぜクリスティーナがクリスたちと？　いや、クリスティーナは原作でこの演習で命を落とした。もしかしてクリスたちを守るために……）

「アブソリュート様お願いします。クリスティーナ様とウリスを助けてください」

（私はクリスティーナが死ぬのを分かっていて放置した。だが、クリスティーナが私の傘下の者たちを助けたとあらば今からでも助けに行くべきだな。まぁウリスがいるなら初めから行かない理由はないか）

「話は分かった。お前らは急いで本部に向かえ」

アブソリュートは急いでクリスティーナたちの元へ向かった。

クリスティーナとウリスは初めは数千いた魔物の大群からなんとか生き残っていた。魔物の半分以上はクリスたちの方へ流れたが残りの魔物を二人で殲滅したことになる。
魔物と戦った後ウリスは大の字で仰向けに寝転び、その近くにクリスティーナは腰を落としていた。
「貴女のそのスキル？　反則じゃないかしら……あんなの使われたら勝負にならないじゃない。

私の獲物も奪っていくし」

クリスティーナはウリスが戦っている姿を思い出す。体のサイズが数倍になり魔物たちを見下ろしながら蹂躙していく姿を。

「ああ？　ただの【獣化】のスキルだぜ？　いちゃもんつけんじゃねぇよ。まぁ、久しぶりに使ったら理性とびそうで結構やばかったなぁ。あーしはしばらく動けねぇし、気づいたら終わってたから、この勝負引き分けでいいぜ？」

勝ち誇った顔で気分よく笑うウリスを見て、呆れてため息をつくクリスティーナ。

「ハァ、貴女の反則負けよ。それより獣化のスキルって……使うと皆あんなに大きくなるものなの？」

「さぁな、あーしの周りの奴らはそこまで大したことはねぇな。種族や力によるのかもな。ただ……」

「ただ？」

「ボスの所にいる獣人のメイドはあーしより遥に強くてデカくなるぜ。そいつには気をつけることだな……あいつはあーしらとは格が違う」

「さすがに嘘でしょう？」

ウリスは肩をすくめるだけで何も言わなかった。

正直クリスティーナはウリスをいくら威勢がよくても下位貴族だと下に見ていた。だが、ふたを開けてみれば半分以上クリスたちの方へ流れたとはいえ、千に近い魔物を倒したとあってはその実力を認めざるを得ない。

「強そうなのがあらかた向こうにいったからってのもあるだろうけど、早く終わったわね。彼ら大丈夫かしら」

「まぁボスが向かってるなら大丈夫だろ」

「凄い信頼ね……それじゃあ私たちも移動しましょうか。おぶってあげるから感謝しなさいウリス・コクト」

家名ではなくフルネームで呼んだ。

クリスティーナがウリスを認めたということだ。

ウリスはそれに気づく様子もない。

移動しようとクリスティーナが立ち上がった瞬間、事は起こった。

「貴女たちやりすぎだよ」

ザシュッ！

「いっ⁉」

何者かが後ろからクリスティーナを斬りつけた。背中が熱く、痛い……。血の流れる背中に手を回すと、ヌルリとした感触が伝わる。傷は浅くなく、その場で膝をついてしまった。

後ろを振り返ると、そこには見覚えのある顔があった。

「貴方は……聖女の護衛の？　貴方がどうして私を……」

斬られるまで彼の気配に全く気づかなかった。まるで先ほどいきなり魔物に囲まれた時のような違和感を覚える。

「エヴァンだ。クラスメイトの名前くらい覚えておいてほしいね。クリスティーナ様」

　エヴァンと名乗った聖騎士は地面に膝をついたクリスティーナを見下ろしている。ウリスの方にも抵抗できないように他の聖騎士三人が骨を折るなどしていた。

「悪いけど弱い人の名前は覚えるつもりはないの……それでなぜこんなことを?」

「さぁな。俺は命令に従うだけだ。悪いけど抵抗しないでくれ」

　答える気はないようだ。聖騎士エヴァンは再び剣で斬りつけようとする。

「糞女殺(や)れ！　殺されるぞ！」

「くっ、ファイヤーボール」

　クリスティーナは咄嗟(とっさ)に抵抗しようと魔法を放つ。放たれた魔法は聖騎士エヴァンに直撃するも、炎の中で体を燃やしながら潜(くぐ)り抜けクリスティーナに再び一撃を与えた。気力でなんとか耐えていたクリスティーナの体はこの一撃で限界を迎え地面に倒れた。

「糞女!!」

「あり……えない。炎をくらいながら攻撃してくるなんて。命が惜しくないの……」

　聖騎士エヴァンは事前に聖女のスキル【扇動】を受けて脳のリミッターが外れており、痛み度外視の行動を可能にしていた。

　そしてクリスティーナは咄嗟(とっさ)に抵抗したものの、人を殺したことのない彼女は無意識のうちに手加減してしまい威力の弱い魔法を使ってしまった。結果エヴァンに攻撃を許してしまったのだ。

エヴァンと他の聖騎士はクリスティーナとウリスの上に馬乗りになる。どうやらすぐに殺さなかったのは初めからもてあそぶ気があったからのようだ。

本来教会の掲げた正義のために己を律し続けるのが聖騎士だ。だが聖女のスキルで理性をなくし、魔物を放ち人を手にかけるストレスが精神に影響した結果タガが外れてしまい本能に走ってしまった。

「残念だったな、アーク派閥に味方しなければ貴女の番はまだ先だったのに。せっかくだ、楽しませてもらうぜクリスティーナ様」

血が流れ意識が朦朧として身動きが取れないクリスティーナたちに、聖騎士たちは欲望のままに覆いかぶさった。

クリスティーナは朦朧とした意識の中思い出した。
クリスティーナの父親はライナナ国の宰相を務めており多忙を極めていた。娘に構うこともなく仕事に勤(いそ)しんでいる父や、パーティーやお茶会に出てばかりの母を見て自分に興味がない

のだと悟ってしまった。

泣いても、駄々をこねても使用人たちが困るだけで両親は気にも留めなかった。

自分に興味のない父を振り向かせるためにクリスティーナは一番にこだわり続けた。幼いながらに結果を出すことで関心を引こうとしたのだ。

幸いなことにクリスティーナには才能があった。やればやるほど魔法の腕は上がり学力も身に付いていく。

ミカエル王子の婚約者候補を集めたお茶会を開いた際、同年代の令嬢とは比べ物にならないテーブルマナーや言葉遣いで一気に差をつけ、婚約者候補筆頭にまで上り詰めることもできた。

だが、変わらず両親は自分に見向きもしない。幼い頃に両親によって注がれるはずだった愛情は依然空のままでクリスティーナの心に空洞ができてしまった。

満たされない心に苛立ち、クリスティーナは傘下の貴族たちにも当たるような嫌な子供になってしまい両者の間に溝ができてしまった。この時クリスティーナは本当に一人になってしまったのだ。

それでもクリスティーナは己を高め続けた。だが、クリスティーナにも心境の変化が起きる。

ミカエル王子の十歳の記念パーティーで、傘下の貴族を庇うアブソリュートの姿を見て心境が変わっていく。

アブソリュートのことは昔から知っており、少し嫌な感じはしたが同じ公爵家でたまに出たパーティーでは同じ一人ぼっちの、どこか同族だと感じていた。

そんなアブソリュートが傘下の貴族を庇う姿を見てから、たまに出るパーティーで彼の周りに人がいる所を見ることが増えた。最初は二人、その後徐々に数は増えて彼は人に囲まれるようになった。

(彼、一人ぼっちじゃなくなった。孤独が終わったんだ)

クリスティーナが同族の彼に抱いた感情は素直によかったという思いだった。そして、人に囲まれているアブソリュートの姿を見てそっちの方がいいとも思った。

もう理想の両親を追うのはやめて自分も彼のようになりたいと思うようになった。だが、十五歳になった今でも周りとの溝は埋めることができずクリスティーナは一人のままだった。

学園に入学してアブソリュートと再会した。依然彼の周りには人がいる。クリスティーナは知りたかった。どうやってアブソリュートは変わったのか。それとも周りが変わったのか、自分に何が足りなくてどうすればいいのか。

入学してからクリスティーナはアブソリュートに絡むようになった。勝負を挑んだり、何か問題が起きたらフォローを入れたり、休み時間は話かけたりと積極的に交流を図った。純粋に彼の力を見て力比べをしたい気持ちもあったがそれよりもアブソリュートのことが知りたかったのだ。

初めは相手にしてくれなかったが、しつこく食い下がって行くうちに面倒そうにしながらも相手をしてくれるようになった。もう友達と言えるのではないだろうか。だが彼は自分のことをあまり話さない。

だからクリスティーナはアーク派閥の傘下の者から聞こうと考えた。同じクラスのレディ・クルエルはアブソリュートのことになるとヒステリーになるのでダメだ。

オリアナ・フェスタは話しかけても頑(かたく)なに口を開こうとしないし、ミスト・ブラウザに至っては信用できないので論外だ。

だからBクラスのアーク派閥に接触することにした。幸いにも演習にてBクラスのアーク派閥と自分たちに決められた進路が近かった。クリスティーナのグループはゼン家の派閥で構成されていても仲は冷え切っているので途中で抜けても問題なかった。少し寂しかったが今はそれがありがたかった。

その後Bクラスのアーク派閥と接触して口論になり、魔物の大群がきたりクラスメイトに斬りつけられたりして、現在死にそうになっていた。

原作では学園でも自分と同じずっと一人のアブソリュートのことが気になり、彼について知ろうとアーク派閥に接触し魔物の大群に襲われ、アーク派閥を逃して一人応戦している所を聖騎士に嬲(なぶ)られ殺されてしまう。

そして今、原作通り女として人としてあらゆる面で殺されようとしている。だが、抵抗しようとしても体がもう動かない。

（私は一人のまま死ぬのだろうか。両親は私が死んでも何も思わないだろう。使用人たちは多少は惜しんでくれるかもしれない。傘下の皆はざまぁみろとか思うのかなぁ。アブソリュート君はどうだろうか？　結局彼のことは最後まで分からなかった。私は友人だと思ってるけど、

彼はどう思ってるのかな……私の死を多少は惜しんでくれるだろうか。そうだったら嬉しいな)

「貴様ら何をしている」

(アブソリュート君の声が聞こえる)

声の後、上に乗っていた重い物が消えて、冷たくなりかけていた体から体温が戻ってくる。いつの間にか体の痛みも消えて呼吸も楽にできるようになった。

痛みがなくなり落ち着いたからか少し眠くなってきた。クリスティーナは重い瞼(まぶた)をゆっくり閉じて眠りに落ちた。

「お前ら何をしている」
アブソリュートは怒気を込めて言葉を発する。
アブソリュートがクリスティーナたちの元へ駆けつけると、その場にいた聖騎士たちが馬乗りになり女性の二人を襲おうとしていた。聖騎士たちは興奮状態でアブソリュートが来たことにまだ気づいていないようだった。
「ダーク・ホール」

馬乗りになっている聖騎士たち四人を魔力の腕を使い、クリスティーナたちから引き離して拘束する。

「なんだこれは!? 動けない!」

騎士たちはアブソリュートの魔力の腕により雁字搦めに拘束された。

アブソリュートは拘束した聖騎士たちを放っておいてクリスティーナたちの元へ行く。服装が乱れた二人に闇の魔力に収納している毛布をかけ、クリスティーナとウリスに回復魔法をかける。重傷だったクリスティーナの顔色が徐々に青白い色から赤みがかった肌色に戻っていく。

念のため呼吸と脈が正常だったのを確認してウリスの方へと向かう。

「ありがと、ボス。助かった」

「遅くなったなウリス。大丈夫か?」

ウリスはアブソリュートが掛けた毛布を抱いて力なくお礼を言う。

回復魔法をかけて傷は回復したが心の傷は治らない。いつもの雰囲気ではないウリスをみて心配になる。

「うん……大丈夫。ボスが来てくれたからやられる前に助かった。ごめん、こんな奴らにいいようにされかけるなんて……」

ウリスは悔しさで涙を流している。ウリスを傷つけた聖騎士たちにさらに怒りがわく。アブソリュートは彼女を抱きしめ落ち着くように言う。

「忘れろ。私がなかったことにしてやる」

「……うん」

アブソリュートはスキルで威圧しながら闇の魔力で拘束している聖騎士たちの方へ向き直る。よく見ると聖騎士たちは見覚えのある顔だった。中には勇者との模擬戦の後アブソリュートに噛みついてきた者の姿もある。

「汚れた聖騎士たちよ、何か言い残すことはあるか？」

聖騎士たちはアブソリュートの威圧が効いていないのか、未だ敵対心のこもった瞳でアブソリュートを見据えている。

「この手を離せ！　アブソリュート・アーク」

（かなり強めで威圧してるのに戦意剝き出しとはこの感じもしかして……）

アブソリュートは聖騎士たちを拘束している魔力の腕に力を込めて腕や足を破壊する。

バキバキバキバキバキバキバキバキバキバキバキバキバキ

聖騎士たちは痛みで叫ぶことなく離せと先ほどと同じ主張を繰り返す。

（痛みを感じていない。やはり聖女のスキルがかかっているのか……性欲に対して悪だと一般人より厳しく己を律している聖騎士だから、理性がなくなって歯止めが利かなくなり暴走したってところか）

だが、いくらスキルの影響とはいえクリスティーナやウリスを傷物にしようとした事実は変わらない。

アブソリュートは見覚えのある顔の聖騎士に話しかける。

「そこのお前確か同じクラスだったな。貴族のクリスティーナやウリスに手を出そうとすると は許されると思っているのか？」

「お前じゃねぇエヴァンだ！　糞っ、アブソリュート・アーク、このまま俺らを拘束して情報を引き出すつもりか。だが残念だったな、俺らには教会がついている。教会の指示の下(もと)俺らは正しいことをしたんだ。聖女様たちが助けてくれるまで俺らは何も話さないからな」

教会という大組織がバックについているエヴァンは強気だった。他の聖騎士たちも同じことを思っているのだろう。

アブソリュートはその言葉に首を振った。

それはどこか冷酷さを感じさせた。

「いや、お前らはここで殺す」

「……は？」

ぽかんとした顔をする聖騎士たち。

アブソリュートは話を続ける。

「聞こえなかったのか？　お前らはここで殺すと言ったんだ。情報も証言も何もいらない……ここで殺す」

「殺す……クラスメイトの俺らを？　俺らは情報を持っているんだ。普通聞き出すだろ。それに俺たちを殺したら捕まるのはお前だぞ！　分かっているのか！」

「情報については問題ない。もっと上の者に聞くことになっている」

「何を言って……」

「アークさん、言われた通り聖女と共にいた魔物を操っていたと思われる司教を捕縛しました」

　エヴァンの言葉を、遮った男はいきなり現れた。

　見たことない仮面をしている男。こんな奴学園にいなかったはずだ。

「そうか……ウルは優秀だな。期待通りの仕事をしてくれた。これで心置きなくコイツらを始末できる」

　アブソリュート・アークが殺意のこもった瞳で聖騎士たちを見つめる。聖騎士たちは聖女のスキルで脳は恐怖を感じなくなっていても本能でこれから自身の死を感じてしまい手や足が震え、汗が噴き出す。

「ほ、本当に殺すのか？」

「当たり前だ。私が悪だと知っているだろう？　それに前に忠告したよな？『二度目はない』と」

　アブソリュートの言葉が本気のものだと確信し表情が固まる聖騎士たち。その表情をみて満足そうな顔をするアブソリュート。

　これまで多くの悪を葬った悪人でありライナナ国の悪を支配するアーク家の後継者。

　どれほど転生前の価値観に引っ張られて人を殺すことに罪悪感を抱こうとも、今の彼の本質は紛れもなく悪なのだ。

「ダーク・ホール」

アブソリュートが魔法を発動し、魔力の腕が聖騎士たちの首を絞めていく。

「アブソリュート・アークである私は悪だ。だが弱い正義は悪以下だ、汚れた聖騎士たちよ」

叫び声も上がらずただ人を握り潰した時のニブイ音がこの場に響いていた。


聖騎士たちの遺体は交渉屋を使ってこの場から転移させる。

「聖騎士たちが襲ってきたのは予想外だったが支障はない。交渉屋、後は頼んだぞ」

「あっ、はい。え〜と……」

交渉屋は何か言いたそうにしている。人を殺して機嫌の悪いアブソリュートは交渉屋にあたるように言った。

「なんだ？　言いたいことがあるならさっさと言え」

「はいっ！　さっきの聖騎士の奴ら生かしておいた方がよかったんじゃないですか？　確かに上の奴は捕らえましたけど、証拠は多いほうが良いのでは？」

確かに証拠は多い方がいいだろう。加えてコイツらはゼン公爵家の令嬢にまで手を出したのだ。教会にしてみれば痛い失態だろう。だがそれはできない理由があった。

「確かにお前の言うことは正しいだろう。アイツらを使えばゼン公爵家を巻き込んで教会をつぶせたかもしれない。クリスティーナとウリスを犠牲にしてな」

「ん？」

「告発するにはコイツらがやった悪事を公にしなければならない。その場合、先ほど起こった女性暴行未遂も公になる。決して許される事ではないからな。だが、貴族というものは体裁が大事だ。結婚前に傷物になっているかも分からない令嬢など価値はないからな。貴族としては死んだも同然だ。よくて一生軟禁、悪ければ修道院送りになって一生を過ごす事になる」

「要するに二人の体裁を守るために殺したってわけですね。体裁を子供より大切にするなんて貴族の世界ってのはわからないですね」

「そういうものだ」

貴族間は常に足の引っ張りあいだ。故に体裁を大切にし、隙を作らないようにしている。

アブソリュートだってそうだ。傘下の者を守るために周りに弱みを見せないようにしている。

「あっそうだ。ここに来る前にアークさんのグループの方から霧が出ていましたよ」

「なんだと？」

アブソリュートは風の魔法を使い体を空にまで持ち上げる。確かにミストたちのいる方向に霧が発生しているのが確認できる。

（あの霧はミストのスキル……ということは向こうにも敵が来たか。レディに何かあって合図が送れなかったか？）

地面に降りて急いで指示を出す。

「交渉屋、ミストたちの元へ向かう。近くまで転移しろ」

「彼女たちはどうするんです？」

「本部の近くまでお前が転移して連れて行け。ウリス歩けるか？」

「大丈夫。そこの女もあーしが担いでいくからボスは早く行ってあげて……後、そいつのこと交渉屋って」

　ウリスも闇組織の人間だ。交渉屋の存在を知っているだろうが今は説明している時間はない。

「ウリス命令だ。交渉屋のことは誰にも言うな。交渉屋は本部の近くまでウリスとクリスティーナを連れて転移しろ」

「了解。また後でね、ボス」

　ウリスたちが転移したのを確認してアブソリュートは自分のグループの元へ戻っていった。

　欲望のままに蹂躙しようとする聖騎士が私を襲おうとゆっくり近づいて来る。

「来ないで……」

　消えそうなほど小さな声をなんとか絞りだす。

　だが聖騎士に慈悲はない。

　聖騎士は襲おうとするのをやめない。体は言うことを聞かず聖騎士に押し倒されてしまう。

闇に心が呑まれ侵食されていき自分を、見失っていった。

その直後、クリスティーナは目を覚ました。目を覚ますと初めに知らない天幕のような物が視界に映る。

「ここは？」

クリスティーナが当たりを見回すと側に見覚えのある人物が控えていた。

「起きたか？」

「ウリス・コクト？」

寝ていたクリスティーナの側にいたのは先ほどまで共に戦っていたウリス・コクトであった。

「そうだ、あーしだぜ。状況はわかるか？　聖騎士たちから殺されそうになったところをボスが救ってくれた。その後、あーしがお前を本部まで運んで来たってわけだ」

「アブソリュート君が？　そう……彼に借りができてしまったわね」

「あーしは無視かよ、別にいいけどな。それとこの演習中止になるらしいぜ」

「中止……どうかしたの？」

「さっき教員の奴らが知らせに来たんだよ。あーしらのグループの他にもボスのグループや聖女のグループも魔物に襲われたらしいぜ。ウチらやボスたちは怪我だけで済んだけど聖女のグループはほとんど死んでいて壊滅状態。さすがに中止は避けられなかったな」

（聖女のグループに死者……それってもしかして……）

クリスティーナの頭に自分たちを襲った聖騎士たちの姿が過(よ)ぎる。

「ねぇ……さっきアブソリュート君が私たちを聖騎士から助けたって言ったわよね？　私たちを襲った聖騎士たちはどうなったの？」

「……知りたいかい？」

ウリスの雰囲気がガラリと変わる。彼女の今の雰囲気は、まるで『聞いたらもう戻れない』と言っているかのようだった。ウリスの雰囲気に呑まれたクリスティーナだったが少し考えて静かに首を横に振った。

「……止めておくわ。アブソリュート君は私を助けてくれた、それだけで納得することにする」

クリスティーナは踏み込むことをやめた。アーク家が闇組織と繋がっているのは知っているし、アブソリュートが裏で何かしていてもおかしくはない。だが、目の前でそれを肯定されたらアブソリュートへの見る目が変わりそうで怖かった。クリスティーナはアブソリュートのことを友人だと思っている。

故にこれ以上知ることをやめたのだ。

「そうかい、あんたがいいなら何も言わねぇよ。それと今回のことだが……」

「分かってる……これが公になったら私と貴女は貴族として終わる。だから妙なことはするな、でしょ？　犯人は死んだみたいだし、未遂だから大丈夫よ。勿論機会があれば復讐するけど」

今回聖騎士による暴走を指摘してもクリスティーナが損するだけで得るものもない。犯人が死んだことで仕方なく留飲を下げることにした。

「それならいいさ。全く、貴族の女ってのはこんな時でも黙ってるしかねぇんだからどうしようもねぇな。まぁ、うちはボスが黙ってねぇから泣き寝入りは殆どねぇけどな。教会は終わったな」

「ねぇ、アブソリュート君のこと聞かせてくれる約束だったわよね？　教えてほしいことがあるのだけど」

「結果は引き分けだろ、何勝った気でいるんだよ。まぁいいや、言うだけ言ってみろや」

「昔はアブソリュート君って派閥の中でも一人のように見えたのだけれど、どうやって貴女たちと和解したの？」

　クリスティーナは知りたかった。自分と同じ一人だったアブソリュートの環境が変わった理由を。

　ウリスは前で腕を組み少し考えてから答える。

「ん〜、上手く言えねぇけど、ゆっくり時間をかけてが答えになるんじゃね？」

　ウリスは続けた。

「あーしらの場合は皆ボスを誤解していた。だからそれに気づいた奴が頑張ってあーしたちのボスへの誤解を解こうとしたんだよ。そいつが頑張ってくれたおかげで時間はかかっちまったけど誤解は解けたって感じだな」

「そうだったんだ……周りが変わったのね」

　時間をかけても傘下の者たちとの関係を修復することができなかったクリスティーナ。きっと今のままでは変わることができない。アブソリュートの場合、周りが変わっていったのなら、自分の場合は自分が変わらなくてはならない、そう感じた。

「ありがとう。おかげで答えは出たわ」

「そうかい。あぁ後、ボスから伝言だ」

「アブソリュート君から？　聞くわ」

「『今回はウチの者が世話になった。礼として、お前が望んでいたように一度だけ相手してやる』だとよ。お前これ、いやらしい意味じゃねぇだろうな？」

　アブソリュートの伝言を聞いて目を見開き、頬を緩ませるクリスティーナ。アブソリュートと戦うことはずっと望んでいたことだ。こんなに嬉しいことはない。

「ウリス、私だ。入るぞ」

　天幕の外からアブソリュートの声が聞こえ中に入って来た。

「目覚めたのか、クリスティーナ・ゼン」

　変わらずぶっきらぼうなアブソリュートがおかしく笑いそうになるクリスティーナ。

「ええ、おかげさまで。話は聞いたわ、助けてくれてありがとう。それでいつ勝負してくれるの？」

　待ちきれない様子のクリスティーナを見てため息を吐くアブソリュート。

「起きたと思えばそれか。まぁいい、いつでも構わない。手加減してやるから安心してかかってこい」

「そう？　なら今からやりましょう」

クリスティーナはそう言うと体を起こしてベッドから降りる。

重心が安定しておらず本調子ではなさそうだ。

「止めておけ……ふらふらだぞ?」

だが彼女の瞳には闘志が宿っていた。

アブソリュートの言葉に強がるように笑うクリスティーナ。

「いいえベストコンディションよ、それに今からでないとダメなの。私はあの聖騎士たちによって殺されかけた。今戦わないと今後心が戦いを拒否して戻れなくなってしまう……そんな気がするの」

クリスティーナは覚悟を秘めた瞳でアブソリュートを見つめる。これはただの力比べではなくあの死の恐怖を払拭するために必要なものだ。

「……お前がいいなら何も言うまい。出るぞ、ついて来い」

「えぇアブソリュート君、対戦よろしくお願いしますわ」


そして二人は戦う場所を森の中に移して存分に戦いつくした。

大地を焦がすほど強力な火魔法をアブソリュートに放つクリスティーナ。

ライナナ国でもトップクラスの火力を誇るだろう。

だがクリスティーナの炎をアブソリュートは正面からすべて受け切ってみせた。

実力のすべてを出し切ったクリスティーナだったがアブソリュートに大敗することになった。だが、クリスティーナの表情は明るかった。

同年代と戦い初めての敗北だったが聖騎士との事件を忘れるくらい濃い時間だった。あの恐怖を乗り越えることができたと確信した。この戦いをクリスティーナは生涯忘れないだろう。

「対戦ありがとうございました」

魔力を使い果たして地面に仰向けに転がっているクリスティーナ。周りの木々は焼け焦げ、その光景は戦いがどれだけ苛烈なものだったかを物語っていた。

「ああ」

それだけしかいわないアブソリュート。クリスティーナはいつものことなので気にしなかった。

「さすが私の友人ね、結局傷ひとつつけられなかった。悔しいわ」

「誰が友人だ……まぁ、確かに私には通じなかったがお前の火力には驚かされた。誇っていい。お前は強い」

どこまでも上からな発言だが、アブソリュートが人を褒めている所を見たことがないクリスティーナは素直に嬉しかった。だが、聞き逃せないこともある。

「ありがとう嬉しいわ。後、友人は貴方よアブソリュート君」

アブソリュートは嫌そうな顔をして反論する。

「勘違いするな私は……」

「私は貴方の派閥の者たちを、体を張って魔物から逃したわ」

クリスティーナはアブソリュートの言葉を遮り、お前には借りがあるだろうと言うかのようだった。アブソリュートも借りがあるのは分かっているので睨むだけで反論はしない。

「まぁ私の一方通行の可能性も考えてたけど……やっぱりという感じね。ならここで言うわ、私と友達になりましょう。友人なら借りなんていらないでしょ？」

クリスティーナの申し出に眉間にしわを寄せるアブソリュート。嫌がっているというより何かを考え込んでいる様子だった。しばらく無言の時間が続きため息を吐くアブソリュート。クリスティーナはそれがアブソリュートが折れたかのように見え期待を寄せる。

「……クラスメイトからだな」

「なんでよっ!!」

その後二人はなんとか妥協点を模索して話し合いは収まった。

こうしてクリスティーナとアブソリュートは友人（仮）になった。二人が本当の友人になれるかどうかが分かるのは仮にこのまま原作通りに進んでいくとしたら、すべてがアブソリュートの敵にまわった時に分かることだろう。

「ぼっち同士仲良くしましょうアブソリュート君」

「……一緒にするな」

こうしてアブソリュートたちの演習は終わりを迎えた。

時はアブソリュートがクリスたちと合流した頃までさかのぼる。

今回の演習にあたり教会は森の中に簡易基地を構築して現在聖女たちはその中で計画の進行を見守っていた。

「報告します。レオーネ王女が本部まで撤退したようです」

聖騎士からの報告を受け、聖女エリザは残念そうに口を開く。

「計画は失敗のようですね。……シリウス司教？」

自分より一回り年下の聖女にシリウス司教と呼ばれた男は、ただひたすらに頭を下げ続けた。

優しい声音のように聞こえるが、どこか圧のようなものを感じて言い淀んでしまうシリウス司教。

「まさかレオーネ王女の側にあれほどの実力者がいたとは思いませんでした」

「確かにそうですね。上位種を一人ですべて倒すなんて……あのメイドは一体何者なんですか？」

聖女はいつもの穏やかな表情のまま上位種の魔物がやられる報告を聞いていた。

シリウス司教は聖女の言葉に自分が悪いわけではないのに萎縮してしまった。

聖女エリザ、初めはライナナ国の辺境の街から聖女に据えるために連れてこられただけのどこにでもいる少女だったと記憶している。だが、今はライナナ教会に傾倒しすぎてどこかおかしくなっているように感じる。

近年ライナナ教会はどこかおかしい。昔は悪に対してもそこまで締め付けは強くなかった。だがネムリア枢機卿が戻ってきてからというもの、今はライナナ教会の判断により裏で粛正するまでになった。この作戦にしても貴族を相手に手を出すなど普通はあり得ない。正直今すぐにでも逃げ出したいのが本音だった。

「ミカエル王子からの情報だと恐らくアブソリュート・アークの奴隷兼侍女のマリア・ステラだと思われます」

聖女エリザの護衛であり同じクラスの聖騎士アーニャが補足する。

「ステラって確か代々優秀な騎士を輩出していた家よね？　それにマリア・ステラって聞いたことあるわ。確か十歳の時には騎士団から勧誘されていたほどの逸材。なんでアーク家の奴隷なんかに？」

本来の計画では主力の上位種の魔物でミストたちを囲むように配置し、逃げ場を封じてから襲う予定だった。だが、二つのアクシデントによりそれは叶わなかった。その一つがマリア・ステラの存在である。ミストたちを襲うための主力の上位種でミストたちを囲む前に一人でほぼすべて倒してしまったのだ。

教会側は大量の上位種の魔物を倒せる人材が、アブソリュートを除いてあの中に紛れ込んでいようとは思ってもいなかった。そのアクシデントにより、本来予備戦力として温存しておいた魔物計三百を急遽投入することになったのだ。

「上位種が全滅したのは仕方ありません。ですがシリウス司教、どうしてもっと彼らの近くに魔物を転移させないのですか？　魔物が彼らの元へ行くまでにラグができたせいでレオーネ王女を逃してしまいましたよ？」

聖女エリザは魔物のテイムと転移を担当しているシリウス大司教を笑顔のまま責める。

「それが……彼らの近くでは固有魔法が使えないのです。恐らくなんらかのスキルか魔道具の力が働いているのかと」

「彼らに転移を封じる手段があると考えているのですね？」

「ええ、転移阻害の魔道具……もしかしたらあの者たちの中に所持者がいるかもしれません。恐らく空間の勇者対策としてスイロク王国でも作られたでしょうから、レオーネ王女が所持している可能性があります。あの国も以前空間の勇者からひどい目にあっていますから」

「空間の勇者ですか……まさか勇者対策の転移阻害の魔道具が、まだ残っているとは思いませんでした」

聖女たちが予想しなかったアクシデントの二つ目は本来転移させるはずだった場所に転移させることができず、結果距離を空けて転移をする羽目になり、ミストたちに逃げる時間を与える結果になってしまった事だ。

勿論それは偶然ではない。アブソリュートは教会が転移に近い手段を使用するとあらかじめ分かっていた。故に交渉屋を捕縛する時に使用した『転移阻害の魔道具』を荷物の中に入れることで転移対策をしたのだ。その結果時間を稼ぐことに成功し、レオーネ王女の避難を許してしまった。

「クリスティーナさんたちの対処をお願いした聖騎士の皆さんもまだ連絡もありませんし、今回はここまでですね。シリウス司教は見つかる前に引き上げてください。私たちは演習に戻ります」

「……承知しました」

「お話し中失礼します。聖女様、私たちのグループの方から魔法が打ち上がりました。非常事態かと思われます」

「そうですか、なら早く戻らないといけませんね。シリウス司教また教会で」

聖女エリザはそう言うと護衛の聖騎士アーニャを連れてグループの元へと戻っていった。

聖女たちが離れるとシリウス司教は周りに誰もいないことを確認してひと息ついた。ストレスから解放され、一気に体から力が抜けていく。

「はぁ～疲れた、まじで帰りたい。聖女様は遠回しに責めてくるから心労がヤバいし、魔物を使って間接的に人殺しさせられてるしでやってらんないわ」

シリウス司教は流されやすい男だ。親の言うままに教会に勤めて、上司に言われたことだけをやり、教会内の派閥争いも流れに流されていつの間にか上位の派閥に属してしまい出世して司教にまでなった男だ。

上層部に言われて仕方なく従っているが本当は悪人であろうが人を殺したくなんかなかった。

「アーク派閥以外の人間も手にかけようとするなんて……どっちが悪か分からないな」

シリウスは自嘲しながら撤退の準備のために重い腰を上げようとすると誰もいないはずの後ろから幼さの残る女性のような声が聞こえた。

「どちらが悪か分からないなら教えてあげるの。貴方が一方的に悪いことをね」

甘くささやくような声はシリウスの耳元から聞こえた。

気づくとシリウス司教の首に刃物が当てられていた。

(えっ？　嘘だろ……。いつの間に俺の背後にいたんだ)

「動かないで。勝手に口を開いたり動いたりしたら殺す。分かったらゆっくり頷くの」

言われた通りシリウス司教はゆっくりと頷いた。すると後ろにいる人物は首元に当てていた刃物をシリウス司教の右肩に深く突き刺した。

「ギィヤアアアアアアアアアア！」

刃物で刺され血が噴き出す。

(なぜだ、言う通りにしたのに……なぜ刺された？)

「動くなと言ったのに動いた罰なの。お前には耳がないの？」

(お前が頷けと言ったんだろうが！　クソ、コイツ……ヤバい。理不尽すぎる。早く逃げなければ)

固有魔法を使い逃げようとするがそのためにはコイツの目を掻い潜らないといけなかった。

「お前を観察してて分かったのは、転移するには穴を作ってそこを潜らなければならない。だから動けないように全身を痛めつけてから連れて行くの」

シリウス司教はこれから自分に起こり得ることを予想し体を震わせた。肩を刺されたこともあり頭から血の気が引いて息も荒くなる。

「ウルのご主人様に手を出して楽に死ねると思わないことね。お前らみたいな小悪党がご主人様に手を出すなんて絶対に許さない。ご主人様の敵は全員皆殺しなの」

(何を言っているんだコイツは……それに手を出したって？　コイツ……アーク家の者か。あぁ終わった……俺の人生どこで間違えたのかな)

「ウルの大事な人を傷つけようとした報いなの。安心して、殺しはしないわ。ご主人様に怒られるから」

その後、叫ばれないように初めに喉をつぶされ全身の骨を折られた。幸運だったのは途中から意識を失ったので痛みを感じる時間が少なかったことだろう。骨の折れる音が基地の中で響き続けた。

「終わったわ……新入り、ウルとコイツを屋敷まで送りなさい」

「あっはい先輩」

シリウス司教が痛めつけられる所を離れて見ていた交渉屋は、ウルの命令で二人をアブソリュートの屋敷へ転移させた。

ウルと主犯を転移させた後誰もいなくなった司教の基地で交渉屋は項垂れた。

「ウル先輩もヤバい人だった……やはりアーク家は危険だ。……あぁ仲間の元へ帰りたい」

交渉屋は夜空を見上げながら力なく呟いた。

シリウス司教と別れ聖女たちは自分たちのグループに合流するためキャンプ地へと向かった。キャンプ地へ到着すると何やら血の臭いが漂っていた。

異変を察知した聖女たちの視界に映ったのは信じられない光景だった。

聖女たちのキャンプ場は血の海と化していた。

血の海となったキャンプ場に散乱するのは長い間聖女たちと時間を共にした聖騎士たちの死体……そしてその中で聖騎士たちの死体を喰らっている血や肉に塗れた一体の魔物の姿。目を見開くアーニャと静かにその光景を冷めた目で見つめる聖女エリザ。

「そんな…………何事ですか！」

アーニャの怒鳴った声で肉を食べていた魔物は聖女たちに気づいてしまった。魔物は聖女らの方を向く。それは黒い肌をしたオーガだった。

「あれは『上位種』のオーガ？　この森には教会が放ったもの以外はいないはず……どこから湧いて出たのかしら？　まぁいいわ。アーニャ一人でやれる？」

仲間の死に動じず冷静に討伐を指示しようとする聖女。

あまりに無茶ぶりだが彼女の護衛のアーニャは眼鏡を光らせ冷静に忠言する。

「正直に申し上げますと一人では無理です。オーガのレベルは個体差にもよりますが総じて30程度だと言われています。私のレベルは丁度30なので通常ならば一人でも可能です。ですが、目の前にいるオーガは『上位種』。通常個体よりレベルが10程度上だと思われます。勿論行けと命じられれば忠実に執行しますが、その場合全滅は免れないでしょう」

「そうなのね。なら私と共に死ぬ？」

唯一戦える彼女が勝てないというのなら本当に無理なのだろう。

やり残したこともあるが仕方ない、覚悟を決めよう。

死を覚悟する聖女の前にアーニャは守るように前に立ち剣を構えた。

「先ほども言ったように一人では勝てません。ですが貴方と二人ならまだわかりません。どうか私に手を貸してもらえませんか？」

「そう、分かったわ。アーニャ、聖女の盾よ。貴女に聖女の祝福を授けます」

聖女は連続して魔法とスキルを発動させ聖騎士アーニャを強化した。

強化されたアーニャと上位種のオーガの激しい戦闘が繰り広げられた。どんなに傷ついても聖女が癒やし力を与える。腕や足がちぎれても、どんなに血を流してもアーニャは戦い続けた。

そして、激しい戦闘の末にアーニャが強化種に勝利を収める形になった。

「結局あのオーガはなんだったのか分からなかったわね」

何者かの刺客の線もあるが、聖女を殺すにしては少々殺意が足りないような気がして頭を悩ませる。

少し考え込んだ後、聖女は犠牲になった聖騎士たちの名前と人数を把握するために遺体の元へ向かった。犠牲になったのは八人。聖女のグループの総数は十人。聖女と聖騎士アーニャ以外の全員が犠牲になったことを意味していた。

中にはクリスティーナの始末を命じたエヴァンたちも含まれていた。

(なぜクリスティーナさんたちの始末をお願いしたエヴァンたちまで？　もしかしたらシリウス司教の単独の可能性もあるわね)

アーク家が黒幕の可能性があるが、アブソリュートは仲間を救うために東奔西走していると聞いている。アーク家には魔物を自分たちに仕向けるなど不可能だと考えた。

今回亡くなった八人は幼い頃から聖女を公私共に支えてきてくれた聖騎士たちだった。聖女は悲しげな顔を作り、亡くなった仲間たちの魂に救いがあるように祈りを捧げた。

(いつからかしら……身内の死を悲しめなくなったのは。あれだけの時間を共にした仲間が死んだというのに、何も感じない。こんな薄情な私が聖女なんて笑えないわ。今はただ理想の聖女を演じているだけのアクトレスでしかない。でもそれで構わない……私はただこの世から悪人がいなくなればそれだけでいいのだから)

聖女の心中を知らず仲間たちのために祈りを捧げる聖女の姿を見て聖騎士アーニャは声を上げて涙した。

その後救援に来た教員たちの手によって聖女たちは保護されていった。教員たちは皆悲しげな表情を浮かべて祈りを捧げる聖女に同情し誰もが彼女が被害者であることを疑わなかった。

だがそれも聖女による演出である。仲間の死に対して悲しみ、傷ついた可哀想な女を演じたのである。

被害者と加害者、両方を演じながらも周囲の同情を買うのが上手い。それが聖女エリザという女である。

（とりあえず敵の正体を調べることから始めましょう。まずは教会の内部からでしょうか）

仲間のために祈りながら別のことを考える聖女だった。

そんな聖女の様子を、魔物を放った張本人である交渉屋は離れた場所から観察していた。主人に結果を報告するために。

第7章

終結

This man has the charisma of absolute evil and
will be the strongest conqueror.
"Yes, I am a scoundrel. The best in this country."

That is needed for
a villainous aristocrat

「という感じで聖女たちは生き延びました。アークさんが殺した四人の遺体は魔物にやられた形で処理しました。それに加えて上位種の魔物に殺された四人、ウル先輩が捕らえた捕虜一人が成果になります」

演習が終わりアーク家の屋敷の防音室で交渉屋から聖女たちの様子を聞いていた。

アブソリュートは交渉屋の手腕を試すために、聖女の取り巻きである聖騎士の処理を任せた。結果、交渉屋は教会と同じように魔物を使って聖騎士たちを襲わせたのである。

（下準備で魔物を何体か捕まえるように頼まれたがこういうことだったのか。さすがは交渉屋だ。転移だけじゃなくこういった仕事を任せられる人材は貴重だ。捕まえて正解だったな）

「聖女は本当に殺さなくてもよかったんですか？」

「ああ。今回の計画は聖女一人で立てたものではないだろう。敵の規模を見るために聖女を泳がしておいたが、やはり教会全体が絡んでいるのは間違いあるまい。今回奴等を逃がさないために証拠を集めたのだ」

「アークさんがまた裏で殺せばそれで終わりませんか？」

「聖騎士のような下端ならそれで終わった話だが、聖女や枢機卿のような立場がある者の処理は慎重に行わなければならない。それにこういう奴等を相手するにはいろいろとやることがあるのだ。全く宗教というものは面倒だ」

主にやることと言えば証拠集めと外堀を埋めることだ。

聖女が主犯の司教と共にいる所を映像の魔道具で記録している。あとは枢機卿の証拠があれば言うことはないが、これだけでも正当に聖女を排除することができる。

　どうするか悩んでいると交渉屋が声をかける。

「アークさん取引をしませんか？」

「ほう……言ってみろ」

「現状まだ教会を仕留められる証拠はありませんよね？　なら僕がライナナ教会の上層部が逃げられないような証拠を持ってきます。その代わり見返りとして僕を奴隷から解放してくれませんか？」

　アブソリュートは少し考え込む素振りを見せる。

（交渉屋はできない交渉はしない。ということは証拠についてある程度目処がついているのだろう）

「『交渉屋命令する』証拠の心当たりについてすべて話せ」

　現在奴隷である交渉屋は主人であるアブソリュートの命令に逆らうことができない。

「スイロク王国の闇組織ブラックフェアリーのアジトに裏帳簿という物がありまして、僕を通じて帝国と人身売買を何度かしていました。その中にネムリア枢機卿のサインがあるんですよ。それが証拠になるかと思いまして」

　交渉屋は悔しそうに心当たりについて吐き尽くした。奴隷の身分では主人に対して対等な交渉などできないのだ。

（スイロク王国か……勇者が闇組織から国を救う次のイベントの場所だったな。原作と違いレォーネ王女と縁のない勇者はイベントに関われないだろう。だからこのイベントは正直どうでもいい。だが証拠があるなら長期休暇の時に行くのはありだな）

「話は分かった。もしそれが本当に持ってこられるのならお前を解放してもいい」

「本当ですか⁉」

「ただし、解放は十年後だ」

　アブソリュートは今後国との戦いが起きる事を前提で行動している。その上で見いだした数字が十年だった。

　交渉屋は十年という長い月日に絶望する。

「もう少しなんとかなりませんか？」

「これは譲れないな。もしくは別のものでも構わないぞ？　さて、話は終わりだ。私は学園に事情聴取で呼ばれているからマリアたちに遅くなると伝えておけ」

　交渉屋はアブソリュートにとって有効な駒だ。故に最大限に譲歩したつもりではある。

　話は終わり、アブソリュートは部屋から出ていった。その背中を交渉屋はずっと見つめていた。

アリシアのグループは総勢七人の女子のみで構成されている。グループの中心になるのは勿論アリシアだ。

アリシアは派閥内に収まらず他派閥や他クラスでも人気が高い。勇者と過ごす間に培われたその面倒見のよさと、あのアブソリュートすら受け入れる人柄のよさで令嬢カーストのトップ層に君臨している。勇者の婚約者というブランドがなくてもその地位は揺るがなかった。

アブソリュートたちが生き残りをかけて奮闘している間、アリシアたち女子グループは伸び伸びと演習を楽しんでいた。

原作では勇者やレオーネ王女が加わり波乱の演習になったのだが問題の二人はグループにいない。今は全員で火を囲って談笑しながらゆったりとした時間を過ごしていた。

「アリシアさんは勇者様のこと今はどう思っているんですか？　やっぱり離れて寂しいとか思います？」

「ちょっと貴女デリカシーがないわよ」

勇者との婚約破棄の話題は皆気を遣って話さなかった。それが話題に出たことにより雰囲気が少しピリついた。

「あはは、大丈夫よ。そうね、家が決めた婚約だからそういった感情はなかったわね。向こうも私をそんな風に見てる感じはしなかったし、離れても意外と寂しくはなかったかな」

悪くなった雰囲気を掻き消すように苦笑いしながら答えるアリシア。事実勇者と離れてから、彼女は平和な日々を過ごしている。平和すぎて落ち着かないほどだ。

「そっかー、確かに女心分かってなさそうでしたもんね。勇者様は今冒険者をしているんでしたよね？」

「ええ、一応王家の方からの報告にソロでBランクまでは一気に上がれたらしいけど、それ以上はやっぱり今の実力だと厳しいみたい。……全く、今のままだと一生飼い殺しにされると分かっているのかしら。だからあれほど訓練は真面目にしなさいって言ったのに……スキルに胡座をかいてサボってばかりで、ホントにアルト君は……」

今この場にいない勇者のことを考え始めると止まらなくなる。冒険者のランクは冒険者ギルドの試験と評価によって決まる。短期間でBランクまで上がるのはかなり優秀な部類に入るが、それが勇者だと話が変わってくる。

いくらまだ学生といえど勇者なら最低でもAランクにはなっていないと話にならない。

「この前もお金がなくて餓死しそうになってる、って見張りの人から連絡が来て食料を仕送りしてあげたのよ？　もう私ほとんど関係ないのに……でも見捨てるのも後味悪いし、ホントにどうしようもないんだから。はぁ……」

頭を抱えてボヤくアリシアをグループのメンバーたちは苦笑いしながら見つめていた。

こういう変に面倒見のいいところが、彼女が慕われる理由なのだろう。

話を変えるようにグループの一人が話す。

「まぁ、勇者様の話は置いといて皆さんはクラスの中で誰がタイプなんですか？」

その言葉を聞いて他のメンバーはニヤリとする。この手の話は女子の鉄板ネタであり全員が食いつく話題だ。

「私は断然ミカエル王子派！　カッコいいし性格もいいなんて完璧じゃない！」

「いやいや、それならトリスタンさんだって負けてないでしょ。あの剣以外に興味がない感じストイックで素敵だわぁ」

「えー、でもトリスタンさん二学年上の婚約者に頭が上がらないらしいですよ。イメージと違くないですか？」

「私は生徒会長のベルベット先輩ですかね。いつも凛としていて憧れちゃいます」

それぞれが思い思いの男子の名前を挙げていく。そんな中アリシアは黙り込んでいた。

「アリシアさんは誰なんですか？」

「……えっ？」

突然自分に振られて驚くアリシア。だがすぐに平静を取り戻す。

「わ、私は……ア…」

アリシアは一瞬出かけた名前を呑み込んだ。自分と彼は結ばれないし自分からそれを拒んだのだから。

「……アルト君以外がタイプかしら？」

無理やり誤魔化したがこれについては闇が深そうなので誰も言及することはなかった。

それから暫くして教員がアリシアたちの前に現れ演習の中止が伝えられる。

少し名残惜しかったが彼女にはとてもいい思い出となった。

波乱の演習から数日挟み、登校日を迎える。

登校日の朝、レディは身支度として初めに母親譲りの青の長髪を梳き、髪型のセットを行う。

こういうことは普通の貴族ならよっぽど生活が苦しくない限りは侍女に任せてしまう場合が多い。

だがレディの場合、想い人には常に美しい自分を見てほしいと思い自分で納得のいくまで手入れを行うようにしている。侍女に任せるより自分でやった方が時間もかからないし、どうすれば輝けるかは自分が一番よく分かっているからだ。

いつものように髪をセットするため大きな鏡の前に座り鏡に映る自分を見つめる。鏡に映る自分はいつもより憂鬱な顔していた。

原因は分かっている。演習中にあろうことか気絶してしまい、仲間や想い人であるアブソリュートに多大な迷惑をかけてしまったからだ。気絶する前のことは記憶にないが今回の失態は一歩間違えば死人が出ていたのだ。

到底許されることではない。

それなのに仲間は気絶した自分を心配し、アブソリュートも気にするなとしか言わない。いっそ責めてくれれば楽になれるのに仲間たちはそれを許さなかった。

（これが罰というなら仕方ないですわね。ああ私はなんてことを……。あろう事かアブソリュート様にまで迷惑をかけるなんて。これではせっかく積み重ねてきた好感度が無駄になってしまいますわ）

レディは大きなため息を吐き鏡の前にいる自分を見つめる。

桜色の唇に白い肌、毛質は細くさらさらとした青い髪、同年代の令嬢と比べると頭二つ抜けて優れた容姿……いつもと変わらないはずの見た目が本人には少し暗く見えた。憂いを帯びているといえば聞こえはいいだろうがいつもの自分ではない雰囲気に違和感を覚えてしまう。

（酷い顔をしていますわね。お母様が男にだけは溺れるなと言っていたことも今なら理解できる。アブソリュート様のことで一喜一憂して……ホントに何しているのかしら）

「はぁ……ダメですわね。こんなことではまた失敗をしてしまう。しっかりしないと」

鏡の前で自分に言い聞かせるように呟く。

こんな状態でアブソリュートに会うのは躊躇われる。今の醜い自分を見せたくない。

そう思いつつもやはり会いたいという気持ちは抑えきれず、いつもより時間をかけて髪をセットしてからメイクを施し部屋を後にした。


登校してレディはいつものようにAクラスの教室に入る。先日の演習の件もあり教室には空席が多い。聖女を含めた教会グループは全員欠席。それにレオーネ王女の姿もない。

（あれ？　アブソリュート様もいない……どうしたのかしら。いつもならもう来ていてもおかしくないのに珍しいですわね）

「ご機嫌よう、オリアナ……あとミストも。アブソリュート様がいないようですけど何か知ってる？」

二人と軽い挨拶を交わしアブソリュートについて聞いてみた。

「今日はまだ見てないっすね。遅刻じゃないんすか？」

ミストが答えるとオリアナも首を横に振っている。

アブソリュートがいないことにレディの表情が暗くなる。言葉にはしないが内心ストレスで心中は荒れていた。

「アブソリュート様が遅刻するはずがないでしょ！　発想が陳腐すぎるわ。だから貴方はいつまで経ってもミストのままなのよ……」

　レディは心の中で毒づいた。

「いや、声に出してましたからね。あと、人の名前を悪口みたいに言うのやめましょうよ」

「ミスト草」

「おい、オリアナ。草ってなんすか。何も面白くないでしょうが」

　そんなやり取りをしている間に、時間となり担任のティーチが教室に入る。数日しか経っていないはずなのにどこか懐かしく感じる。

「よう、お前ら。演習は波乱だったと聞いている。残念なことに犠牲者が出てしまったが、それでもお前らとまた会えたことを嬉しく思う」

　クラスの全員を見て悲しい顔でティーチは言った。今回の演習での犠牲者はAクラスに所属するライナナ教会の聖騎士たちだ。クラスの者たちも惜しむような顔をする者がちらほらいた。

「加えて残念な知らせがある。レオーネ王女が緊急な用件で帰国するそうだ。またこの学園に戻るかは分からない。本人もお前らに別れを告げられない事を惜しんでいたそうだ」

　いきなりの知らせにクラスが騒めく。

（いきなりですわね……スイロク王国が危険な状態なのは知っていたけど、避難させていた王女を呼び戻すってことは問題が解決したか、もしくは……）

レディは不意にミストの方を見る。演習終わりの際、一番レオーネ王女と仲がよかったのは彼だ。アブソリュートが見守ってやれと言っていたので、もしかしたらかなりいい感じの仲になっていたのかもしれない。

ミストはいつも通りの飄々とした顔に見えるが、長い付き合いのレディからすると少し寂しそうに見えた。

「それと残念な知らせはもう一つある」

これ以上にまだ何かあるのかと生徒たちに不安が広がる。

「アブソリュート・アークに無期限の停学処分が下された」

「「「え？」」」

クラス中が驚く。

いきなりの知らせにレディの頭が混乱する。

「アブソリュート様が……どうして……もしかして」

レディの頭の中をある可能性がよぎりそう考えると顔から血の気が引いた。

「私の…せい……」

「私は正直この処分※納得※※※ない。原因はレ※※※※から※※※※、※※を※※※※※※※※※※※※※※※※※」

動悸で心臓の鼓動が速くなり呼吸も乱れる。ティーチの言っている言葉が聞き取れず視界も徐々に霞むように歪んでゆきレディは気を失った。

悪役貴族

相関図

This man has the charisma of absolute evil and
will be the strongest conqueror.
"Yes, I am a scoundrel. The best in this country."

That is needed for
a villainous aristocrat

Correlation chart

- 相関図 -

アーク家 Ark family

アーク一派

［レディ・クルエル］

子爵令嬢。ライナナ国の歓楽街経営を牛耳っている。氷魔法が使える。

［ミスト・ブラウザ］

子爵の子息。アーク家の裏稼業の後処理や補佐をしている。

［オリアナ・フェスタ］

男爵家の娘。アーク家のために諜報活動をしている。

［クリス・ホセ］

伯爵家の子息。陰で奴隷商をしており交渉術に長けている。

［ウリス・コクト］

寅の獣人。闇組織『蟲』の当主。好戦的で体術が得意。

♥

頼ってほしい

尊敬

［アブソリュート・アーク］

転生前は「ライナナ国物語」の愛読者。いずれくる破滅する未来に打ち勝つため、より強い悪になることを決意する。

ご主人様大好き!

弟みたい

［マリア］

元貴族の女騎士で現アーク家の侍女。原作では勇者の剣術指導者。

［ウル］

狼の獣人。アーク家の侍女。原作ではアブソリュートの妻となる。

親子

［ヴィラン・アーク］

アブソリュートの父。

［交渉屋］

教会に雇われていたがアブソリュートに捕まり期間限定で使用人中。

That is needed for a villainous aristocrat.

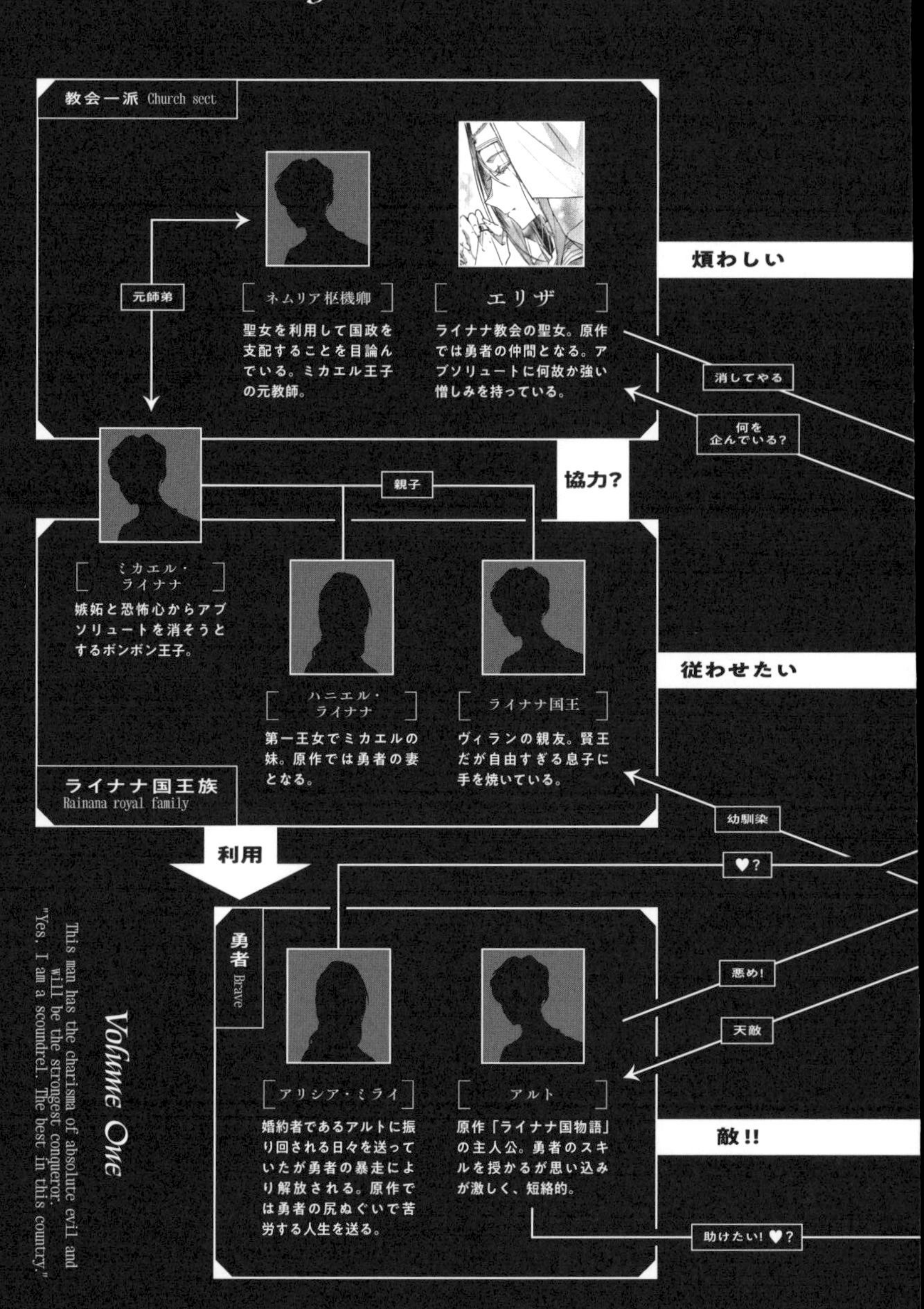

Postscript あとがき

皆さま初めまして、作者のまさこりんです。この度は『悪役貴族として必要なそれ』を手に取っていただきありがとうございます。

私がいかにして本を書くに至ったか、そのルーツを思い返すとターニングポイントは小学校低学年の頃だと思います。当時の私は純粋なショタでした。そんな私はとあるアニメを目にしてしまいます。それは某鼻毛で戦うアニメです。高次元なギャグに鼻毛で戦うといえば恐らく皆さんも名前だけは聞いたことがあると思います。幼い頃にそんな上級者向けのアニメを毎週観るという英才教育を受けた結果、発想力が豊かだが少し変なショタが生まれました。それが僕のまさこりんです。もしあの作品に出会えなかったら本著は生まれなかったでしょう。そう思うと感慨深いですね。

次に本著の内容に触れていきます。

本著は悪役貴族に転生した主人公が破滅を回避するための話です。他の作品と違うのが生き方を改め勇者と仲良くするのではなく、原作の悪役貴族として生きたうえで破滅を回避しようというのが本作です。原作知識を使って優位に立つことはするでしょうが生き方は変えません。生き方を変えるのは原作のアブソリュート・アークが間違っていたと言うようなものですから。皆さまアブソリュート・アークをどうぞよろしくお願いいたします。

ちなみに一番気に入っているのが閑話です。話の主人公がウルに代わり、愛と復讐の物語です。原作のアブソリュートとウルはいわば、共依存のような関係でしたが確かに愛はありました。愛していたがゆえにアブソリュートを殺した者達を深く憎み、ウルは修羅の道に進みます。

私としては、復讐は何も生みませんが、無意味だとは思いません。個人的には本人が前に進むために必要ならむしろやるべきだと思います。まぁ、ウルの場合はやり終えたら自決してしまいましたが……。母親として生きる道もありましたが、ウルは一人の女として死ぬことを選びました。アブソリュートもウルも何かのために生きるタイプの人間です。

ウルの場合はそれがアブソリュートでしたので、彼がいなくなった時点で彼女は生きる意味を失ってしまいます。仮に生きていたとしても、大勢の人間を殺した彼女は第二のアブソリュートとしていずれ同じ末路を迎えてしまうでしょうが……。原作では悲しい最後を迎えた二人ですが、本著ではハッピーエンドになってほしいものですね。でも、作者的にはダークファンタジーでハッピーエンドはあまり好ましくない終わり方なので、果たしてどうなるものやら。ちなみに結末は既に決まっていますのでそれまでお付き合いいただけたら幸いです。

最後にお世話になった編集のN様。素敵なイラストを付けてくれた村カルキ様。そして、この作品に携わってくれたデザイナー様、校正者様、印刷会社様。本当にありがとうございます。

最後に読者の皆様へ感謝し、この巻の締めとさせていただきます。

また会いましょう。

まさこりん　二〇二三年吉日

That is needed for
a villainous aristocrat

This man has the charisma of absolute evi
will be the strongest conqueror.
"Yes, I am a scoundrel. The best in this co

Volume Two

ライナナ協会からの奇襲工作を無事に回避したアブソリュート。
破滅シナリオのイベントを一つ潰せたことにひと時の休息を——
とはならず、次なるイベントが発生したため急遽隣国へ飛ぶことに。
勇者を王国から遠ざけ、正規シナリオを変えたこの状況で、
はたして何が起こるのか？

絶対悪のカリスマ、アブソリュート・アーク新章開幕！

年秋発売予定！

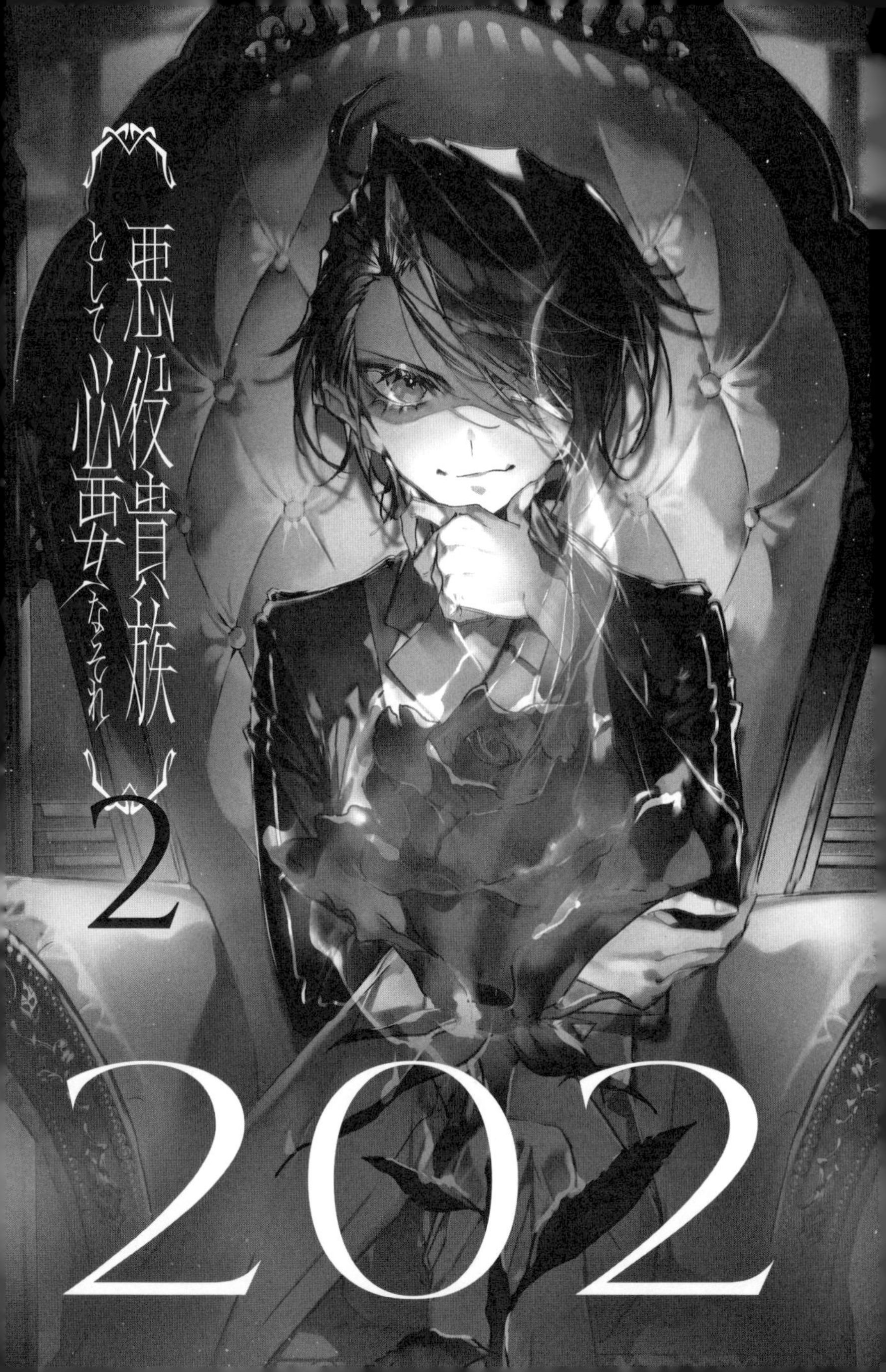
悪役貴族
として必要なそれ
2
202

That's what you need as a villain noble

Presented by *Masakoru* *Illustration by* *Muru Karuki*

This man is the charisma of
absolute evil and
will be the strongest conqueror.
"Yes, I am a scoundrel.
The best in the country."

...hat's what you
...as a villain noble

This man has the charisma of absolute evil and will be the strongest conqueror.
"Yes, I am a scoundrel. The best in this country."

悪役貴族として必要なそれ

1

2023年4月28日　初版発行

著　まさこりん
イラスト　村カルキ

発行者　山下直久
編集　ホビー書籍編集部
編集長　藤田明子
担当　野浪由美恵
装丁　荒木恵里加（BALCOLONY.）

発行　株式会社KADOKAWA
〒102-8177
東京都千代田区富士見2-13-3
電話：0570-002-301
（ナビダイヤル）

印刷・製本　図書印刷株式会社

●お問い合わせ
https://www.kadokawa.co.jp/
（「お問い合わせ」へお進みください）
※内容によっては、お答えできない場合があります。
※サポートは日本国内のみとさせていただきます。
※Japanese text only

定価はカバーに表示してあります。

ISBN: 978-4-04-737368-6 C0093

本書は、カクヨムに掲載された
「悪役貴族として必要なそれ」に加筆修正したものです。